KB005824

그림 형제의 길

그림 형제의 길

흔들림 없이 끝까지
함께 걸어간 동화의 길

Jacob Grimm ◈ Wilhelm Grimm

손관승 지음

바다출판사

머리말

흔들림 없이 끝까지…… 그렇게 그림 형제처럼

나는 한동안 길을 잃고 있었다. 인생이 화장실 두루마리 화장지처럼 술술 풀린다면 얼마나 좋을까마는 현실은 그렇지 않았다. 잠시일 거라고 생각했던 인생의 대기시간은 마냥 길어져, 길고 어두컴컴한 터널에 갇혀 어쩔 줄 몰라 하는 폐소공포증 환자의 심정처럼 막막했다. 그러던 어느 날 저녁, 무심코 서가에 있던 《그림 동화집》을 꺼내 읽다가 그중 한 페이지에 눈길이 멈췄다.

"죽음보다 더 나은 어떤 것을 넌 찾을 수 있을 거야. 너는 훌륭한 목소리를 지녔고, 우리가 함께 음악을 연주하면 좋을 거야. 우리와 함께 브레멘으로 가자."

〈브레멘 음악대〉에서 자유를 찾아 용기 내어 길을 떠난 당나귀가 우연히 길에서 만난 수탉에게 망설이지 말고 함께 떠나자고 권유하는 대목이다. 여기서 "죽음보다 더 나은 어떤 것Etwas Besseres als den Tod"이라는 말은 무력감에 빠져 있던 나에게 충고로 다가왔다. 〈브레멘 음악대〉는 평생 최선을 다해 주인을 도우며 살았지만 이제는 늙어서 쓸모없어진 나머지 주인에게 곧 죽을 운명에 처한 절박한 존재들을 당나귀, 수탉, 개, 고양이, 이렇게 네 마리의 동물로 의인화해서 풍자한 동화다.

위로와 공감이란 이런 것인가. 아무리 힘들고 처절하더라도 함께할 수 있는 친구만 있다면 이겨 낼 수 있다고 하는데, 시간과 공간을 훌쩍 넘어선 친구들이 나와 함께하기를 기다리고 있었다. 바로 그림 동화의 주인공들이다. 자유, 용기, 도전이 동화에 담겨 있었다. 내친김에 〈백설공주〉, 〈헨젤과 그레텔〉, 〈개구리 왕자〉, 〈아셴푸텔(신데렐라)〉 같은 이야기를 다시 읽어 보았다. 그 속에는 인생의 길에 대한 어떤 알레고리가 암시되어 있고, 상징과 비의秘意가 깔려 있었다.

분명한 것은 《그림 동화집》에는 수천 년 혹은 수백 년 동안 이어져 온 어떤 '길'에 관한 이야기가 담겨 있다는 사실이다. 숲 속의 미로를 헤매고 다녀야 했던 원시시대의 사냥꾼과 나무꾼이 언젠가 다시 찾아올 후예를 위해 지혜의 메시지를 숨겨 놓았다. 유대인의 뜨거운 사막에서 유일신과 《성경》, 《탈무드》가 나왔듯이, 게르만족의 깊은 숲 속에서는 사냥꾼과 마녀, 그리고 메르헨Märchen이 탄생했다.

"지금 갑자기 왜 동화인가요? 《그림 동화집》은 아이들이나 읽는 것 아닌가요? 모두들 어렵다고 하는 이때 그깟 동화를 말하는 걸 보니 무척 한가하나 봅니다."

내가 그림 형제와《그림 동화집》을 주제로 책을 쓰고 있다는 얘기를 들은 누군가의 반응이었다. 그림 형제가 동화집을 펴냈지만, 단순히 그것뿐이었다면 독문학자도 아니고 아동문학가도 아닌 내가 굳이 이 책을 쓸 이유가 없다. 내가 그림 형제와 동화를 말하려고 하는 까닭은 역설적으로 지금이 위기이기 때문이다. 위기 탈출을 위한 출구 전략이 동화 안에 담겨 있는 것이다. 어른이 되어 읽는 동화는 어릴 때와는 그 맛이 다르다. 그것은 돈과 권력이 지배하고 변칙이 난무하는 세상을 향해 날리는 통쾌한 인생 역전극이니까.

그림 형제가 한국에서는 '그림 동화집'이라고 번역되는《어린이와 가정을 위한 옛날이야기Kinder-und Hausmärchen》초판 1, 2권을 세상에 내놓은 것은 1815년, 지금으로부터 정확히 200년 전의 일이다. 제목에서 상상되는 평온한 분위기와 달리 동화는 태평스럽고 한가한 시절에 탄생하지 않았다. 국토는 외국 군대의 말발굽 아래 시달리고 있었고 형제는 하루 한 끼 식사로 버텨야 하는 일생일대의 위기 상황이었다.

바로 그때 형제가 착수한 작업이 메르헨 수집이었다. 메르헨은 동화로 번역되고, 민간에 구전되어 오는 이야기, 그래서 학술적으로는 '민담民譚'이라 번역되기도 한다. 형제는 옛이야기 속에 건강한 독일 정신과 로마 군대를 무찌른 게르만 전사의 용감한 기상이 숨어 있을 것이라고 믿었다.《그림 동화집》은 그러니까 잃어버린 정체성을 되찾는 작업이자 민족의 원형질을 찾아 나선 대장정의 시작이었다. 모두가 큰 것과 위대한 것을 외칠 때, 형제는 작은 것 그리고 내 주변의 것들에 눈을 돌렸다.

동화는 애국 운동과 분열되었던 독일을 통일시키는 구심점 역할을 했다. 게다가 《그림 동화집》은 역사상 전 세계적으로 《해리 포터》보다 더 많이 읽혔고, 북극의 에스키모에서부터 아프리카의 스와힐리어에 이르기까지 모두 160개 언어로 번역되어 있다. 미국 할리우드에서는 영화와 드라마, 애니메이션, 뮤지컬로 끝없이 리메이크될 정도로 스토리텔링의 교과서처럼 여겨진다. 그러니 '그깟' 동화라고 치부할 수는 없을 것이다.

그림 형제를 그저 동화 작가로 오해하는 사람들이 많다. 정확하게 말하면 그들은 동화 작가가 아니라 동화를 수집한 학자였다. 도서관 사서로 출발한 형제는 평생 책을 사랑했다. 법학을 전공했지만 동화와 전설 이외에도 언어, 민속, 문학, 역사에 걸쳐 실로 다양한 분야를 연구했다. 그들은 아무에게도 얼굴을 보여 주지 않던 중세와 고대의 신비한 세계를 찾아 떠났던 시간 탐험가였다. 생전에 35권의 책을 썼으며 논문을 포함해 모두 700편에 이르는 놀라운 저작 활동을 했다. 죽는 시간까지 손에서 펜을 놓지 않았다.

독일이 자랑하는 인문학의 든든한 기틀을 구축한 주역 또한 그림 형제였다. 그들은 흔히 게르마니스틱Germanistik이라 부르는 독어독문학의 창시자였으며, 독일 최초의 방대한 《독일어 사전》을 편찬하기 시작했다.

위대한 학자이긴 해도 형제는 결코 책상 위의 백면서생白面書生 노릇만 하지는 않았다. 군주제에서 공화정으로 넘어가는 과도기에 '괴팅겐 7교수 사건'(1837년 괴팅겐 대학교 교수 7명이 헌법 개혁에 반대하다가 파면당한 사건)에 앞장서는 바람에 해직 교수가 되어 일약 실천하는 지식인의 아이콘으로 떠올랐다. 나폴레옹 이후의 유럽 전후 질서를 논의하기 위한 빈 회의와 파리 회의에서는 외교관으로서 역사의 생생한 증인이 되었다. 그런가 하면 프랑크푸르트 파울 교회에서 개최된 독일 최초의 국민의회를 이끌기도 했다. 그들은 신문에 열정적인 문체로 칼럼을 쓰면서 수십 개 나라로 쪼개져 있던 독일의 통일운동에 앞장선 언론인이기도 했다.

내가 베를린 쇠네베르크 지역의 한 교회 묘지에서 형제를 처음 만난 것은 벌써 20년 전이다. 신문《타게스슈피겔》에 실린 '묘지 기행'이라는 연재기사를 읽은 뒤, 뭔지 모를 감흥에 이끌려 단숨에 그곳으로 달려갔었다. 형제는 베를린의 전형적인 초겨울 날씨인 잿빛 하늘 아래 나를 기다리고 있었다. 명성에 비해 무덤은 아주 소박했다. 묘비에는 아무런 수식이나 치장도 없이 그저 이름만 쓰여 있었다.

야코프와 빌헬름, 한 살 차이로 태어난 그림 형제는 가장 친밀한 친구이자 연구 동료였다. 그들의 인생은 '협업의 위대함'을 웅변하고 있다. 그림 형제만큼 아름다운 우애를 보여 주는 형제는 흔치 않다. 어릴 때부터 가장 역할을 했던 형 야코프는 평생 결혼도 하지 않고 동생들을 돌보았고, 동생 빌헬름 역시 마흔이 다 되어서야 결혼했지만 그 후에도 형과 한 지붕 아래 함께 살았다. 그들은 평생 가난, 실직, 해직, 전쟁과 침략 같은 거대한 시련과 싸웠으면서도 결코 그런 현실에 굴복하지 않았다. 그림 형제는 동화의 길, 인문의 길을 죽는 날까지 흔들리지 않고 함께 걸어갔다.

형제가 나란히 묻힌 교회 묘지를 떠나기 직전 나는 묘비에 손을 댔다. 차가운 날씨에도 불구하고 어디선가 따스함이 배어 나오는 듯했다. 그날 나는 수첩에 '길'이라는 한 글자를 새겨 두었다. 그렇게 시작된 형제와의 인연은 20년 동안 관련 자료를 모아 둔 서류철만 세 개, 팸플릿과 브로슈어를 담은 큼직한 상자 두 개로 늘어났다. 하루라도 서둘러 형제의 일생을 한 권의 책으로 정리한다던 나의 계획은 예기치 않게 인생의 진로가 바뀌면서 계속 연기되었다. 그 사이 자료들은 먼지만 수북이 뒤집어 쓴 채 나의 손길이 닿기만을 애타게 기다렸다.

그림 형제와 동화를 따라가는 길을 가리켜 '메르헨 길Märchen Straße'이라 부른다. 프랑크푸르트 인근 하나우에서 시작해 슈타이나우, 마르부르크, 카셀, 괴팅겐, 하멜른, 브레멘까지 총 600킬로미터에 이르는 환상적인 여행길이다. 메르헨 길이 공식적으로 선포된 것은 1975년 슈타이나우 시청에서였다. 60여 개의 도시와 마을, 그리고 8개의 국립공원도 포함되어 있다. 그림 동화를 좋아하고 그림 형제의 발자취를 따라가 보기를 원하는 사람들에게는 최적의 인문 여행길이다.

나는 베를린 특파원 시절에 한 번, 그리고 이 책을 쓰기 위해 다시 한 번 메르헨 길을 걸었다. 붉은 지붕을 한 중세풍의 작은 건물들과 오솔길, 장엄한 숲, 활기찬 시골 시장, 오래된 교회, 위풍당당한 성이 있었다. 할머니 심부름을 하기 위해 외출한 빨간 모자 소녀가 금방이라도 튀어나올 것 같았고, 숲 속에서는 백설 공주를 앞세운 일곱 난쟁이의 노랫소리가 들리는 듯했다. 이 환상적인 길을 걷고 또 걸으며 끈기, 투지, 기개를 뜻하는 단어 'grit'를 떠올렸다. 아마도 형제의 인생을 관통하는 핵심 개념이 아닐까 한다.

마침내 나는 형제가 잠들어 있는 베를린의 장크트 마테우스 교회 묘지를 다시 찾았다. 그리고 조용히 '길'에 대해 물었다. 형제는 오랜만에 찾아온 나에게 이렇게 말하고 있었다.

"너의 발밑을 파라! 그 밑에 보물이 있다!"

그렇다. 길은 멀리 있지 않았다. 새로운 길은 지나온 길 위에서 열린다. 오디세우스가 20년 방랑의 미로를 헤매다 귀향에 성공했듯이, 나 역시 20년 동안 돌고 돌아 다시 그림 형제와 그림 동화 앞에 섰다. 걸어왔던 길을 내 색깔로 다시 갈고 닦았다. 화려하지는 않지만 남이 걷지 않은 나만의 길이었다. 보물은 바로 그곳에 있었다.

2015년 초겨울

손관승

차례

머리말 | 흔들림 없이 끝까지…… 그렇게 그림 형제처럼 ◇ 005

하나우의 풍견계 ◇ 018

슈타이나우의 개구리 왕자 ◇ 027

프랑크푸르트의 잠 못 이루는 밤 ◇ 043

마녀의 숲에서 길을 잃다 ◇ 053

마르부르크에서 낭만과 스토리를 만나다 ◇ 062

최초의 해외 출장, 그리고 형과 아우 ◇ 079

카셀에 몰려드는 폭풍우 ◇ 088

싹트기 시작한 범독일적인 민족의식 ◇ 097

괴테를 만나다 ◇ 107

메르헨, 동화의 탄생 ◇ 116

큰 귀를 가진 형제 ◇ 128

그림 동화가 겪은 우여곡절 ◇ 138

독일 환상 ◇ 149

하멜른의 피리 부는 사나이 ◇ 159

브레멘 음악대의 자유 ◇ 167

외교관 야코프 그림과 코덱스 마네세 ◇ 176

라인 강으로 떠나는 정치적 순례 여행 ◇ 187

독일의 숲 ◇ 198

독일적인 것을 찾아서 ◇ 206

언론인으로서의 삶과 빌헬름의 결혼 ◇ 220

괴팅겐의 7교수, 세상을 바꾸다 ◇ 229

베를린 시대 ◇ 245

게르마니스트 회의와 정치 활동 ◇ 255

여행자 그림 형제 ◇ 265

독일어 사전과 그림 형제의 죽음 ◇ 273

그림 형제를 만나러 가는 길 ◇ 283

감사의 말 ◇ 294

그림 형제 간략 연보 ◇ 297

그림 형제와 동화를 따라가는 '메르헨 길'

Deutsche Märchen Straße

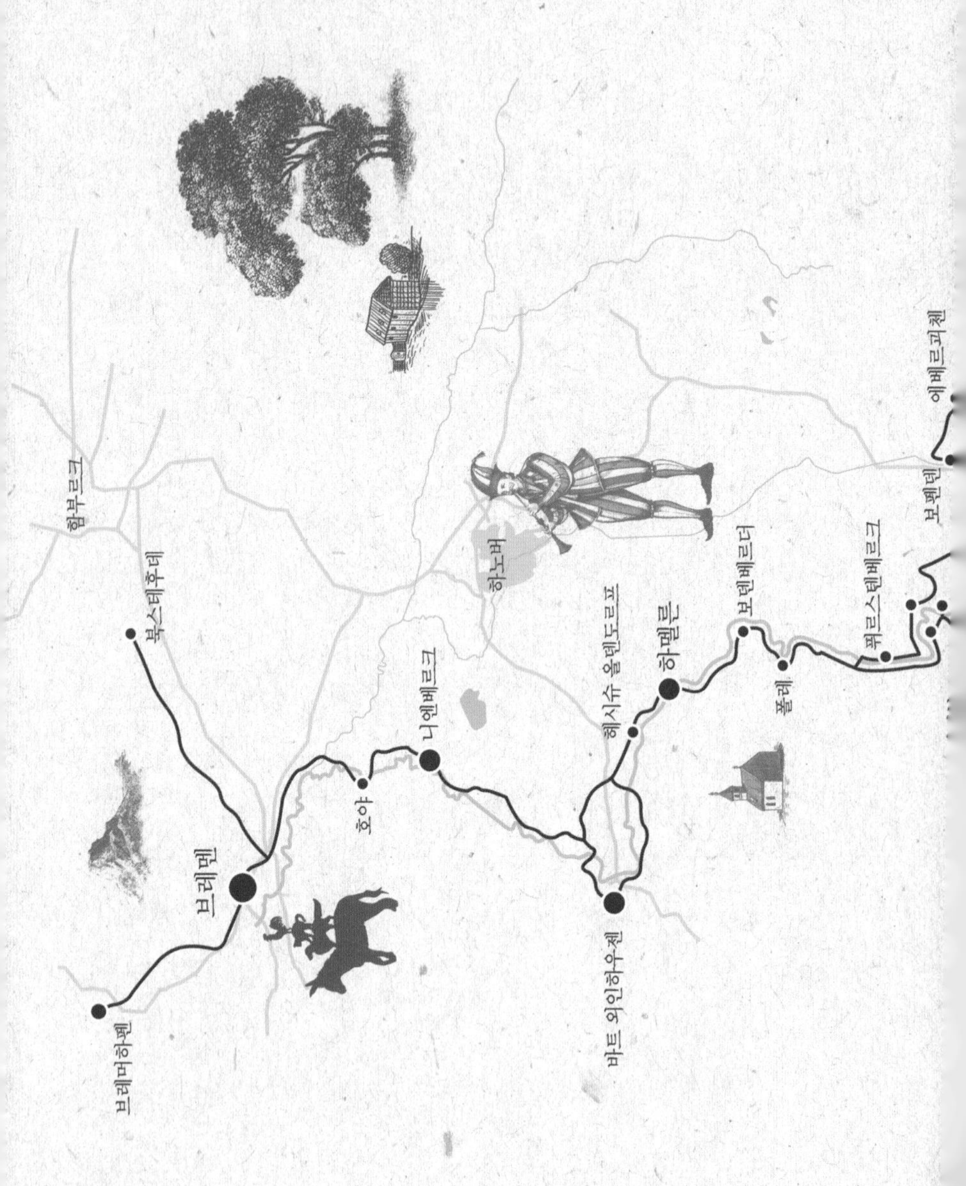

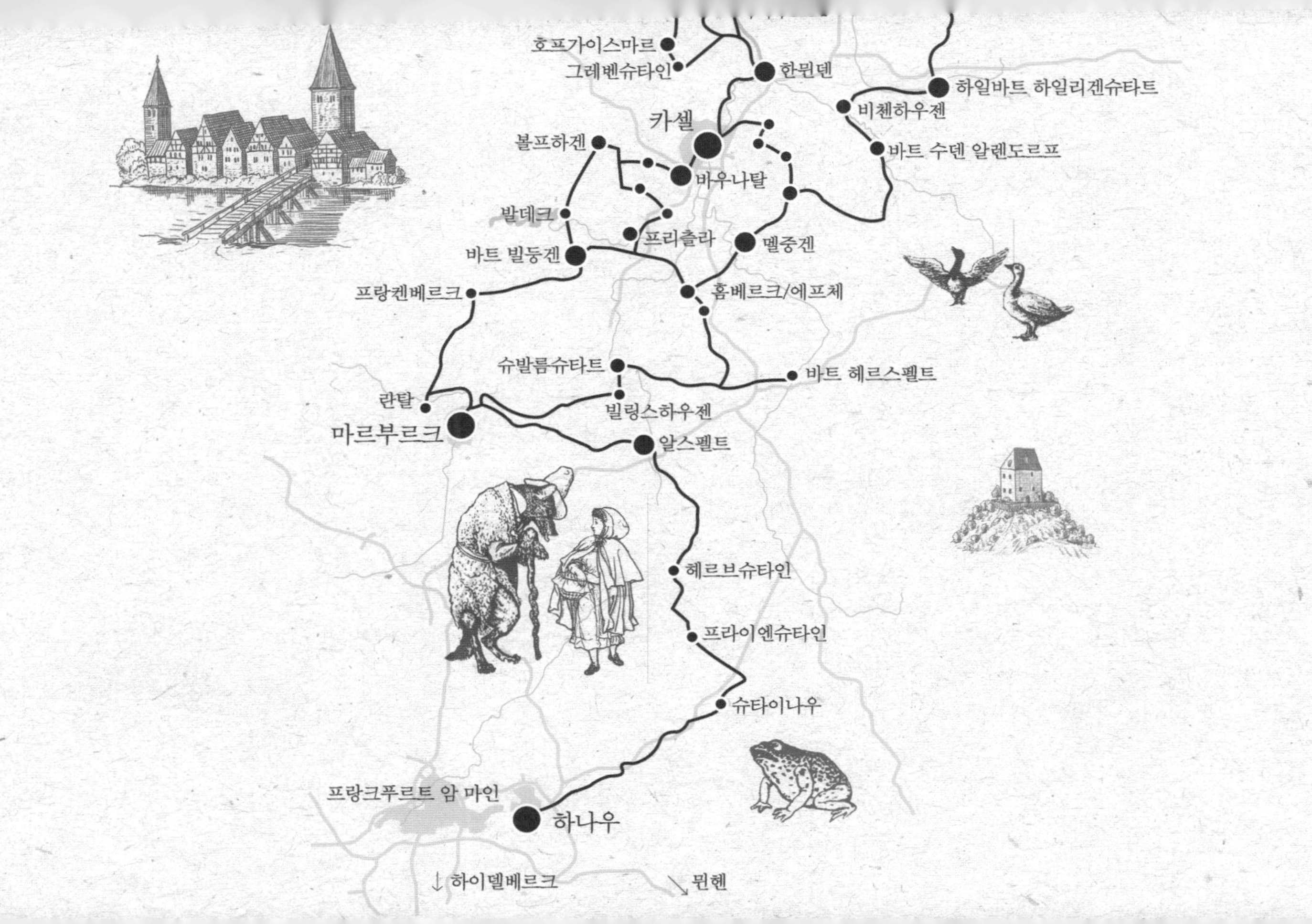

호프가이스마르
그레벤슈타인
한뮌덴
하일바트 하일리겐슈타트
비첸하우젠
바트 수덴 알렌도르프
카셀
바우나탈
볼프하겐
프리츨라
멜중겐
발데크
바트 빌둥겐
홈베르크/에프체
프랑켄베르크
슈발름슈타트
바트 헤르스펠트
빌링스하우젠
란탈
마르부르크
알스펠트
헤르브슈타인
프라이엔슈타인
슈타이나우
프랑크푸르트 암 마인
하나우
↓ 하이델베르크
↘ 뮌헨

◇ 그림 형제 ◇

야코프 그림Jacob Grimm, 1785~1863(오른쪽)
빌헬름 그림Wilhelm Grimm, 1786~1859(왼쪽)

하나우의
풍견계

여행이란 자신을 발견하는 스토리텔링의 과정이다. 그 과정에서 기차는 잠들어 있던 방랑의 욕망을 흔들어 놓는, 대책 없는 친구 같다. 때론 행선지도 모른 채 그냥 떠나고 싶다. 지금까지 달려왔던 인생의 선로에서 벗어나 완전히 새롭게 시작해 보고 싶다는 충동에 휩싸인다. 이 여행이 끝나면 나는 또 어떻게 변화되어 있을까. 마치 셔틀버스처럼 왕복 달리기 하는 일상적인 삶으로부터 잠시 반역을 꿈꿔 보지만, 대개는 아무 일 없었다는 듯 제자리로 돌아온다.

하나우Hanau는 그림 형제가 태어난 곳이다. 형제가 어렸을 때 하나우는 프랑크푸르트에서 마차로 한나절 거리였다고 한다. 지금은 에스반S-Bahn이라는 이름의 교외 전철, 아니면 근거리 통근 기차로 연결되어 있어서 프랑크푸르트의 생활권으로 변한 지 오래다.

마인 강을 따라 동쪽으로 향한 기차는 1시간도 채 안 돼 하나우 서

역에 도착했다. 멀리 풍견계風見鷄가 시야에 들어오기 시작하는 것을 보니 곧 시청 앞 광장이다. 독일은 어느 도시, 어느 마을을 가던지 중심에는 시청과 교회가 있고, 그 뾰족한 탑 위에는 금빛의 닭 모형이 달려 있다. 바로 빈트휘너windhühner라 부르는 풍견계다. 빈트휘너는 바람wind과 야생 닭hühner을 의미하는 두 독일어 단어를 조합한 것으로, '바람의 방향을 바라보고 있는 닭'을 뜻한다. 진 쿠퍼Jean C. Cooper는 《그림으로 보는 세계 문화 상징 사전》(이윤기 옮김, 까치)에서 수탉과 풍견계의 의미를 이렇게 정리하고 있다.

> "수탉은 불침번을 나타내는 것으로서 모든 방향을 경계하며, 악령을 감시하는 풍견계로 사용된다. 태양에 속하는 금색의 수탉은 방울소리가 없는 암흑의 시간에 뾰족탑을 지킨다. 수탉은 암탉과 먹이를 나누어 먹는다고 생각했기 때문에 좋은 성격을 의미하며, 또한 그리스도교 신자들에게는 예수의 새벽이 닥쳐올 것을 알리는 전도자를 나타낸다. 수탉은 예수의 수난과 연관되어 부활을 나타내며, 또한 성 베드로와 관련되어 인간의 나약함과 후회를 나타낸다."

날씨 변화가 심하고 바람의 영향을 많이 받던 독일의 농경 문화에 이러한 종교적 의미까지 더해져 독일에는 유독 풍견계가 많다. 작가 귄터 그라스는 〈풍견계의 이점Die Vorzüge der Windhühner〉이라는 풍자시에서 정치와 사회를 미리 읽고 내다보는 상징으로 풍견계라는 개념을 사용하고 있다.

지식인은 뾰족하고 날카로운 곳에 홀로 서 있는 존재다. 무난한 태도로는 안 된다. 깨어나 시대와 마주해야 한다. 지식인은 풍견계와 같다. 그림 형제의 운명이기도 했다. 그런 까닭인지 어린 시절 그림 형제의 시선을 사로잡은 것도 풍견계였다. 두 형제 가운데 동생 빌헬름은 풍견계에 대한 기억을 다음과 같이 회고한다.

"나와 형 야코프, 두 사람은 손에 손을 잡고 마르크트 광장을 건너 프랑스어 선생님에게 가곤 했다. 프랑스어 선생님은 교회 근처에 살았다. 그 교회 뾰족탑 위에 걸린 풍견계를 바라보는 것은 내 유년시절의 즐거움으로 남아 있다."

그림 형제가 바라보았던 풍견계를 보면서 따라가면 교회가 나오고, 그 건너편이 시청, 그리고 그 앞에 마르크트 광장Marktplatz이다. 마르크트는 시장이란 뜻으로, 독일 대부분의 시청 건물 앞 광장에서는 정기적으로 재래시장이 열리기 때문에 시청 앞 광장에는 대부분 그런 이름이 붙어 있다.

광장 한가운데에 그림 형제 기념 동상이 자리 잡고 있다. 이 동상은 전국적인 모금 운동의 결과였다. 독일은 1871년 비스마르크의 주도 아래 나폴레옹 3세의 프랑스를 격파하고 마침내 오랜 염원인 통일을 이뤘다. 통일 독일과 통합을 상징하는 국가 기념물이 필요한 시점이었다. 그렇게 해서 그림 형제 동상은 1896년 10월 18일, 뮌헨 예술대학 교수였던 조각가 시리우스 에베를레Syrius Eberle의 설계로 지금의

하나우 시청 앞 마르크트 광장에 있는 그림 형제 동상. 그 뒤에 있는 시청 건물 제일 높은 곳에 풍견계가 보인다.

자리에 세워졌다.

형제의 동상을 보면 모두 긴 머리에 프록코트 차림이다. 평생 책을 사랑했던 형제는 책에 푹 빠져 있는 모습을 하고 있다. 입을 꽉 다문 채 서 있는 사람이 형 야코프Jacob, 오른쪽에 앉아 있는 사람이 동생 빌헬름Wilhelm이다. 1785년 1월 4일 야코프가 하나우에서 태어났고, 이듬해인 1786년 2월 24일 빌헬름 역시 하나우에서 태어났다.

두 형제는 평생 한 지붕 밑에서 살았고, 함께 공부했고, 같은 직장을 다녔으며, 집필과 연구를 공유했다. 집안의 경제적 책임도 늘 함께 졌다. 죽어서까지 나란히 누웠다. 세상에 이런 형제가 또 있을까.

형제는 언제나 함께했지만 외모와 성격은 크게 달랐던 듯싶다. 빌헬름은 형 야코프보다 키도 훤칠하게 크고 핸섬했다. 내성적인 형과 달리 성격도 사교적이었다. 그는 사람 초대하기를 좋아했다. 그림 동화와 그림 형제 최고 전문가 가운데 한 명인 부퍼탈 대학교 하인츠 뢸레케Heinz Rölleke 교수는 한마디로 이렇게 정리했다.

"빌헬름은 여자 보는 눈이 있었어요. 그리고 여자들도 그를 보는 눈이 있었죠."

빌헬름은 큰 키와 달리 몸이 허약했다. 일찍 돌아가신 아버지처럼 심장에 문제가 생겨 몇 번이나 죽음의 문턱까지 다녀와야 했다. 형 야코프가 꼼꼼하고 학술적이었다면 빌헬름은 문학적 재능과 문장력이 뛰어났다. 우리가 지금 읽고 있는 《그림 동화집》의 문체는 동생 빌헬

그림 형제 초상화. 왼쪽이 동생 빌헬름, 오른쪽이 형 야코프. 화가 남동생 루트비히 에밀이 그렸다.

름의 것이다. 그는 위대한 스토리텔러였다. 교수로서 강의 실력이 출중해 따르는 학생들이 많았다. 그는 1825년 마흔이 다 된 나이에 결혼하게 되지만 그 후에도 죽을 때까지 형을 모시고 살았다.

이에 반해 형 야코프는 어릴 때 홍역과 천연두를 앓아 얼굴에 흉터 자국이 남아 있었다. 근시에 키도 작아서 남 앞에 나서는 것을 좋아하지 않았다. 세상을 깜짝 놀라게 하는 논문과 저서를 쉬지 않고 발표한 세계적인 학자였지만, 강연에는 서툴러 말을 더듬곤 했다. 야코프는 평생 여자 없는 인생을 살았고, 책과 결혼한 사람이었다. 아버지를 일찍 여의는 바람에 아버지 대신 동생들을 돌보았다. 그는 외국어에 능

통했고 학문 전반에 대한 시야가 넓었다. 학문과 출판 기획 프로젝트를 주도한 것은 언제나 형 야코프였다.

베티나 폰 아르님Bettina von Arnim은 낭만주의 여류 문인이자 평생 그림 형제와 친구로 지내며 후원을 아끼지 않았던 당대의 유력 인사였는데, 두 형제에 대한 인상을 이렇게 요약하고 있다.

> "형 야코프는 진실성이란 이름의 온기가 흐르는 사람이었다. 이에 반해 동생 빌헬름은 솔직하고 명랑했다."

그림 형제의 동상 밑에는 "여기서부터 메르헨 길Märchen Straße이 시작된다"라는 안내 동판이 새겨져 있다. 메르헨 길은 영어로는 'Fairy Tale Route'라고 한다. 즉 동화의 길이다. 이 낭만적인 길이 공식적으로 선포된 것은 1975년이다. 하나우에서 시작해 북쪽 브레멘에 이르기까지 모두 60여 개의 도시와 작은 마을, 그리고 8개의 국립공원을 지나가는 600킬로미터의 환상적인 여행길이다.

이곳의 지방자치단체들은 현명했다. 160개 국어로 번역된 《그림 동화집》을 지역문화와 연계해 훌륭한 관광자원으로 만드는 법을 알았다. 연극, 뮤지컬처럼 문화산업 전반으로 확대 생산하는 방법도 알았다. 더 중요한 것은 지방자치단체마다 개별적으로 나서기보다는 동화 벨트를 만들어 하나의 이름으로 브랜드화 하는 것이 훨씬 더 효율적이라는 것을 깨달았다.

형제가 태어난 집은 지금의 '자유의 광장' 주변에 있었다고 하는데,

그림 형제가 태어난 집. 그들은 둘 다 하나우에서 태어났다.

제2차 세계대전 때 폭격으로 아쉽게도 기념 동판으로만 그 모습을 확인할 수 있다. 형제네 가족은 여기서 다시 시청 부근의 랑게 골목 두 번째 집으로 이사했다.

하나우에는 프랑스에서 건너온 위그노Huguenot 출신이 많이 살았다. 프랑스에서 종교박해를 받았던 위그노는 종교 자유를 찾아 이웃의 신교도 나라들로 망명을 떠나는데, 일찍이 금세공으로 발달한 하나우는 적극적으로 그들을 수용했다. 왜냐하면 위그노 가운데에는 손재주가 뛰어난 사람이 많았기 때문이다. 위그노는 프랑스에서 기술뿐 아니라 멋진 이야기까지 가져와 훗날 그림 동화를 풍부하게 만들어 준다.

형제가 태어날 당시 독일은 신성로마제국이라는 이름으로 수백 개의 왕국과 제후, 자유 도시로 이뤄진 느슨한 동맹체 연합이었다. 신성로마제국 황제에 대한 충성심은 사라진 지 오래였고, 개별 왕이나 제후들의 지배력이 강할 때였다. 하나우는 헤센 · 카셀 공국에 속한 도시여서 그림 형제에게 국가란 곧 헤센 · 카셀을 의미했다.

유럽 대륙에 거대한 폭풍을 몰고 올 프랑스 혁명이 일어난 것은 1789년, 빌헬름이 태어난 지 3년째 되던 해였다. 나폴레옹이 쿠데타로 집권한 것은 1799년이니, 아직은 폭풍전야처럼 고요할 때였다. 그림 형제는 목가적인 분위기 속에서 유년을 보냈다. 다만 풍견계만이 멀리서 다가오는 거대한 폭풍을 우려스러운 눈으로 바라볼 뿐이었다.

슈타이나우의 개구리 왕자

슈타이나우Steinau로 향하는 기차는 2층으로 된 근거리 여행열차Regional Express이다. 계획을 잘 짜면 큰 비용 들이지 않고 기차 여행을 할 수 있는 곳이 독일이다. 예를 들어 프랑크푸르트가 소속된 헤센 주에서는 '헤센 티켓'이라는 것이 있다. 33유로 하는 이 티켓 한 장이면 모두 다섯 명까지 동시에 하루 종일 마음껏 헤센 주를 기차로 여행할 수 있다. ICE(Inter city express, 대도시를 연결하는 특급 열차)나 IC(Inter city, 대도시를 연결하는 일등 전용 특급 열차) 같은 고급 기차는 제외되지만, 그렇다고 나머지 기차의 수준이 떨어지거나 하는 것은 아니다. 게다가 시내에서도 버스나 지하철까지 이용 가능하니 여행객 입장에서는 금상첨화가 아닐 수 없다.

슈타이나우 역에 내리자 전형적인 전원 풍경이 펼쳐진다. 슈타이나우의 정식 이름은 슈타이나우 안 데어 슈트라세Steinau an der Straße, '길에 면한 슈타이나우'란 뜻이다. 옛날부터 프랑크푸르트에서 라이프치히로 이어지는 통상通商 도로가 이곳의 거의 중앙을 지나고 있었기에 그런 특이한 이름을 갖게 되었다. 라이프치히까지 332킬로미터 떨어져 있다는 푯돌이 마을 입구 한가운데에 세워져 있다.

예부터 도로는 단순히 사람이 통행하고 물건을 실어 나르기만 하는 수단이 아니다. 사람과 물자가 이동하면서 생각과 이야기도 함께 움직인다. 마을 여관 같은 곳에서 하룻밤을 묵는 여행자는 무료한 시간을 보낼 겸 술이나 차 한잔 나누며 옛날이야기를 들려주곤 했다. 통상 도로는 스토리 전달에 아주 유효한 플랫폼이었던 셈이다.

그림 형제는 어려서부터 물건을 팔기 위해 이동하던 여행자의 모습을 자연스레 접하면서 자랐다. 입에서 입으로 전해지던 이야기를 듣고 기록하는 힘을 아마 이때부터 익히기 시작했을 것이다.

지금은 킨치히 강 가까운 곳에 아우토반과 국도 40번 도로가 생겨 대부분의 차량이 그쪽으로 달리는 까닭에 옛날과 달리 슈타이나우 구시가지는 조용하고 한산하다. 시stadt라고 되어 있지만 사실은 마을dorf이라는 단어가 어울리는 아담하고 한적한 곳이다. 가까운 곳에 포겔스베르크 산맥이 있고 르네상스풍의 성이 있는 비스듬한 언덕과 그 비탈길을 따라 나무로 지은 집들이 중세풍의 모습을 간직하고 있다. 그림 형제가 살던 구시가지까지는 성인 남자 걸음으로 15분 정도는 족히 걸어가야 하는데, 마치 동화 속으로 들어가는 기분이다.

안내판에 '파흐베르크Fachwerk' 거리라 쓰여 있다. 나무 기둥을 블록처럼 쌓아 놓고 목재로 격자 모양의 뼈대를 만든 후 석회와 흙으로 감

그림 형제가 1791년부터 1798년까지 살았던 슈타이나우의 전원 풍경. 요한 하인리히 티슈바인이 그렸다.

싸서 지은 건물을 파흐베르크 하우스라 한다. '나무의 구획으로 이뤄진 집'이란 뜻이며, 영어로는 하프 팀버드 하우스half timbered house라고 부른다. '절반은 목재를 쓴 집'이란 뜻이다. 영국 일부와 독일과 가까운 프랑스 북쪽, 그리고 오스트리아와 스위스 일부 지방에서도 발견되지만 가장 많이 목격되는 곳은 독일의 로만티크 길과 메르헨 길이다.

슈타이나우는 독일의 여러 부족 가운데 알레마니족이 정착해 살던 곳으로, 그 이름은 '돌이 많은 강가에 있는 장소'라는 뜻이다. 프랑크푸르트 북쪽에 있는 포겔스베르크 산과 슈페사르트 산맥, 그리고 뢴 산으로 둘러싸여 있다. 나무와 숲이 풍성해 그림 형제가 어릴 때부터 동화적 상상력을 키우기에 더할 나위 없이 좋은 환경이었다. 그림 형제는 하나우에서 태어났지만 마음의 고향은 항상 슈타이나우였다.

슈타이나우의 중심에 들어서자 모든 곳에 그림 형제가 있었다. 구시가를 관통하는 거리의 이름은 그림 형제이고, 그곳을 지나자 그림 형제 약국, 그림 형제 서점, 그림 형제 학교, 그림 형제 빵집이 기다리고 있었다. 이렇듯 모든 것이 그림 형제와 그림 동화의 캐릭터로 치장되어 있다.

그림 형제는 각각 여섯 살, 다섯 살이 되었을 때 마차를 타고 이 도시에 왔다. 1791년 1월이었다. 슈타이나우는 형제의 부친 필리프 그림이 태어난 고향이었고, 할아버지 역시 이 마을의 개혁파 교회 목사로 재직 중이었다. 아버지의 직책은 '암트만amtmann'이었다. 옛 직책이어서 지금의 우리식으로 번역하기 쉽지 않은데, 헤센 · 카셀 공국의 제후 대신에 마을의 법관과 행정 담당 공무원을 겸했다고 보면 될 듯하다.

아버지를 따라 그림 형제가 정착한 집은 1562년에 지어진 2층 건물로, 그림 형제가 살았던 집들 가운데 유일하게 폭격에서 살아남았다. 이 집은 '암트하우스Amthaus'라 부르는데, 관공서 청사 겸 관사로 쓰였다. 보통의 시골 암트하우스보다 두 배 크기여서 공간이 넉넉했다. 1층은 법정과 관청 사무소로 쓰여 아버지가 공식 업무를 보았고, 한쪽으로는 살림집도 있었다. 2층은 일하는 사람들이 썼고 여타 용도로 쓰였다. 마당이 있는 관사 한쪽으로는 창고와 외양간도 있었다.

여기서 잠시 그림 형제의 다른 가족들에 대해 간단히 살펴보자. 그림 형제는 집안에 단 두 명만 있었을 것이라 생각하지만, 사실은 모두 여섯 명이나 된다. 모두 살았다면 아홉 명이나 되었을 것이고, 야코프보다 먼저 태어난 사내아이가 죽는 바람에 그는 장남이 되었다. 형제

그림 형제의 화가 동생 루트비히 에밀 그림. 그는 카셀 미술 아카데미 교수였으며, 《그림 동화집》에 들어간 삽화를 그렸을 뿐 아니라 두 형의 초상화를 자주 그렸다.

자매 가운데 모두 세 명이 어린 나이에 사망했지만, 평균 수명이 아직 쉰 살 이하이던 당시 상황을 감안하면 그리 특별한 일은 아니었다.

두 형제 바로 밑에는 카를 프리드리히가 있었는데 그는 헤센 공국 군인으로 참전했다가 상이군인이 되어 평생 형들의 걱정을 샀다. 그 밑으로 페르디난트 필리프는 문필가였지만 별다른 실력을 발휘하지 못했다. 책장사를 했지만 그 역시 형들로부터 원조를 받아야 하는 형편이다. 카를 프리드리히와 페르디난트 필리프는 모두 평생 독신이었다. 다섯째 루트비히 에밀은 화가로 널리 알려졌다. 카셀 미술 아카데미 교수였으며 《그림 동화집》에 들어간 삽화를 그렸을 뿐 아니라 두 형의 귀중한 초상화를 세상에 남긴, 명성 높은 예술가였다. 그는 사내로는 막내였고, 그가 태어난 뒤 가족은 하나우에서 슈타이나우로 이사하게 된다. 그곳에서 그림 형제 집안의 유일한 여동생 샤를로테 아말리에가 태어난다. 형제는 막내 여동생을 무척 귀여워했고, 그녀는 나중에 고등 법률관 하센플루크와 결혼해 다섯 명의 아이를 얻지만 일찍 죽는다.

"동전을 쓰기 전에 세 번 돌려 봐라!" 그림 형제가 어릴 때부터 아버지로부터 귀에 못이 박이도록 들었던 말이다. 종교개혁가 칼뱅의 가르침이기도 했지만, 절약하고 매사 성실하게 사는 것은 그림 집안의 오랜 모토였다. 훗날 뜻하지 않은 고난이 닥치고 경제적 궁핍에 시달리면서도, 평생 청빈한 삶을 이겨 낸 형제의 습관은 여기서부터 시작되었다. 법률가였던 아버지는 형제들에게 언제나 신뢰와 근면, 우애를 강조했다.

형 야코프의 비상한 학습 능력은 어릴 때부터 눈에 띄었다. 아직 공교육이 확립되기 전이라 개인선생으로부터 라틴어와 종교, 지리에 대한 교습을 받았다. 하지만 동생 빌헬름의 회고를 보면 아이들에게 지루하기만 한 구식 선생이었던 모양이다. "우리는 이 도시에 있던 징크한이라는 선생님에게서 배웠는데, 그로부터 배운 것은 별로 없었다."

형제는 슈타이나우 시절을 "가장 신선하고 가장 행운이었던 인생의 한 부분"으로 기억하고 있다. 그 이유는 그들의 어머니가 수업이 끝나면 아이들에게 마음껏 자연을 즐기도록 내버려 두었던 덕분이다. 형 야코프와 동생 빌헬름은 산에서 나비와 곤충, 식물을 채집해 집으로 돌아왔다. 훗날 빌헬름은 나비와 벌레를 쫓아다니던 유년시절의 습관이 "수집가 정신"을 심어 줬다고 회고한다. 어릴 때 자연에서 식물과 곤충을 수집하던 버릇은, 커서는 책과 필사본을 모으며 잊혀 가는 옛이야기를 수집해 기록으로 남기기에 이른다.

아버지의 관사이자 그림 형제가 살던 집은 1999년 '그림 형제 기념관Brüder Grimm Haus'이라는 이름으로 문을 열었다. 입장하기 전, 잔디밭 위에 작은 조형물이 있어 살펴보니, 유명한 〈개구리 왕자〉의 한 장면이다. 살짝 윗몸을 굽힌 소녀가 공을 든 개구리를 바라보고, 마법에 걸렸던 왕자가 다시 광명을 찾게 되는 감격적인 순간을 재현하고 있다. 다만 소녀가 아니라 키가 훌쩍 커 버린 게르만족 여인의 모습인 것이 이색적이었다. 기념관 주변은 동화를 재구성해서 만든 작은 인형이나 조각으로 장식되어 있다. 걸어 나올 채비를 하고 있는 빨간 모자 소녀, 반대쪽 마당에는 돌로 만들어진 일곱 난쟁이가 서 있었다.

비수기여서 그런지 기념관은 한산했다. 몇 년 전 방문했던 카셀의 그림 형제 박물관과 비교하면 규모가 현저히 작지만, 형제의 어린 시절과 동화의 무대가 되었던 옛 마을 풍경을 이해하는 데는 오히려 안성맞춤이었다.

그림 형제 기념관은 그림 형제가 살았을 당시의 살림살이와 그림 동화 관련 전시품이 주류를 이루고 있다. 그 가운데 가장 진귀한 것은 그림 형제가 직접 주석을 달았던 《그림 동화집》 초판본으로 2000년 한 경매에서 200만 달러가량의 거액을 들여 구입한 보물이다. 1826년 막내 남동생 루트비히 에밀의 스케치로 최초의 삽화가 들어간 판본과 그림 형제의 원고와 메모 사본들 역시 이곳에 전시되어 있다. 그림 형제 기념관과 마당 사이로 또 하나의 건물이 있는데 슈타이나우 박물관이다. 그림 형제 기념관 입장권으로 함께 관람이 가능한데, 슈타이나우의 역사와 지리, 그리고 생활사를 간략히 정리해 놓은 곳이다.

그림 형제 기념관 전경. 파흐베르크 양식으로 지어졌다.

위 그림 형제 기념관에는 그림 형제가 살았을 당시의 살림살이가 재연되어 있다.
아래 그림 형제 기념관에 전시되어 있는 그림 형제의 원고와 메모 사본들.

"여러분은 그림 동화 가운데 어떤 이야기를 가장 좋아하나요?" 그림 형제 기념관은 벽에 걸린 포스터를 통해 관람객들에게 묻고 있었다. 여기서 뜻밖의 사실을 알았다. 독일인이 가장 좋아하는 그림 동화는 〈늑대와 일곱 마리 새끼 염소〉였다. 한국인들이 가장 좋아하는 그림 동화가 언제나 〈백설 공주〉라는 것을 감안하면 의외였다. 문화의 차이도 있겠지만 아마도 한국은 할리우드 애니메이션의 영향을 강하게 받았기 때문이 아닐까.

슈타이나우 구시가지는 작아서 한눈에 다 들어올 정도다. 그림 박물관을 나서면 마을 중앙에 시청이 있는데, 1975년 바로 이곳에서 메르헨 길 선포식이 거행되었다. 시청 옆에는 그림 형제의 할아버지가 40년 이상 목사로 봉직한 카타리나 교회가 나란히 있다. 이 교회의 뾰족탑에도 풍견계가 멀리 바람이 불어오는 방향을 바라보고 있다.

시청과 교회 인근에는 16세기에 지어진 고성이 있는데, 형제의 놀이터였다. 성벽이나 해자垓字(성 밖으로 둘러 판 못), 네모난 탑이 있고, 도개교(평소에는 닫아 두고 유사시에만 내려 걸치는 다리)가 있어, 중세의 모습 그대로다. 낮에도 통행이 적어 돌길에 부딪는 신발 소리만 들리는 곳이다. 밤에는 독일인들의 표현처럼 "여우와 토끼가 '잘 자'라는 인사말을 서로 건네는" 적막한 풍경일 듯싶다. 이곳의 풍경은 평생 잊을 수 없는 추억이어서 아마도 형제가 성장한 후 그림 동화를 쓸 때 뇌리에 남아 있었을 것이다. 형제는 고향의 성을 생각하면서 상상력을 발휘해 묘사하지 않았을까 싶다. 요즘도 영화나 텔레비전의 사극을 찍을 때 종종 이용된다고 한다.

그림 동화에는 어두운 숲과 불길하고 오싹한 느낌의 고성, 오두막, 그리고 떠들썩한 마을 거리가 자주 그려지는데, 슈타이나우가 바로 전형적인 모습이었다. 아마 길가에 금속으로 만들어 놓은 사일로Silo가 없다면, 그리고 멀리 아우토반의 자동차 소리가 아니라면 풍경은 200여 년 전 그림 형제 때와 그리 다르지 않을 것 같다. 지금도 붉은 지붕 집들은 구릉지에 몰려 있고 강가를 따라 지어진 마을도 여전하다. 들판의 옥수수밭과 지평선도 그때와 크게 다르지 않을 듯하다.

이처럼 평화로웠던 슈타이나우에 조금씩 정치적 불안감이 찾아오기 시작한다. 프랑스 혁명의 여파로 1793년에 루이 16세가, 그리고 이듬해에는 혁명가 당통이 단두대의 이슬로 사라졌다. 프랑스 혁명에 맞서 프로이센, 헤센, 오스트리아 같은 군주국들이 러시아와 손을 잡고 전쟁을 벌이자 1792년에는 슈타이나우 마을 앞까지 군인이 행진해 왔다. 어린 형제는 이를 불안한 눈으로 지켜보았다.

조용하고 단란했던 그림 형제 가족에게 갑작스런 비보가 닥친다. 1796년 1월 10일 갑자기 아버지가 폐렴으로 쓰러져 불과 45세의 나이로 사망한 것이다. 아버지가 이곳으로 전임해 온 지 5년 만이었다. 형 야코프는 열한 살, 그리고 빌헬름은 열 살이었다. 아버지가 돌아가시던 해는 그림 일가에 최악의 해였다. 엎친 데 덮친 격으로 고모까지 갑자기 쓰러져 같은 해 12월 사망하기에 이른다. 가족들은 관사를 나와야 했고 경제적 곤궁에 휩싸이게 된다.

걱정을 모르던 형제는 정신적으로 훌쩍 크기 시작한다. 경제적으로 힘이 들었던 어머니는 두 형제를 언니 헨리에테 침머에게 부탁한다. 그녀는 카셀의 헤센 제후의 궁정에서 시녀로 일하고 있었고 독신이었다. 어머니의 간청은 다행히 받아들여졌다. 1798년 9월, 우편마차에 올라탄 야코프와 빌헬름 두 형제는 손을 꽉 잡고 눈물짓는 엄마와 동생들을 뒤로하고 카셀로 향한다. 각각 열세 살과 열두 살이었다. 이것으로 그림 형제는 어린 시절과 영원히 작별한다.

슈타이나우 시청 앞 아담한 광장에는 언제나 물을 뿜는 분수가 있다. 그 샘에는 〈개구리 왕자〉 이야기를 구현한 조각상이 있다. 〈개구리 왕자〉는 1812년에 발간된 《그림 동화집》 초판 제1권 때부터 최종판에 이르기까지 줄곧 첫 번째로 나오는 작품이다. 이 이야기의 원제는 '개구리 왕자 또는 쇠 띠를 두른 하인리히Der Froschkönig oder der eiserne Heinrich'다. 무릇 첫 번째 이야기는 더 주목할 만하다. 동화의 줄거리는 이렇다.

옛날에 예쁜 공주가 황금공을 가지고 놀다가 우물 속에 빠뜨린다. 그러자 개구리가 우물 속에서 튀어나와 공주에게 그 공을 찾아 줄 테니 그 대신 자신과 놀고 식사할 때나 잠잘 때나 함께해 달라고 조건을 내건다. 하지만 개구리가 공을 찾아 주자 공주는 약속을 지키지 않고 도망친다. 그러자 개구리는 약속을 지킬 것을 요구하며 공주가 사는 곳까지 쫓아오고, 공주의 아버지인 왕은 약속을 했으면 반드시 지켜야 할 의무가 있다며 공주에게 개구리와 친구로 사이좋게 지내라고 한다. 개구리가 공주에게 침대를 같이 쓸 것을 요구하자 개구리의 흉

측한 외모에 놀라 공주는 개구리를 벽에 내동댕이친다. 그 순간 개구리는 왕자로 변하고 그동안 자신이 마법에 걸려 있었음을 이야기하자 공주는 깜짝 놀라며 자신의 행동을 부끄러워한다. 왕자와 공주는 결혼식을 올리고, 여덟 마리의 말이 끄는 마차를 타고 왕자의 왕국으로 향한다. 마차를 타고 가는 동안 왕자의 충복 하인리히 가슴에 동여맨 세 개의 쇠사슬이 끊어진다. 하인리히는 왕자가 개구리로 변하자 너무 슬픈 나머지 자신의 가슴에 쇠사슬을 칭칭 동여맸던 것이다.

요즘 아이들에게 "개구리 왕자는 클라이맥스 때 어떻게 깨어났지요?"라고 묻는다면 필시 "공주가 키스했기 때문입니다"라는 답이 돌아올 것이다. 디즈니 애니메이션의 영향이다. 하지만 진짜 이야기는 앞서 말했듯이 "공주가 못생긴 개구리를 벽에다 있는 힘껏 던졌기" 때문이다. 그건 과연 뭘 의미하는 걸까? 동화연구자들과 심리학자들은 나름 서로 다른 해석과 주장을 내놓고 있다. 융Carl Gustav Jung 같은 심리학자는 "에고와 슈퍼에고의 싸움"이라는 해석을 내놓았고, 융의 제자 브루노 베텔하임Bruno Bettelheim은 "개구리를 던지는 것은 왕자의 성적인 자각(자극)"이라고 주장했다. 그런가 하면 독일의 민속학자 루츠 로리히Lutz Rohrich는 공주가 아버지의 권위에 반항함으로써 페미니스트의 롤 모델을 제시한다는 견해를 내놓았다. 아니면 미국의 비평가들이 시니컬하게 말하듯 "개구리는 그냥 개구리일 뿐"인지도 모른다. 해석은 독자의 자유다. 해석의 열려 있음, 그것이 그림 동화의 매력 아닐까.

그림 형제가 수집한 메르헨에서 왕자가 등장하는 이야기는 모두 34

슈타이나우 시청 앞 광장에 있는 작은 분수대에 〈개구리 왕자〉 이야기를 구현한 조각상이 있다.

〈개구리 왕자〉는 《그림 동화집》 초판 때부터 최종판에 이르기까지 줄곧 첫 번째로 나오는 작품이다.

편이나 된다. 그 가운데 왕자가 주인공으로 등장하는 것은 16편인데, 여기서도 왕자는 하나같이 바보이거나 모험가에 지나지 않아, 여자 주인공의 보조 역할을 할 뿐이다. 왜 그럴까? 그것은 어쩌면 옛날부터 이야기를 전하는 화자가 대부분 여성들이기 때문이다. 부엌의 아주머니, 난롯가의 할머니, 그 옆을 지키던 소녀, 실을 잣던 여성들, 저녁식사를 마치고 나면 이렇다 할 놀이가 없던 시절에 옛날이야기를 들려주는 것은 최고의 오락이었다. 여성들의 관점에서 이야기를 하다 보니 주인공은 대부분 어린 소녀, 남자는 그 꿈이 이뤄지는 매개체였던 것이다.

분수대 옆 시청에서는 이제 막 결혼식을 마친 신혼부부가 친구들과 간단하게 피로연을 하고 있었다. 마법에서 풀린 개구리 왕자처럼 신랑 얼굴에서 싱글벙글 웃음이 떠나지 않는다. 개구리는 많은 나라의 신화에서 풍요, 다산, 정욕을 나타낸다고 한다. 연못이나 늪에서 나오는 생물답게 생명의 소생과 부활을 뜻하기도 한다.

교회와 분수대 옆에는 400년 된 맥줏집이 있고, 오랜 전통을 자랑하는 마리오네트 인형극이 펼쳐지는 극장이 있다. 부모의 손을 잡고 온 아이들이 그림 동화가 구연되는 것을 보면서 손뼉 치고 탄성을 지른다. 이곳에서 동화는 퀴퀴한 옛날이야기가 아니라 오늘날 여전히 살아 움직이는 놀이다. 지금 세대가 다음 세대에게 전해 주는 소중한 정신 유산의 소통 창구 역할을 그림 동화는 여전히 담당하고 있다. 그게 전통의 위대함이고 진정한 스토리의 힘이 아닐까.

나는 슈타이나우를 떠나려다 문득 한 곳을 빠뜨렸다는 생각이 들었다. 이 마을을 안내하는 여행 안내소였다. 보통은 한 도시에 도착하면 이곳부터 들르는 것이 순서겠지만, 이미 관련 자료가 있는 데다가 그림 형제 기념관을 먼저 방문한 까닭에 굳이 들를 이유가 없었다. 그래도 혹시나 하는 마음에 문을 열었다.

여러 직원 가운데 40대 중반쯤으로 보이는 사람이 나에게 '니하오!'라고 인사를 건네는 것이 아닌가. 이전에는 유럽 어디를 가든지 일본 사람 아니냐는 질문을 많이 들었는데, 이제는 가는 곳마다 중국인 취급한다. 한국인이라는 답변에 그녀는 미안하다는 말과 함께 슈타이나우가 처음이냐고 질문을 던진다. 이미 오래전 한 차례 메르헨 길을 다녀온 적이 있고, 이번에는 그림 형제를 주제로 책을 쓰기 위해 여행 중이라고 말하자, 반색하며 그 가운데 어느 곳이 가장 마음에 들었냐고 묻는다.

"당연히 슈타이나우 아닌가요?"

내가 답하자 그녀는 엄지손가락을 위로 올리더니 책장 한 곳을 연다. 그러더니 나에게 뭔가를 건넸다. 독일이 자랑하는 자동차 여행자 클럽인 ADAC에서 만든 소책자였다. 표지에 'Überall Grimm'라고 쓰여 있었다. '도처에 그림'이라는 뜻이다. 헤센 주를 중심으로 베를린에 이르기까지 그림 형제의 발자취와 그림 동화에 관련된 정보를 일목요연하게 담은 최신 자료였다. 멋진 책을 쓰라는 당부와 함께 건네주었다. 고맙기도 하고, 그녀의 따스한 미소가 담긴 얼굴을 책에 담기 위해 사진 촬영을 했다. 아쉽게도 그녀의 얼굴과 이름은 나중에 카메라를 소매치기 당하는 바람에 사라졌다. 비록 사진은 사라지고 그녀의 이름도 잊었지만, 환하게 웃던 그녀의 따스한 미소와 소중한 자료는 잊을 수 없다. 그녀가 했던 말이 귀에 맴돈다.

"누가 감히 헨젤과 그레텔이 슈페사르트 숲에서 길을 잃지 않았다고 말할 수 있으며, 라푼첼이 슈타이나우 성에서 그녀의 머리카락을 늘어뜨리지 않았다고 말할 수 있나요? 아마도 포겔스베르크 언덕은 그림 형제가 몇몇 이야기를 풀어 나가는 중에 장면을 설정하는 데 도움이 되었을 겁니다. 동화란 팩트를 말하는 이야기는 아니니까요. 그렇지만 있을 수 있는 이야기는 되죠. 앞으로 여행하는 도중에 무슨 일이 있더라도 낙담하지 마세요. 그림 동화처럼 위대한 역전 드라마가 펼쳐질지도 모르니까요!"

프랑크푸르트의
잠 못 이루는 밤

마인 강변을 산책하기 위해 아침 일찍 호텔 문을 나섰더니 밖의 움직임이 부산하다. 알고 보니 프랑크푸르트Frankfurt의 명물인 주말 시장이 선 것이다. 말 그대로 가는 날이 장날이었다. 마인 강변의 주말 시장은 내가 가 본 가장 멋진 벼룩시장 가운데 하나다. 물론 런던 노팅힐 지역에 있는 포르토벨로 벼룩시장이 훨씬 크고, 파리와 피렌체 같은 도시마다 개성 있는 벼룩시장이 수두룩하지만, 주변 풍경과 위치, 교통, 쾌적함, 구경거리 등을 두루 감안할 때 그렇다는 뜻이다.

지나치게 요란하지 않고 도시의 다른 문화와의 조화로움이 이 벼룩시장의 강점이다. 벼룩시장을 구경하다가 강변 미술관 거리의 대표 얼굴이라 할 수 있는 슈테델 미술관에 들어가도 좋고, 또는 강아지를 데리고 나와 아이스크림을 먹으며 그냥 반나절을 즐겨도 그만이다. 큼직

프랑크푸르트의 명물인 주말 벼룩시장 풍경.

괴테의 산책길. 프랑크푸르트는 괴테의 도시다.

한 카펫을 흥정하고 있는 아랍인들, 이동식 푸드 트럭에서 되너 케밥을 만들고 있는 터키인들, 토속 공예품을 갖고 나온 아프리카 사람들, 여기에다 러시아어, 중국어, 베트남어, 영어, 프랑스어, 스페인어에 이르기까지 다양한 외국어가 귓전에 들린다. 그 자체로 작은 지구촌이다.

이곳저곳 기웃거리다가 나는 러시아에서 온 이민자에게서 고르바초프를 비롯한 역대 러시아 지도자들의 얼굴을 담은 마트료시카Matryoshka라는 이름의 전통 목각 인형을 샀다. 마트료시카는 러시아어로 '가족'이라는 뜻이다. 그림 형제가 평생에 걸쳐 지키려 한 덕목 가운데 하나가 가족이었다.

마트료시카 옆 헌책과 기념품을 파는 곳에서 나는 반가운 얼굴을 만났다. 바로 그림 동화의 주인공들이었다. 〈브레멘 음악대〉의 네 마리 동물, 〈백설 공주〉의 일곱 난쟁이가 귀여운 캐릭터로 웃고 있었다.

마인 강변을 걷는데, 이번에는 '괴테의 산책길Goethe Wanderweg' 안내판이 보인다. 그렇다. 이곳은 프랑크푸르트, 괴테의 도시다. 그가 태어난 '괴테 하우스'는 이 도시에서 꼭 방문해야 할 박물관이 되었고, 프랑크푸르트학파로 유명한 대학교도 정식 이름은 괴테 대학교다. 괴테는 불과 20대 중반의 나이에 《젊은 베르테르의 슬픔》을 써서 세계 최초의 베스트셀러 작가가 되었다. 그는 독일 중부 지방의 이름 없는 작은 나라 바이마르 공국을 지성과 문화의 중심지로 만들었고, 세계문학이라는 개념을 처음 설파하기도 했다. 독일문화원은 '괴테 인스티튜트'라는 이름으로 불린다. 누가 뭐래도 괴테는 독일의 자존심이자 자랑이다.

가끔 사람들은 묻는다. "독일을 상징하는 인물은 누구인가요? 괴테인가요? 아니면 그림 형제……?" 어떤 의미에서 괴테Goethe와 그림Grimm 형제는 독일을 대표하는 G2라 말할 수 있다. 경제와 국방에서 세계를 양분하는 미국과 중국을 가리켜 G2라 말하는 것처럼 독일의 문화와 지성을 대표하는 양대 얼굴을 가리켜 그렇게 부를 수 있다.

프랑크푸르트를 방문하는 사람들이라면 누구나 한 번쯤 들러 기념사진을 찍는 랜드마크가 있다. 뢰머Römer라는 곳이다. 뢰머란 독일어로 로마인을 말하고 오래전 이곳을 점령했던 로마인들의 유적을 가리키지만, 지금은 프랑크푸르트 시청과 그 앞에 있는 광장을 가리킨다. 로마제국을 무너뜨리고 신성로마제국이라는 이름으로 로마의 후예를 자처한 사람들이 바로 독일인이다. 이곳 옛 시청사의 '황제의 방'에는 샤를마뉴(카를 대제) 이후 독일 황제 52명의 초상화가 나란히 걸려 있다.

독일의 밤이 재미없다는 말은 최소한 뢰머 광장에서만큼은 하지 말아야 한다. 그곳은 많은 사람들이 밤늦도록 카페 테라스에 앉아 마시고 떠드는 곳이다. 그러니까 여기서는 최소한 천년의 시간을 안주로 맥주를 마실 수 있는 것이다. 중세풍의 목조 건물들이 병풍처럼 둘러싸고 있는 낭만적인 풍경 속에서 마인 강가로부터 불어오는 바람까지 피부를 부드럽게 애무하고 있으니 그 맥주 맛이란 아주 특별할 수밖에 없다.

뢰머에는 독일을 상징하는 흑 · 적 · 금의 삼색 깃발이 날리고 있다.

제1차 게르마니스트 회의와 국민의회는 분열되어 있던 독일이 통일을 이루는 과정에서 서곡을 알리는 행사였다.

이 삼색 깃발이 공식 행사에서 최초로 게양된 것은 그리 오래된 일은 아니다. 1846년, 오랜 진통을 거듭한 끝에 마침내 제1차 게르마니스트 Germannist 회의가 이곳 옛날 신성로마제국의 황제를 선출하던 방에서 열렸다. 이 회의는 단순한 학자들의 회의가 아니었다. 39개의 나라로 나뉘어 있던 독일 민족이 하나의 민족, 하나의 국가로 통일되는 과정에서 서곡을 알리는 행사였다. 그때까지 독일이라는 나라는 지구상에 존재하지 않았다. 프로이센, 바이에른, 작센, 헤센…… 이런 식이었다. '독일'이라는 하나의 정체성, 이미지 역시 없었다. 유일하게 존재한 것은 독일어라는 모국어였을 뿐이다. 이 회의의 의장은 야코프 그림이었다. 뢰머는 독일 역사의 물꼬를 바꾸는 거대한 변혁이 시작된 장소였고, 그림 형제는 그 변혁의 당당한 주역이었다.

유로화 이전 라인 강의 기적을 상징하는 독일 화폐는 마르크였다. 이 화폐의 최고 단위는 1,000마르크였는데, 그 지폐의 얼굴을 장식한 영광의 주인공이 바로 그림 형제였다. 형제는 패배와 좌절에 신음하고 있던 게르만족의 잠재력을 깨워 일으켜 세운 주역이었다. 39개, 많을 때는 수백 개로 찢어진 나라를 독일이라는 하나의 국가로 통일해야 한다고 통일운동의 최전선에 섰던 사람 역시 그림 형제였다.

18세기 후반과 19세기 초반이 괴테의 시기였다고 하면, 19세기 초 중반은 그림 형제의 전성기다. 빌헬름은 바이마르 괴테의 집을 방문해 식사와 와인 대접까지 받기도 했다. 형제는 괴테를 마음속 깊이 존경했다. 파리 체류 시절 형 야코프가 동생 빌헬름에게 보낸 편지에는 이렇게까지 쓰여 있다.

> "괴테는 위대한 인간이다. 우리 독일인들이 아무리 신에게 감사해도 부족할 정도다. 나는 그분이 마치 라파엘로처럼 생각된다."

괴테는 야코프가 《독일어 문법》으로 게르만 언어군의 법칙을 학문적으로 밝혀내자 "언어의 거인"이라고 극찬했다. 인물은 또 다른 인물을 알아보는 법이다. 괴테와 그림 형제 모두 유명하고 문학을 통해 독일이라는 이름을 세상에 크게 떨치는 데 기여했지만, 본질적으로는 다른 세계를 살았던 사람들이다. 괴테는 행정가이고 과학자이기도 했지만 본령은 작가이자 예술가였다. 반면에 그림 형제는 연구자이자 학자였다. 괴테가 천재에다 호방한 성격의 소유자였다면 그림 형제는 성실함과 끈질긴 집념의 인물이었다.

"사진기에 담지 말고, 가슴속에 담도록 노력해 보세요!"

여행 스토리텔링을 강의할 때마다 나는 수강생들에게 늘 그렇게 강조한다. 물론 사진전문가에게 해당되는 것은 아니고 일반인을 대상으로 하는 말이다. 사진기와 그림에 너무 신경 쓰다 보면, 하루 종일 많이 보기는 했는데 강력한 단 하나의 이미지조차 떠오르지 않을 때가 있다. 그러니 가급적 사진기를 잊는 게 좋다. 필요하다면 스마트폰이나 아주 간단한 자동카메라로 꼭 필요한 것만 찍어도 좋은 여행 글쓰기는 가능하다.

그러나 그 '그림picture'이 결국 문제였다. 원칙을 지키지 않다가 화를 불렀다. 새삼스러울 것도 없는 기차역 플랫폼 이미지를 사진기에 담다가 그만 큰 봉변을 당했다. 몇 년 동안 플랫폼 비즈니스와 씨름했던 탓에 플랫폼의 다양한 의미와 이미지를 사진기에 담고 싶었다. 지인과의 저녁 약속도 있어서 지하철을 타기 위해 에스컬레이터를 타고 내려가고 있을 때였다. 등 뒤에 뭔가 이상한 느낌이 들어 돌아보니 낯빛이 집시처럼 보이는 한 외국인이 내 뒤에 바짝 붙어 있는 것이 아닌가. 손에 큼직한 지도 같은 것이 펼쳐진 것으로 보아 직감적으로 소매치기라는 것을 깨달았다. 재빨리 가방을 확인해 보니 아뿔싸, 이미 반쯤 열려 있었고 그 안에 있던 사진기가 감쪽같이 사라져 버렸다. 범인은 어느새 사라진 뒤였다.

흡사 늑대에게 속아 모든 것을 털린 빨간 모자 소녀의 처지가 이런 것일까. 아니면 마녀에게 꼼짝없이 속아 넘어간 헨젤과 그레텔의 심정일까. 플랫폼, 인생의 길, 이런 형이상학적인 얘기는 사치스러운 것일 뿐, 소매치기에게 나는 그저 하나의 먹이였을 뿐이었다. 더구나 나는 사진기를 빌려왔다. 사진기도 그러하지만 그 안에 든 내용, 콘텐츠가 더 큰 문제였다. 그림 형제와 관련된 '그림'을 얻기 위해 어렵게 떠나온 여행인데, 바로 그것 때문에 불의의 일격을 당하다니 망연자실하지 않을 수 없었다. 그림 형제의 대학 스승이었던 사비니 교수가 파리 자료 수집 여행을 갔다가 소중한 학술 자료와 메모가 든 가방을 소매치기 당했을 때의 기분이 바로 이런 것이었을까. 돈으로 환산이 불가능한 것을 잃어버렸으니 난감했다.

"객지에서는 표적이 되지 않도록 눈에 뜨이는 행동을 하지 않는 게 무엇보다 중요해요!"

유럽에 근무할 때 방문자들에게 늘 그렇게 강조하곤 했다. 소매치기가 빈번한 기차역, 지하철 환승역, 주요 관광지 같은 곳에서는 우선 범죄 집단의 표적이 되는 것을 피해야 한다고 유럽을 방문하는 사람들에게 늘 강조하던 내가 완전 초보 관광객의 모습으로 비춰졌던 것이다. 피곤함에 그만 막판 집중력이 떨어졌고 범죄 예방 제1원칙을 잊은 것이다. 축구 경기에서도 시작 5분, 끝나기 5분 전이 가장 위험하다고 하는데 말이다.

보험용 신고를 위해 힘없이 경찰서로 향했다. 한국과 달리 이곳의 경찰서는 출입구가 오픈되어 있지 않고, 폐쇄회로와 마이크를 통해 용건이 확인되어야 문을 열어 준다. 나는 독일에서 특파원을 지냈지만 경찰서는 첫 경험이었다. 왜 왔느냐는 질문에 뜻밖에도 내 입에서 'diebstahl'이란 독일어가 툭 튀어나왔다. 절도, 소매치기라는 뜻이다. 다 잊은 줄 알았던 독일어가 잠재의식 속에서 불쑥 나와 스스로 깜짝 놀랐다.

경찰서 안에는 주로 동구권에서 온 것으로 보이는 집시들이 여럿 조사받고 있었다. 물론 공간은 따로 떨어져 있지만, 그들은 아마도 피의자 조서를 받고 있는 것 같았다. 독일은 나치 시절 유대인뿐 아니라 집시 50만 명가량을 학살한 전력이 있다. 베를린 연방의회 의사당 옆에는 집시 희생자를 추모하는 작은 공원도 있다. 그런 이유로 집시를 다루는 데 대단히 조심스럽다. 자칫 인종차별이라는 오명을 쓸 우려가 있기 때문이다.

이 여행에 앞서 《괴테와 함께한 이탈리아 여행》이란 책을 쓰기 위해 떠났을 때도 로마에서 나는 세 번이나 소매치기의 표적이 되었다. 심지어 하루에 두 번이나 배낭이 열린 적도 있었다. 주로 집시 아니면 구 동구권 출신의 소매치기 전문 범죄 조직이었다. 그때 그들이 발견한 것이라고는 마시다 남은 생수병과 바나나 한 개였을 뿐이다. 단단히 준비한 덕분이다. 소매치기는 바보들이나 당하는 일이라고 비웃듯 얘기해 왔던 터라 더 황당했다. 잘 아는 지역이라 잘난 척하다가 자기 발등을 찍은 것이다. 피해 조사 보고서를 쓰던 담당 경찰은 그림 형제의 발자취를 취재하기 위한 여행이라는 말에 반색하더니 이렇게 위로했다.

"그림 동화요? 제 고향이 마르부르크입니다. 저도 어릴 때 그림 동화를 읽으면서 자랐습니다. 마르부르크에는 그림 형제와 연관된 곳이 많지요. 소매치기 당한 일은 정말 유감입니다. 그렇지만 기운을 내서 여행을 잘 완수해 멋진 책 내시기 바랍니다. 그림 동화는 언제나 해피엔딩이니까요. 멋진 여행 하시기 바랍니다!"

그렇다. 동화의 주인공들은 늘 고난을 당했다. 그림 형제의 삶도 역경으로 가득했다. 위대한 여행 고전들 역시 위험을 맞닥뜨리고 시련에 맞서면서 단련되는 스토리다. 자신의 약점을 시험받으며 새로운 자기로 향한다.

마녀의 숲에서
길을 잃다

화는 참으면 병이 되고, 터뜨리면 후회한다고 한다. 미국 영화 〈성질 죽이기Anger Management〉를 보면, 법정에서 판사가 피고에게 분노를 억누르는 '화 조절' 치료를 판결하는 장면이 나온다. 이처럼 서양에서는 화를 잘 내거나 분노를 조절하지 못하면 문제가 있다고 본다. 감정 통제가 잘 안 되거나 분노를 자주 표현하는 사람에게는 고위직 승진 기회도 주지 않는다.

분노 조절, 그러나 말처럼 쉽지 않다. 소매치기 당한 다음 날 내 마음이 그러했다. 하룻밤을 자고 나면 가라앉을 줄 알았던 분노는 오히려 더 커져만 갔다. 처음엔 공들였던 사진들을 한순간 무용지물로 만들어 버린, 냉혹한 소매치기에 대한 분노가 치밀었다. 그러다 점차 나의 부주의한 행동과 미숙한 판단력에 화가 났다. 얼마나 어렵게 해서 결정한 여행이었고, 한 장 한 장에 정성과 시간을 들여 찍은 사진들이었던가. 이 모든 것이 한순간 무용지물이 되었으니 생각할수록 화가 머리끝까지 치밀어 올랐다. 언제 폭발할지 모르는 비등점이 가까웠다.

이럴 때는 무조건 걸어야 한다. 나는 모든 일정을 취소하고 숲 속으로 달려갔다. 다행히 독일은 어느 곳을 가든 도시 바로 옆에 울창한 숲이 기다리고 있다. 미친 듯 걷기 시작했다. 빽빽한 나무 사이로 햇살이 비치다가 어느새 비가 내리기 시작하더니 빗줄기가 정신없이 얼굴을 때렸다. 전형적인 변덕 심한 독일 날씨. 후드가 달린 방수 옷을 입은 덕에 그나마 머리와 상체는 가릴 수 있었다.

어디쯤 왔을까. 빽빽하게 나무들이 들어찬 숲 속에서는 자칫 방향감각을 잃기 쉽다. 겨울의 숲만큼이나 비바람 몰아치는 숲 역시 춥고 무섭다. 그 깊이를 알 수 없는 신비한 숲 속에서 나는 빠져나갈 출구를 찾지 못하고 있었다. 이 여행을 떠나기 전 누군가 내게 툭 던졌던 말이 계속 귓전을 맴돌았다. "중년의 나이에 왜 동화인가요? 퍽이나 낭만적이시군요. 모두들 위기라고 말하는데, 시간을 역주행하는 것을 보니 무척 한가하십니다."

중년, 위기, 동화, 낭만, 시간 역주행, 한가함, 방황, 이런 단어들이 나를 몰아세웠다. 시니컬했지만 본질적 질문이었다. 도대체 왜 이렇게 고생하면서까지 이 길을 걸어야 하는 걸까. 20년 동안 모은 자료도 충분하니 그걸로 진득하게 써서 내면 될 텐데, 중년의 나이에 그렇게 유난을 떨고 잘난 척하더니 그럴 줄 알았다며 누군가 비웃는 듯했다.

그렇게 얼마를 더 걸었을까. 발이 부르터 더 이상 걷지 못할 정도로 지쳤다. 어디선가 이름 모를 새소리가 들렸다. 나무 냄새 꽃 냄새가 났

독일은 어느 곳을 가든지 도시 바로 옆에는 울창한 숲이 기다리고 있다.

다. 팔을 스치는 바람결이 감미로웠다. 오감이 모두 살아나기 시작했다. 도대체 얼마 만인가. 생각해 보니 내 몸의 감각은 오랫동안 닫혀 있었다. 아니 죽어 있었다. 오로지 분노의 감각만 열려 있었다. 특히 누구라고 상대를 특정 지을 수 없는 분노 말이다. 세차게 얼굴을 때리던 빗줄기는 가엾은 내 영혼을 씻어 주는 듯했다. 비는 그치고 나는 몸 안의 모든 에너지가 소진될 때까지 한두 시간 더 걸었다. 신기하게도 화는 가라앉고 분노라는 이름의 무서운 독성이 몸에서 서서히 빠져나가고 있었다.

그림 형제도 마음이 어지럽거나 문제가 풀리지 않으면 산책을 했다. 마음이 무거우면 숲으로 갔다. 숲에는 그런 힘이 있다. 마음의 독을 배출해 내는 최고의 해독제다. 그림 동화의 주인공들이 무수한 고난을 겪으면서도 결국 극복한 곳 역시 숲이다. 지금 많은 사람들이 산티아고 길을 찾아 매일 2, 30킬로미터씩 걷는 이유도 어쩌면 거기에 있을지 모른다. 길을 걷다 보면, 숲을 걷다 보면 스스로 분노에서 벗어난다. 아픔을 잊는다. 치유, 더 나아가 안식이라고 말한다.

안식의 본질은 나를 위해 쉬지 않고 일하던 것을 멈추는 것이다. 자기 성취라는 이름의 중독에서 벗어나는 것을 말한다. 중독 가운데 가장 무서운 중독이 자기 성취 중독이다. 어떤 의미에서 우리 현대인들은 스스로 일에 묶인 노예들이다. 숲을 걷는 것은 보이지 않는 사슬을 끊고 노예에서 벗어나고자 하는 몸부림이다. 최선의 치료제다. 그것은 반드시 산티아고 가는 길이 아니어도 좋다. 숲은 어디에나 있으니까.

힌두교에서 말하는 임서기林棲期라는 시기도 숲과 관련이 깊다. 브라만에게는 오랜 전통이 있어, 네 가지 인생 단계 가운데 스물다섯 살까지는 열심히 배우고 그다음에는 가족을 잘 부양한 뒤 쉰 살이 넘으면 집을 떠나 숲에서 삶을 되돌아본다고 한다. 임서기란 글자 그대로 숲에서 사는 기간이다. 그런 다음에 세상을 떠돌며 방랑하는 성자가 되는 것이다.

숲을 뜻하는 독일어 발트wald를 모르고 독일을 안다고 말할 수 있을까. 숲은 게르만족의 정신적 고향이다. 철혈 재상 비스마르크는 "(숲 속의) 나무들이 우리들의 조상"이라고 말했을 정도다. 유대인에게 사막이 있다면 게르만족에게는 숲이 있다. 뜨거운 사막과 광야에서 유일신과 《성경》, 《탈무드》가 탄생했다면, 게르만족의 어둡고 차가운 숲에서는 마녀와 그림 동화가 탄생했다.

축축한 습기가 배어 있는 독일의 숲을 걷지 않고, 그 안에 배인 깊은 전나무 냄새와 그보다 더 깊은 영혼의 흔적을 느끼지 않고 그림 동화를 이해했다고 할 수 없다. 메르헨 길을 따라가다 보면 가는 곳마다 어김없이 울창한 숲이 나타난다. 당연히 박물관과 유적을 방문해야 하지만, 절대로 숲을 놓쳐서는 안 된다. 숲은 그림 형제가 뛰어놀다가 그 안에서 나비와 꽃을 수집하던 곳이다. 민족의 원형인 옛이야기를 수집한 곳 역시 숲 속이었다. 그들에게 숲은 영혼의 고향이자, 상상력의 원천, 동화의 산실이었다. 신비한 전설과 기담이 태어난 곳이다.

그림 동화는 미로를 헤매다 새로운 길을 찾는 과정을 그린 이야기다. 주인공들은 하나같이 숲 속에서 길을 잃는다. 키 큰 전나무와 떡갈나무가 빽빽하게 늘어서 있는 숲 속은 대낮에도 태양을 가릴 만큼 컴컴하다. 숲길을 지나다 늑대를 만나는 〈빨간 모자〉의 이야기처럼 깊은 숲 속은 주인공들이 위험한 상대와 마주치고 공포를 느끼고 부당한 일을 당하는 무대다.

그림 동화의 대표적 이야기 가운데 하나인 〈헨젤과 그레텔〉의 무대 역시 숲이다. 기근이 들어 먹고살기 힘들어진 부모는 어린 남매를 숲 속에 버리려고 하는 데서 이야기는 시작된다. 남매는 부모로부터 떨어지지 않기 위해 숲 속으로 가는 길에 조약돌을 떨어뜨려 놓는다. 그리고 그 조약돌을 따라 집으로 되돌아온다. 그러나 다시 부모의 손에 이끌려 숲 속으로 가게 된다. 이번에는 빵을 뜯어 길에 남기지만 산새들이 쪼아 먹어서 집으로 돌아갈 길을 찾지 못한다. 숲을 헤매던 아이들

숲길을 지나다가 늑대를 만나는 빨간 모자 소녀. 숲은 그림 동화의 주인공들이 위험한 상대와 마주치고 공포를 느끼고 부당한 일을 당하는 무대다.

〈헨젤과 그레텔〉을 가리켜 가장 독일적인 민담이라고 말하는 것은 깊은 숲과 마녀라는 모티프가 있기 때문이다.

은 마귀할멈 집에 갇히게 된다. 마귀할멈은 아이들을 잡아먹으려고 하지만, 아이들은 기지를 발휘해 할멈을 죽이고 금은보화를 가지고 집으로 돌아온다.

〈헨젤과 그레텔〉을 가리켜 가장 독일적인 민담이라고 말하는 것은 깊은 숲과 마녀라는 모티프가 있기 때문이다. 숲은 냉정한 부모가 가난 때문에 아이들을 없애려고 유인했던, 영영 돌아올 수 없는 곳이고 마녀가 사는 장소였다. 다행히 주인공들은 그 어려운 난관을 이겨 내고 다시 숲을 빠져나와, 미성숙한 청소년에서 어엿한 성인이 된다. 숲은 이렇듯 넘어야 할 장벽이자 경계이다.

독일인은 길을 잃고 헤매는 과정을 정신적으로, 그리고 교육적으로 대단히 중요하게 생각한다. 《파우스트》에서 괴테가 던진 핵심 메시지 역시 '길을 잃고 헤매는 행위'에 대한 예찬이다.

"인간은 노력하는 한 길을 잃고 헤매기 마련이다."

길을 잃지 않고 얻어지는 창조는 없다. 헤매는 과정 없이 성장도 없다. 모든 위대한 발견은 길을 잃었기 때문에 가능했다. 유럽 정신의 정수라는 《오디세이아》는 미로를 헤매는 과정을 기록한 것이다. 예술에서도 길을 잃는다는 것은 새로운 것을 발견하고 창조하기 위한 필수 조건이다. 헤매는 과정은 자기 자신을 정직하게 돌아보는 좋은 기회일 테니까. 바로 그림 동화의 주인공들이 이 시대를 사는 우리들에게 전하는 메시지이기도 하다.

마녀, 혹은 마녀와 동일시되는 인물은 그림 동화 70개 민담에서 등장한다. 그림 동화 전체가 모두 210편의 이야기로 구성되어 있으니 3분 1이나 되는 비중이다. 마녀는 추하고 악한 영역에 속한다. 반면 주인공은 잘생기고 선한 영역에 속한다. 선과 악, 인간과 악마, 미와 추, 그런 상반되는 대립의 법칙 구도다.

그림 동화의 배경에는 숲과 사냥꾼, 동물이 많이 등장하는데, 이는 수렵 문화의 흔적이다. 수렵시대에는 사냥을 통해 공동체의 일원이 되기 위한 시험 의식을 거행하던 곳 역시 숲이었다. 입문 의식에서 겁을 주는 무서운 역할이 바로 마녀였다는 풀이도 있다.

주인공이 길을 잃는 전설적인 숲은 종교적 입문을 연상케 한다. 인류학자나 민속학자의 조사에 따르면 많은 나라의 입문 의식이 숲에서 이뤄진다. 숲은 시련과 시험이 벌어지는 곳이자 통과의례의 장소인 것이다. 프로프Vladimir Propp라는 학자는 "메르헨 속의 숲을 입문 의식의 장소에 대한 기억으로 해석"한다.

메르헨의 주인공은 대부분 사춘기 전후의 소년소녀들이다. 소년소녀가 부모를 떠나는 것으로 이야기는 시작된다. 숲은 몇 시간을 걸어도 끝이 보이지 않고 깊고 어둡다. 부모에 의해 숲 가장자리로 인도되거나 바깥사람들에 의해 부모로부터 격리된다. 전자가 〈헨젤과 그레텔〉, 〈백설 공주〉 같은 이야기고, 후자는 〈라푼첼〉, 〈마리아의 어린이〉, 〈손 없는 소녀〉 같은 이야기다.

이렇듯 숲과 산책은 독일의 힘이 뿜어 나오는 숨은 원천이다. 매일 밥을 먹어야 하는 것처럼 정신의 허기를 채우기 위해 많은 사람들이 산책을 거르지 않는다. 칸트나 산책학파, 그들의 사색하는 힘은 깊은 숲 속에서 길러졌다. 숲은 자기 자신을 이겨 내고 자기만의 길을 발견하는 장소인 것이다.

마르부르크에서
낭만과 스토리를 만나다

만약 마르부르크Marburg에서 대학 생활을 한다면 얼마나 낭만적일까? 20년 전, 이 대학 도시에 처음 발을 디뎠을 때, 마치 타임머신을 타고 중세시대로 날아온 것 같은 착각에 빠졌다. 이국풍으로 지어진 건물들, 아름다운 시청, 그 앞의 광장에서는 때마침 주말 시장이 열렸고, 사람들은 거리와 카페에서 책을 읽었다. 모든 것이 신기하고 동화의 세계 같았으며 시간은 정지한 듯했다. 20여 년의 세월이 지나 나는 다시 마르부르크를 찾아가고 있다.

마르부르크는 기차로 프랑크푸르트에서 북쪽으로 약 1시간 거리. 나는 이 대학교의 유학생 가운데 가장 유명한 작가가 쓴 글을 손에 들었다. 《닥터 지바고》로 유명한 러시아 작가 보리스 파스테르나크Boris Pasternak가 1916년에 쓴 〈마르부르크〉라는 시다.

여기 마르틴 루터가 살았다
저기는 그림 형제가
발톱 같은 지붕들 나무들, 묘지의 기념석들
그 모든 것이 상기시켜 주고 동경을 불러일으킨다
모든 것은 살아 있구나
그리고 그 모든 것은 비유구나

독일 유학 시절 보리스 파스테르나크가 남긴 시에서는 유독 마르부르크 역과 관련된 내용이 많다. 그곳에서 여자 친구를 만나고 헤어지고 또 다른 만남과 이별이 교차했던 탓이다. 그렇다. 플랫폼은 스토리를 잉태하는 곳이다. 수많은 영화와 소설에서 플랫폼은 이야기를 풀어 나가는 주요한 설정이다. 엘리자베스 교회, 중세풍의 도시 분위기, 헤르만 코헨 교수의 철학 수업 시간, 이 모든 것이 그의 문학에 중요한 모티프가 되었다.

파스테르나크는 소설가이기에 앞서 일류 시인이었다. 혁명 시인 마야콥스키Vladimir Mayakovsky 등과 함께 시작詩作 활동을 했으며, 음악가를 꿈꿨을 정도로 음악에 조예가 깊었다. 모스크바 대학교에서 철학을 공부하던 그는 1912년 마르부르르크 대학교에 잠깐 유학했다. 그의 집안은 유대계였다. 아버지는 화가로서 뮌헨 예술 대학교에서 공부를 마쳤고, 어머니는 오스트리아 빈에서 음악을 공부했다. 어려서부터 독일어를 집에서 사용한 덕분에 유학 중에 불편함이 없었다고 한다.

보리스 파스테르나크의 글을 읽고 있으니 이집트 배우 오마 샤리프의 얼굴과 그의 연인 라라 역으로 나왔던 영국 여배우 줄리 크리스티, 부인 역할을 맡았던 찰리 채플린의 딸 제럴딘 채플린의 얼굴이 창가에 스친다. 《닥터 지바고》를 쓴 이유에 대해 파스테르나크는 이렇게 대답했다.

"격렬하고 의미심장한 시대를 살았던 사람으로서 자기 시대를 증언할 책임과 의무를 느꼈다."

그는 마르부르크 대학교에서 수학한 것 이외에 카셀, 괴팅겐, 프랑크푸르트, 베를린 같은 도시를 여행하는데, 이번 나의 여행 동선과 대체로 비슷하다. 파스테르나크는 이탈리아 여행을 끝으로 1913년 초 모스크바로 돌아간다. 귀국한 이후 그는 그리움에 젖어 1923년 2월 다시 마르부르크를 찾지만 제1차 세계대전 직후여서 분위기가 완전히 달라졌다. 그의 부모는 두 딸을 데리고 베를린 이주를 결정하지만 파스테르나크는 모스크바에 남기로 결정한다. 그것으로 마르부르크와의 인연은 끝이었다.

기차가 마르부르크에 곧 도착한다는 안내 방송이 나올 무렵 창밖에는 높은 언덕 위로 우뚝 솟은 거대한 성이 나타나기 시작했다. 이곳을 다스리던 제후의 성으로 마르부르크의 상징이기도 하다. 그림 형제가 많은 편지와 글에서 묘사한 바로 마르부르크 성이다. 10세기에 지어진 이 성은 1529년 루터와 츠빙글리, 멜란히톤 등이 모여 신학 논쟁을 했던 곳으로도 유명한데, 당시의 군주 필리프 1세는 루터 신앙의 든든한

마르부르크 성과 그 아래로 펼쳐진 오래된 마을 풍경.

후원자를 자처하고 마르부르크에 세계 최초로 개신교 대학을 세웠다. 그런 까닭에 마르부르크 대학교의 정식 이름은 필립스 대학교다.

그림 형제는 아버지를 여의고 나서 일단 카셀로 가서 궁중 시녀로 일했던 이모의 후원으로 고등학교 과정을 마쳤다. 둘 다 공부를 잘했지만, 특히 형 야코프는 월반을 거듭해 일찍 대학 진학 자격이 주어졌다. 경제적 지원을 해 주는 이모의 형편도 그리 넉넉한 편이 아니었기 때문에 형제는 하루 빨리 대학을 마치고 집안을 이끄는 것이 최우선 과제라 생각했다.

야코프는 마르부르크 대학교에 1802년 4월 30일에 도착했다. 그는 취미였던 식물학을 공부하려 했으나 돌아가신 아버지의 희망을 전한 어머니의 권유로 법학 전공으로 마음을 바꿨다. 빨리 돈을 벌어 집안

살림에 도움이 되는 것은 법률 공부였기 때문이다.

학업 성적이 우수했던 야코프는 마르부르크 대학교에 오면 당연히 장학금을 받을 것이라 생각했지만 결과는 그러하지 못했다. 반면에 동급생이었던 오토 폰 데어 마르스부르크는 부유한 지주의 아들이자 귀족이었음에도 불구하고 장학금을 받았다. 귀족을 지원하는 것이 제후의 입장에서 유리했기 때문이다. 야코프는 차별이란 것이 어떤 것인지 일찍부터 알았다. 신분의 차별, 평민의 설움, 가난이 어떤 것인지 10대 후반의 나이에 벌써 뼛속 깊이 체험했다. 야코프는 쓰라린 마음을 이렇게 남겼다.

"아래로부터 위를 향해 공부하는 사람은 출신이나 재산으로 쉽게 출발한 사람보다 이룬 것에 대해 훨씬 강한 긍지를 가질 수 있다."

마르부르크는 전형적인 성하城下 마을이다. 산 위에 성이 있고, 그 비탈 중턱에 상점과 관공서, 목재 골조로 만든 아름다운 민가 마을이 비좁게 몰려 있는 독특한 구조다. 중세시대에 방어를 위해 높은 곳에 제후가 거주하는 성을 짓고 일반 백성들은 그 밑에서 살게 했다. 지금의 마르부르크 대학교는 아래쪽 강가에 있지만, 역사적인 유적지는 대부분 높은 언덕을 향해 몰려 있다. 오버슈타트Oberstadt라고 하는데, 위쪽 도시라는 뜻이다. 마르부르크 구시가지로 가기 위해서는 기차역에서 내려 란Lahn 강을 건너야 한다.

"베네치아가 운하와 천 개의 다리로 유명하다면 마르부르크는 계단과 좁은 골목으로 유명하다." 여행 안내소에서 받은 마르부르크 안내 자료에는 이 도시의 매력이 그렇게 적혀 있었다. 약점을 뒤집어 매력으로 만들 줄 아는 홍보 담당자의 안목 있는 스토리텔링 솜씨다. 마르부르크 구시가지의 길이라고 하는 길은 모두 급한 비탈로 이뤄져 있다. 골목도 비좁고 계단은 가파르다. 마르부르크는 '그림 형제 오솔길 Grimm Dich Pfad'이라는 이름으로 당시의 길을 추억하게 만들고 있다.

그림 형제가 마르부르크에서 처음 맞닥뜨린 것은 역시 가파른 계단이었다. 집들은 어둡고 낡았으며 방음이 잘 안 되었다. 당시의 골목은 좁고 가파른 데다 더럽기까지 했다. 야코프는 이 도시에 대한 첫인상을 이렇게 적고 있다.

> "마르부르크는 확실히 매우 아름답다. 특히 성 안에서 아래를 내려다보면 그렇다. 그러나 도시 자체는 매우 추하다. 나는 각 집에 있는 계단을 모두 합한 것보다 거리에 있는 계단들이 훨씬 많을 것이라 생각한다."

야코프가 처음으로 자취방을 얻었던 바르퓌서 거리 35번지를 가보고 나서 주변 골목이 얼마나 비좁고 계단이 얼마나 가파른지 놀라지 않을 수 없었다. 나는 계단을 통해 제후의 성까지 올라가 본 적이 있는데, 무더운 여름철이 아님에도 옷은 땀으로 흠뻑 젖었다. 이번에는 구시가지를 돌아 성까지 승객을 실어 나르는 마을버스처럼 생긴 미니버스를 타고 올라가 보기로 했다. 골목길이 가파른 데다 비좁다 보니 마

마르부르크 구시가지의 비좁고 가파른 길. 이곳은 '그림 형제 오솔길'이라는 이름으로 당시의 길을 추억하게 만든다.

주 오는 차량이 나타나기라도 하면 비키느라 수십 번도 더 멈춰야 했다. 그림 형제가 말했던 것처럼 성 위에서 내려다보는 경치는 일품이다. 지금 마르부르크 성은 기원전부터 중세에 걸친 회화와 옛 무기를 전시하는 마르부르크 대학교 문화사 박물관으로 쓰이고 있다.

마르부르크 성과 함께 유명한 곳이 엘리자베스 교회다. 13세기에 세워진, 독일에서 가장 오래된 순수 고딕 교회다. 16세기까지만 해도 이 교회는 지붕이 기울어진 것으로 유명했는데, 서양의 순례자들이 의무적으로 거쳐 가야 했던 곳이었다고 한다. 이 교회는 가난하고 병든 사람들을 위해 헌신했던 성 엘리자베스 무덤 위에 세워졌다. 야코프는 학창 시절 이 교회 건물을 보고 "고딕 디자인의 참된 걸작"이라고 적고 있다.

1803년 4월에 동생 빌헬름도 법학을 공부하기 위해 형을 뒤따라 마르부르크에 도착한다. 마르부르크가 낭만적인 풍경을 자랑하지만, 그렇다고 그림 형제는 학창 생활을 편안히 즐길 형편이 아니었다. 그들은 이 도시에 공부하기 위해 왔다. 더욱이 힘들게 일하는 이모의 도움으로 온 처지였다. 주말이면 맥주를 진탕 마시고 노는 학생들이 많았지만 가끔 시청 앞 극장에서 연극을 관람했을 뿐 대부분의 시간을 책에 빠져 지냈다. 야외로 소풍 가자는 제안도 거절하고 대신 문학 속으로 걸어갔다. 그런 야코프를 가리켜 동료들은 "나이든 녀석"이라 놀렸다.

그림 형제는 책벌레여서 무엇이든 닥치는 대로 책을 읽었다. 라퐁텐 Jean de La Fontaine의 우화를 읽기도 하고 갖가지 시를 읽었다. 돈이 없었기 때문에 형제는 좁은 길 뒤편에 있는 헌책방이나 고물상을 뒤져서 조금이라도 싼 책을 샀다. 당시 책은 아주 비쌌기 때문에 형제는 책을 빌리면 반드시 두 개를 베껴 하나는 다른 학생에게 팔았다. 그러는 사이 책의 내용을 거의 외우다시피 했기 때문에 금방 학업에서 두각을 나타냈다. 마르부르크에서 빌헬름은 열과 기침에 시달려 입원을 되풀이했다. 다행히 마르부르크에는 좋은 의사들이 있어서 치료에 도움을 받았다.

당시 대학생은 검정색 벨벳 깃을 뒤집어 붙인 연미복에 가죽바지를 입고 번쩍번쩍 빛나는 박차가 달린, 무릎까지 올라오는 긴 장화를 신었다. 이런 옷차림으로 방학 때 고향 집에 돌아오면 다른 동생들은 부러운 눈길로 쳐다보았다.

그때의 대학을 지금의 모습으로 생각해서는 곤란하다. 대형 강의실은 없고, 교수는 넓은 방이 딸린 집 아니면 큰 방을 빌려서 학생들을 가르쳤다. 대학 기록을 보면 마르부르크 대학교에 당시 모두 164명의 학생이 등록했고, 마르부르크의 인구라고 해 봐야 고작 6,000여 명이었다.

다른 교수들의 강의는 구식이어서 지루했던 데 비해 형제를 매료시킨 단 한 명의 교수가 있었다. 프리드리히 카를 폰 사비니Friedrich Karl von Savigny 교수였다. 사비니 교수는 키가 크고 날씬한 데다 단추가 두 줄로 달린 회색 프록코트를 잘 입고 다녔다. 먼저 형 야코프가 사비니 교수의 강의에 반해 알게 되었고 동생 빌헬름도 뒤를 따라 그의 제자가 된다. 그가 강의하는 로마법의 역사, 특히 로마의 채권법과 제도, 학설 같은 분야는 이제 막 학문의 영역에 발을 디딘 형제의 지적 감수성을 자극하기에 충분했다.

"사비니 교수의 강의는 항상 자극적이어서 감격스럽다."

그림 형제의 편지나 회고록에 자주 등장하는 말이다. 사비니 교수는 1779년생, 야코프보다 불과 여섯 살 위였다. 성 앞에 폰von이 들어가면 귀족 출신이란 뜻이다. 프랑크푸르트에서 태어난 사비니 교수는 젊은 나이에 마르부르크 대학교 법학부 교수가 되었으며 훗날 프로이센의 장관이 되었다. 19세기 독일에서 가장 영향력이 컸던 법학자였던 만큼 1803년《소유법Das Recht des Besitzes》이라는 책을 펴내서 역사법의 기초를 수립했다.

그림 형제를 지의 세계로 안내하고 일생일대의 구원자가 되어 준 사비니 교수.

인생에는 전환점이란 것이 있다. 아니 굴곡의 방향이 완전히 바뀌게 되니 변곡점이라고 하는 편이 더 정확하겠다. 그림 형제는 마르부르크에서 그들의 운명을 바꿔 놓을 사비니 교수를 만났다. 그림 형제는 비록 아버지를 일찍 여의는 바람에 불우한 환경에 놓였지만 이곳에서 일생일대의 구원자를 만나게 된 것이다.

사비니 교수는 그림 형제에게 법학뿐 아니라 다양한 분야에서 지적인 자극을 제공했는데 그 가운데 하나가 괴테의 문학 세계였다. 그림 형제는 수업 시간에 괴테의 시와《빌헬름 마이스터의 수업시대》같은 작품의 일부를 접하게 되면서 괴테라는 거대한 존재를 처음 알게 된다.

사비니 교수는 형제에게 새로운 보물의 세계로 들어가는 열쇠를 주었다. 그 보물의 열쇠란 사비니 교수의 개인 도서관 출입이 허용됨을 말한다. 도서관이라고 해도 지금처럼 큰 규모가 아니라 개인 서재 수준이지만 책이 비쌌던 시절이고 적지 않은 희귀본을 볼 수 있었기 때문에 마음껏 열람이 허용된 것은 특혜중의 특혜였다.

그림 형제는 1803년 그 도서관에서 우연히 요한 야코프 보드머Johann Jakob Bodmer가 편찬한 4절판 책인 《중세 연애가집Die deutsche minnesinger》을 읽게 되는데, 이를 계기로 점차 중세 문헌학 연구에 깊은 관심과 열정을 기울이기 시작한다. 나중에 상세히 언급하겠지만 독일 문학계에서는 이를 가리켜 게르마니스틱Germanistik, 즉 독어독문학 탄생의 순간이라고 말한다.

사비니 교수가 형제에게 끼친 영향은 이루 말할 수 없이 많은데, 낭만주의 문학가들과의 만남을 주선한 것이 결정적이었다. 사비니 교수 집에는 낭만주의 작가 아힘 폰 아르님Achim von Arnim과 클레멘스 브렌타노Clemens Brentano, 브렌타노의 여동생 베티나, 그리고 소피 메로 등이 자주 방문해 문학과 시대를 논했다. 한 명 한 명 낭만주의를 수놓은 위대한 이름들이다. 그런데 그 모임에 그림 형제의 참석이 허용된 것이다. 사비니 교수의 집 문이 열린 것은 곧 당대 최고의 지식인 네트워크와 연결된 것을 의미했다. 이 만남 덕분에 그림 형제는 전통 민담에 관심을 갖게 되고, 중세와 고대에 독일에도 독자적인 문학이 있음을 확인한다. 이것은 결국 메르헨 수집으로 이어진다.

"만약 사비니 교수와 클레멘스 브렌타노를 만나지 않았다면 우리 인생은 분명 달라졌을 것이다"

왼쪽 아힘 폰 아르님.
오른쪽 클레멘스 브렌타노.

야코프의 회고처럼, 그림 형제는 마르부르크 대학 시절에 성격과 스타일이 판이한 이 두 사람에게 영향을 받는다. 사비니 교수는 형제를 평생 돕고, 천재이자 창의력이 뛰어난 시인 브렌타노는 두 형제에게 문학적 상상력과 낭만주의에 눈뜨게 해 주었다. 그리고 이 두 사람을 통해 제3의 인물 아힘 폰 아르님을 만나게 된다. 아르님은 그림 형제의 평생 친구가 된다.

평생 하고 싶은 일을 일찍 찾는 것은 행운이다. 어떤 사람은 계속 헤매다가 중년에 이르러서야 원하는 길을 발견한다. 중년의 반란이 일어나는 이유다. 그림 형제는 본인들이 좋아하고, 잘할 수 있는, 필생의 과업을 일찍 찾았다. 낭만적인 대학 도시 마르부르크가 낭만의 세계로, 스토리의 세계로 이끈 것이다.

재미있게도 이들 낭만파 작가들은 꽤 낭만적인 인간관계로 엮여 있다. 사비니는 브렌타노의 누이동생 쿠니군데와 결혼하고, 브렌타노의 또 다른 여동생이자 역시 낭만파 문인이었던 베티나는 아힘 폰 아르님과 결혼한다. 베티나는 평생 그림 형제의 후원자가 되며 그녀의 딸인 기셀라는 훗날 빌헬름 그림의 장남 헤르만과 부부로 인연을 맺게 된다.

그림 형제가 만난 낭만주의는 과연 어떤 것일까. 독일 초기 낭만주의에서는 '저주받은 시인'이라 불리는 작가 그룹이 존재했다. 노발리스Novalis, 하인리히 폰 클라이스트Heinrich von Kleist, 루트비히 티크Ludwig Tieck, 그리고 그림 형제의 친구들인 아힘 폰 아르님, 클레멘스 브렌타노 같은 시인들이 대표적이다.

18세기 말 프랑스 혁명 이후 정치적 테러를 목격하며 독일의 지식인들은 내면으로 빠져들기 시작했다. 정신적 위기를 스스로 자초하고, 시적인 독창성, 위험한 사생활 같은 것들이 서로 뒤엉켜 있었다. 대표적인 사람이 요절한 천재 시인 노발리스다. 그는 "삶은 정신의 병"이라고 말했는데, 그의 작품 〈푸른 꽃Die Blaue Blume〉이 대표적이다. 목적도 끝도 없이 방랑하고, 찾으려고 해도 찾을 수 없고 찾아져서도 안 되는 상징으로 푸른 꽃을 말하고 있다. 〈푸른 꽃〉은 찾으면서도 동시에 그로부터 벗어나고자 하는 고독, 아무것도 아니면서 동시에 모든 것인 무한성 등을 담은 매우 특이한 노래다. 나치는 이러한 '푸른 꽃' 개념이 게르만족, 아리안족의 푸른 눈을 상징한다며 왜곡 선전하는 데 이를 이용하기도 했다.

고향에 대한 향수와 먼 곳에 대한 그리움fernweh이라는 것은 낭만주의자들의 갈가리 찢긴 감정을 대변하는 표현인데, 고전주의 작가였던 프리드리히 실러Friedrich Schiller는 낭만주의자들의 병적인 태도를 가리켜 "고향에 가고 싶어 노심초사하는 국외 추방자"라 불렀다. 괴테 역시 "낭만주의는 병적인 원칙을 체현하고 있다"고 힐난했다. 이런 이중적인 낭만주의 속성을 가리켜 "낭만적 아이러니Romantische Ironie"라 말한다. 생존을 위협받고, 시대에 불만을 가진 지식인들에게 낭만주의는 정신적 피난처가 되었다. 현재로부터의 도피였다.

이런 초기 낭만주의의 개념에 일대 변혁이 일어나게 되는데, 그것은 나폴레옹의 침략 때문이었다. 후기 낭만파로 접어들면서 일반적으로 철학적인 관심이 후퇴하는 대신 문학적인 관심이 전면으로 나타났다. 18세기 초 독일 각 지역에서는 코스모폴리탄적인 분위기가 지배했지만, 프랑스 혁명과 그에 이은 나폴레옹의 침략주의가 표면화되면서 점차 경제적으로는 보호주의, 정치적으로는 보수주의적인 사고가 퍼지고 있었다. 초기 낭만주의자들이 프랑스 혁명을 열렬히 환영했다면, 나중에는 그 때문에 더 격렬하게 혁명을 거부하게 되었다. 결국 낭만주의는 반反 나폴레옹, 애국주의, 왕정복고, 독일 통일이라는 개념과 손을 잡게 된다. 정치 발전에 아무런 영향력을 미칠 수 없는 것이 독일 지식인들의 운명이었고, 그들은 스스로 유럽에서 가장 불행하다고 느끼고 있었다.

한편 19세기 전반 나폴레옹의 침략으로 정치적 변혁이 일어나는 것과 별도로, 독일의 경제와 가정의 모습에도 혁명적인 변화가 일어났다. 점차 전통적인 가정의 모습과 삶의 방식이 조금씩 달라지기 시작한다. 삼대가 함께 사는 것이 전통적 독일 가정의 모습이었다. 아이들은 14살이 되면 직업을 갖기 위해 집을 나가는 것이 보통이었고, 마이스터를 찾아가 견습생이 된다. 혹은 반대로 견습생이 찾아오면 함께 살면서 하나의 공동체를 구성했다.

하지만 19세기에 접어들면서 각 분야에서 기술혁명이 급격히 일어난다. 특히 증기나 전기의 힘에 사람들이 놀랄 때다. 1810년부터 유럽에 가스등이 켜지기 시작했고, 1810년 영국의 조지 스티븐슨에 의해 증기기관차가 발명되어 교통수단에 혁명이 온다.

증기선이 뉴욕에서 리버풀까지 처음 횡단했다는 뉴스가 나왔다. 독일도 상대적으로 늦긴 했지만 산업화, 도시화가 진행되기 시작했다. 공장과 기계가 생기면서 취업을 위해 농촌을 떠나 도시로 인구가 집중되기 시작했다. 젊은이들은 도시를 동경했지만 아직은 마을에서 교회의 역할과 발언권이 강했다. 기존의 귀족 계급 이외에 새롭게 부르주아 계층이 새로운 강자로 떠올랐다. 전통적인 공동체 의식에 조금씩 균열이 생기기 시작했다. 각 가정에서는 개인별로 방을 갖기 시작했다. 이전까지는 없었던 현상이다. 그러한 상황 속에 낭만주의는 자라나기 시작했다. 정치적으로 경제적으로 개인적으로 혼란스러웠던 것이다.

그림 형제의 마르부르크 대학 시절은 1804년 사비니 교수가 야코프를 파리로 긴급 호출하면서 공동생활에 막을 내리게 된다. 형 야코프는 아직 학업이 끝나지 않은 상황에서 파리로 가는 바람에 결국 대학 졸업장을 받지 못했다. 물론 뛰어난 학력이 인정되어 나중에 교수직에 오르고 명예 박사학위를 받게 되지만 말이다.

마르부르크 대학교에 홀로 남게 된 동생 빌헬름은 이사를 해야 했

마르부르크 주택가 벽에 꾸며진 '늑대와 일곱 마리 염소' 조형물.

마르부르크 성 밑에 있는 커다란 빨간 구두 조형물.

다. 카셀 시절 동창생인 파울 비간트와 함께 지내기 위해 벤델 골목 4번지로 이사해서 학업을 끝낸다. 그림 형제가 이 도시를 떠난 지 오래되었지만, 마르부르크라는 도시에는 여전히 그림 형제의 자취가 물씬 배어 있다.

마르부르크 탐방을 마치고 기차역으로 향하던 도중 주택가 벽에 툭 튀어나온 '늑대와 일곱 마리 염소' 조형물을 발견하게 되었다. 《그림 동화집》에서 독일인들이 가장 좋아한다는 이야기를 담은 것이다. 제후의 성 밑 계단에는 커다란 빨간 구두가 조형물로 걸려 있다. 급히 성을 나서다가 신발 한 짝을 잃어버린 신데렐라의 구두다. 그런데 디즈니처럼 유리구두도 아니고, 〈신데렐라〉의 독일 버전인 〈아셴푸텔〉처럼 황금구두도 아니다. 왜 빨간 구두일까. 시대에 따라 신데렐라의 구두 모습도 바뀌는 걸까.

최초의 해외 출장, 그리고 형과 아우

1805년 초, 야코프를 태운 겨울 마차는 라인 강을 건넌다. 마인츠, 보름스, 카이저스라우터른, 자르브뤼켄을 넘으면 프랑스 국경이다. 야코프는 메츠 대성당의 위풍당당한 모습에 감동받았다. 갓 스무 살이 된 청년의 눈에 비친, 처음 보는 외국 풍경이었다.

당시 독일은 30여 개의 나라로 나뉘어 있었기에 각 나라를 통과할 때마다 엄격한 검문과 세관 검사를 받아야 했다. 가장 심한 곳은 마인츠에서 라인 강을 건널 때였다. 프랑스 영향력이 지배하는 곳이기 때문이다. 야코프는 당시에 "짐 가방, 서류 가방, 심지어 몸 구석구석까지 샅샅이 한 시간 이상을 검사했다"고 기록하고 있다. 마침내 2월, 스무 살의 지방 청년은 유럽 최고의 도시 파리에 도착한다.

사비니 교수는 로마법제사 연구 자료를 수집하기 위해 파리를 방문했는데, 도착하자마자 메모와 논문이 들어 있는 서류 가방을 그만 소매치기 당하고 말았다. 돈보다도 더 소중한 자료들이 들어 있는 가방이어서 사비니 교수는 가방을 찾아주거나 본 사람에게는 거액의 금화를 보상하겠다는 광고까지 냈지만 수포로 돌아가고 말았다. 망연자실한 사비니 교수는 여러 가지 고민을 하다가 아이디어가 떠올랐다. 성실하고 명석한 제자 야코프를 파리로 불러들이는 것이었다. 사비니 교수는 야코프에게 편지를 보내, 파리로 와서 자신을 도와주면 어떻겠냐고 제안했다. 당시에는 복사기가 없었고 스캔도 불가능했기에 모든 것을 일일이 손으로 베껴야 했다.

야코프에게 이 제안은 고민이 될 수밖에 없었다. 왜냐하면 반년 정도 지나면 대학교를 졸업해 취업할 수 있었기 때문이다. 하지만 고향에 있는 어머니와 경제적으로 후원해 준 이모와 의논한 끝에 허락받고 스승 사비니 교수의 초대에 흔쾌히 응하기로 결정한다. 존경하는 스승의 부탁이라는 점과 파리의 도서관에서 고대와 중세 독일어 문헌을 풍부하게 접할 수 있다는 것이 가장 큰 이유였다. 게다가 파리에서 경험을 쌓으면 귀국 후 직장 얻기가 수월할 것이라는 점도 작용했다. 당시의 파리는 유럽의 수도였고, 당연히 프랑스어를 잘하면 지금 영어 잘하는 것 이상의 대우를 받았다.

정치적으로는 나폴레옹이 쿠데타로 집권하고 1804년 스스로 황제권좌에 막 올랐을 때였다. 나폴레옹은 이보다 앞서 이집트와 이탈리아 원정을 통해 막대한 문화재를 파리로 끌어 모았다. 특히 그는 3만 8,000명의 군대를 이끌고 이탈리아를 원정하는 과정에서 대륙의 라이벌 오스트리아 합스부르크 제국을 무찔렀다. 이미 1797년 10월 강화 조약을 통해 네덜란드령 벨기에 지방을 수중에 넣은 상태였다. 파리는 기운이 넘치고 있었다. 전쟁 승리 덕분에 파리의 박물관과 도서관에는 귀중한 예술품과 문화재, 고문서 들이 넘쳐났다. 파리는 새로운 로마가 되었다. 나폴레옹의 야망은 차츰 실현되고 있었다.

파리에서 야코프의 생활은 어땠을까. 야코프가 이모에게 보낸 편지를 보면 "8개월 동안 무료 체류, 왕복 이동 비용, 숙소 제공과 생활비" 같은 출장 조건이 들어 있었다. 그는 소파와 두 개의 긴 거울이 있는 큰 방에서 살았다. 그러나 파리의 생활비는 가난한 그에게 너무도 비쌌다. 그는 "이곳의 연료용 장작, 식사 비용은 지독할 정도로 비싸요!"라고 절규하기도 했다. 돈이 없었던 그에게 파리는 너무도 차갑게 느껴졌다. 해외 생활은 겉은 화려하게 보여도 가난하고 돈 없는 자에게는 혹독한 것이다. 그에게 문화적인 충격은 당시의 독특한 식사 시간이었다.

"우리는 오전 10시에 차를 마시고, 오후 3시에 아침식사를 하며, 오후 5시 아니면 6시에 점심식사를 들고, 밤 10시, 11시, 12시에 저녁식사를 했다. 나는 이같은 일이 지금까지도 이상하다고 생각한다. 그리고 지금껏 단 한 번도 즐겨 보지 못했던 아주 훌륭한 식사도 가끔 한다. 나는 몇 번 화려한 기둥이 있는 레스토랑에서 은제 식기에 담긴 음식을 먹었는데, 그 가격은 상상할 수 없었다. 그곳에 들어가려면 옷을 잘 차려입어야 한다!"

야코프가 동생 빌헬름에게 보낸 편지의 내용이다. 그는 팔레 루아얄 안에 있는 식당에 갔다가 메뉴판을 보고 깜짝 놀란다. 수프만 해도 9가지, 파스타 종류는 7개, 25개의 메인 메뉴, 그리고 31가지 가금류 요리, 28가지 소고기 요리, 28가지 해산물 요리…… 마치 식사를 위해 존재하는 사람들 같았다. 독일과 프랑스는 이토록 차이가 났다. 더구나 그는 변방 출신에 가난한 학생이었다. 검소함이 몸에 배어 있던 전형적인 독일인이었다. 그런 그에게 풀코스 요리와 값비싼 와인을 마시는 파리의 풍경은 큰 문화적 충격이었다.

그는 오직 도서관에서만 행복했다. 야코프에게 여행이란 곧 옛 필사본을 복사할 수 있는 도서관에 가는 길을 의미했다. 평생 '도서관 순례자'로 살아온 그의 인생이 시작된 것이다. 야코프는 사비니 교수 집에 머물며, 일요일을 제외하고 매일 아침 10시부터 오후 2시까지 파리 국립 도서관에서 꼬박 일했다. 법과 관련된 문헌을 비교하고 고문서 읽는 법을 배우고 이를 손으로 적어서 집으로 돌아왔다. 집에 와서도 사비니 교수와 함께 지금까지의 자료들과 비교하고 학문적 성과를 판단해야 했다. 이는 매우 까다롭고도 집중력과 많은 시간을 필요로 했지만 그는 정성을 다해 스승을 도왔다.

도서관이 쉬는 날이면 야코프는 파리 시내를 산책했다. 이미 미술관이 된 뤽상부르 궁전을 자주 방문해 뒤러, 반에이크, 베르니니, 루벤스 같은 작가의 작품을 즐겨 감상했다. 모두 이탈리아에서 약탈한 문화재였다. 그림 형제는 어릴 때부터 그림에 흥미와 소질을 보였다. 두 명 모두 스케치 솜씨가 상당 수준이었다.

야코프는 저녁에 외출할 때는 사비니 교수 부부와 연극을 구경하곤 했다. 당시 파리에는 18개의 극장이 있었고 야코프는 프랑스어에 능숙했기 때문에 이해하는 데 어려움이 없었다. 야코프는 파리에서 사비니 교수 부부 이외에 따로 만나는 사람이 거의 없었다. 다만 마르부르크 대학 동창생인 에른스트 오토 폰 데어 마르스부르크가 헤센 공국의 프랑스 주재 외교책임자였던 삼촌의 심부름으로 방문하자 그를 이따금 만나 책을 빌려 보는 정도였다.

야코프는 사비니 교수를 돕는 와중에 틈틈이 파리의 도서관과 문서 보관소에서 고대 독일 문학과 관련된 귀중한 것을 찾아 나섰다. 모두 16만 가지나 되는 자료 가운데 아직 알려지지 않았거나 주목할 만한 문학 작품을 찾아내는 것은 고도의 정신적 에너지를 필요로 하는 일이었다. 이때의 경험은 결과적으로 학자로서 야코프의 기초적 자질을 크게 향상시키는 계기가 된다. 고대와 중세 문학에 대한 시야가 넓어지고 문헌, 자료 수집, 그리고 연구 분석 방법 등 중요한 것을 모두 여기서 익혔다. 이제 고대와 중세를 향해 시간을 역주행하는 본격적인 탐험가가 되는 것이다. 문헌학이라는 세계에 발을 들여놓게 되는 순간이다.

문헌학philology이란 어떤 민족이 남긴 모든 종류의 문헌을 연구하여 그 민족, 특히 옛 시대의 문화를 알리는 학문이다. 오래전부터 이 학문은 존재했지만, 특히 독일에서는 18세기에서 19세기에 걸쳐 언어, 민속, 문학, 미술, 신화, 전설, 종교, 제도, 법률, 경제 등의 모든 영역의 고전을 대상으로 연구하게 되어 독자적이고 주요한 학문으로 발전하게 된다.

그림 형제의 남다른 우애는 이제 본격적으로 편지를 통해 드러난다. 태어나 처음 파리에 온 야코프는 혼자 마르부르크 대학교에 남아 있는 동생 빌헬름이 걱정되었다. 늘 함께하다가 혼자 떨어졌기에 외로움과 그리움이 더했다.

"사랑하는 빌헬름, 우리는 절대로 두 번 다시 떨어지지 말자. 그리고 한 사람이 다른 곳으로 임명되면 곧 바로 말해 주자. 단단히 결속되어 죽음이 우리를 갈라놓을 때까지 떨어지지 말자! 1805년 7월 12일 파리, 야코프가 동생 빌헬름에게"

이 편지에서 야코프는 동생에 대한 수식어로 '사랑하는 보물lieber schatz', '최고로 사랑하는 귀여운 빌헬름allerliebstes Wilhelmchen' 같은 호칭을 썼는데, 당시의 관습적인 표현법이었다고 한다. 한 살 어린 동생 빌헬름의 답장도 가슴 뭉클하다.

"형이 떠나고 나서는 나의 심장이 찢어질 것 같았어."

지금 읽으면 닭살 돋는 문장이지만 당시 낭만주의 시대 분위기와 편지의 문체는 그러했다. 아버지가 일찍 돌아가시는 바람에 서로 의지하며 힘겹게 공부해야 하는 상황 속에 처했으니 형제의 감정은 남다를 수밖에 없었다. 마치 동화의 주인공처럼 평생 지속되는 영원한 신의가 형제에게도 서서히 나타나는 것이다.

독일에는 유명한 형제가 여럿 있다. 이 책의 주인공인 그림 형제와 더불어 훔볼트 형제 역시 독일을 대표하는 형제들이다. 형인 빌헬름 폰 훔볼트Wilhelm von Humboldt는 언어학자이며 프로이센의 교육장관으로 독일 대학의 근대화를 일으킨 주역이다. 베를린 훔볼트 대학교는 그의 교육 이념을 바탕으로 세워졌다. 그는 나폴레옹 몰락 이후 빈 회의에 프로이센 대표단 일원으로 참석했으며, 역시 그 회의에 참석한 그림 형제의 형 야코프는 그를 가리켜 "모르는 게 없는" 사람이라고 인상을 남겼다.

반면에 동생 알렉산더 폰 훔볼트Alexander von Humboldt는 지리학자였으며, 남극을 비롯한 지구촌의 구석구석을 답사한 탐험가였다. 남미의 해안을 이동하는 훔볼트 해류와 그 해류에 번식하는 훔볼트 펭귄은 그가 발견한 것들이다. 훔볼트 대학교는 형이 세웠지만 능력 있는 교수진을 확충하고 실질적인 대학의 내실을 발전시킨 것은 동생이었다.

그림 형제는 훔볼트 형제와 동시대의 인물이며, 훗날 그림 형제가 베를린에 초청받아 오게 되었을 때 영향력을 발휘하기도 했다. 다만, 훔볼트 형제는 좋은 집안에서 태어나 부유한 재산을 기반으로 사회에 기여한 귀족이었다면, 그림 형제는 '개천에서 용 난' 경우였다.

그림 형제의 인생을 따라가다 보면 자연스레 떠올리게 되는 또 하나의 형제가 있으니 바로 고흐 형제다. 그림 형제와 고흐 형제는 놀라울 정도로 비슷한 점이 많다. 19세기에 활동했으며, 우애가 남달랐다.

동생은 결혼했고 형은 독신으로 남았다는 점까지 똑같다. 평생 돈에 대한 부담에서 자유롭지 못했으면서도 예술과 문학에 대한 열정만큼은 누구에게도 뒤지지 않았다는 것도 같다.

그림 형제와 고흐 형제의 또 다른 공통점은 편지다. 약 900여 통의 편지를 동생 테오에게 보낸 빈센트 반 고흐처럼, 그림 형제는 평생 1,400명의 인사들과 대략 3만 통의 편지를 주고받았다고 추산한다. 그 가운데 3분의 2는 기록으로 남아 있고, 절반 정도는 아직 출판되지 않았다. 이 모든 편지를 출판한다면 60~80권 정도 되는 분량이다. 이 가운데 형제끼리 주고받은 편지는 60여 년간 600여 통이다. 고흐 형제와 달리 그림 형제는 대부분 함께 살았고 함께 일했다. 가끔 떨어져 지내야 할 때도 있어서 그때마다 편지를 주고받았는데, 편지로 인해 우리는 그들이 무엇을 먹었는지, 무슨 생각을 하는지 알 수 있다.

동생 빌헬름이 건강이 좋지 않아 할레Halle로 요양을 떠났던 1809년, 야코프가 외교관으로 파리와 빈 회의에 참석했던 1814년과 1815년, 그리고 괴팅겐 7교수 사건으로 해직되어 도시를 떠나야 했던 1837년과 1838년 등 그때마다 서로에 대한 애틋한 감정을 편지로 남겼다. 1815년 4월, 오스트리아 빈 회의에 참석 중이던 야코프가 동생에게 쓴 편지는 반 고흐 형제의 편지만큼이나 감동적이다. 이때 야코프는 형제를 엄마처럼 돌봐 주던 헨리에테 침머 이모가 돌아가셨다는 소식을 듣고 침울해져 동생에게 다음과 같이 적었다.

"점점 더 드는 생각이지만, 우리는 함께 죽자. 우리에게는 더 이상 친척이 없으니까. 얼마 안 되는 세월 속에 우리는 모두 함께 하나의 흙덩이가 되는 것이다. 사랑과 배려와 노력을 하면서 지금 나는 정말 너를 의지하고 있다. 만일 너를 잃게 되는 일이 생기면 나는 어떻게 해야 좋을지 모를 것이다. 그러나 하늘은 우리에게 아직 얼마간의 시간을 줄 것이다. 나는 요 몇 년 동안 훨씬 생각에 잠기게 되었는데 그로 인해 많이 늙어 버리고 말았다."

처절한 외로움, 미래에 대한 두려움, 서로 기댈 수밖에 없는 막막한 현실, 이 모든 감정이 뒤엉킨 내용이다. 이렇게 주고받은 편지의 길이는 한 통에 대략 10에서 12쪽 정도 된다.

"편지는 19세기 학문사에 있어서 보고입니다. 동시에 일상의 역사와 가족사에 있어서도 대단히 소중하지요." 그림 형제 전문가인 부퍼탈 대학 하인츠 뢸레케 교수의 말이다. 고난과 떨어짐을 통해 형제는 인간적으로 성숙해져 갔다. 우애도 더 깊어진다. 이때 형제의 편지에서 가장 많이 다뤄진 주제는 건강이었다. 특히 동생 빌헬름은 병약하고 자주 죽음과 싸웠기 때문에 내일을 알 수 없는 건강과 병에 대해 많이 언급하고 있다. 반면 야코프는 출장과 여행을 자주 다녔기 때문에 그곳에 관한 묘사가 잦았다.

그림 형제가 남긴 편지를 고증 자료와 각주, 색인까지 붙여 서간집으로 모두 완성하기 위해 독일은 '50년 프로젝트'를 진행 중이다. 천천히 그러나 확실하게, 절대 서두르지 않고 긴 호흡으로 접근하고 있다. 편지는 최고의 스토리일 테니까.

카셀에 몰려드는 폭풍우

카셀Kassel은 메르헨 길에서 브레멘 다음으로 큰 도시이며 헤센 주의 주도이다. 그림 형제가 30년 이상 살았던 곳이며, 가장 큰 그림 박물관이 있는 곳이다.

프랑크푸르트 중앙역에서 출발한 초고속열차 ICE는 1시간 반 만에 카셀 빌헬름스회에 역에 도착했다. 15년 전 이 도시를 처음 방문할 때 탔던 열차의 이름은 공교롭게도 '그림 형제'였다. 지금은 다른 식으로 명명하고 있지만, 내가 특파원으로 있었던 2000년 무렵만 해도 ICE의 각 노선에는 연고가 있는 작가와 시인, 문화 인사의 이름을 헌정하고 있었다.

숙소를 기차역에 붙어 있는 인터시티 호텔로 정했다. 독일의 주요 기차역마다 있는 호텔 체인으로, 설비가 아주 간소한 반면 큰 짐이 있는 여행객들에게 이동 거리가 짧다는 장점이 있다. 체류 기간 동안 해당 도시의 시내 교통을 무제한 이용할 수 있는 티켓을 무료로 제공하니 일석이조다.

카셀은 그림 형제의 도시이기도 하지만, 그 이름이 세상에 널리 알려진 것은 5년마다 이 도시에 열리는 도쿠멘타Documenta 덕분이다. 현대미술 운동의 메카이자 예술 올림픽이라고까지 말하는 세계적인 미술 행사다. 도시의 랜드마크이자 유럽 최대의 언덕 공원이 있는 빌헬름스회에Bergpark Wilhelmshöhe, 유럽에서 가장 오래된 공공 미술관인 프리데리치아눔Museum Fridericianum, 이런 곳도 물론 유명하지만 도쿠멘타가 아니었다면 독일 중부 지방의 평범한 도시로 남았을지 모른다.

카셀은 루르 지방으로 연결되어 있는 지리적 이점 때문에 기계공업이 발달한 도시고 교통의 요충지였다. 제2차 세계대전 때에는 항공기와 전차를 만들던 군수 기지가 몰려 있어, 나치 정권의 핵심 전략 지역이었다. 당연히 연합군의 집중 폭격의 목표물이었다. 1943년 10월 22일, 이날은 최악의 날로 기록되는데 거의 1만 명의 카셀 시민이 화염 속에 숨졌고 도시는 잿더미로 변했다. 계속되는 공중폭격으로 도시 거주 공간의 70퍼센트, 공업 시설의 65퍼센트가 파괴되었다.

전쟁이 끝나고 독일이 패망하자 카셀의 상황은 참혹했다. 이때 군수산업의 중심지였던 카셀을 문화 창조의 공간으로 바꾸자고 나선 사람이 있었다. 신설된 카셀 대학 교수이자 큐레이터였던 아르놀트 보데Arnold Bode 교수다. 1950년대 초반 보데 교수는 전 세계 문화 인사들에게 일일이 편지를 보내 나치의 과거를 씻고 세계평화에 기여하는 공간으로 카셀을 거듭나게 만들고 싶다는 뜻을 전했다. 그렇게 해서

1955년에 처음 시작된 현대미술 축제가 도쿠멘타이다. 한 사람의 아이디어와 헌신적 열정이 이 도시를 혁신적 문화 공간으로 변모시켰다.

도쿠멘타가 열리면 트렌드를 움직이는 문화인들이 이 조용한 도시에 모여서 향후 세계 미술의 아젠다를 창조해 낸다. 지금은 세계 어디서나 말하는 개념미술 역시 바로 5회 카셀 도쿠멘타에서 처음 소개되었다. 전시장뿐 아니라 일부 작품은 오래된 은행 계단이나 공원, 오래된 건물 같은 의외의 장소에 전시되기에 도쿠멘타가 열리면 도시 전체가 미술관으로 변모한다. 크리스토프 바카르기에프Carolyn Christoph-Bakargiev 같은 작가는 "마치 미술관이 폭발해 버린 듯하다"고 소감을 말했을 정도다. 백남준, 이우환 같은 한국 출신 작가들이 세계적으로 유명해진 것도 도쿠멘타에 초청받으면서부터다. 최근 베를린이 뉴욕과 더불어 현대미술의 메카로 떠오르게 된 데에는 카셀과 도쿠멘타의 덕이 크다.

전차를 타고 시청 앞에 내리니 〈브레멘 음악대〉 뮤지컬 공연을 안내하는 깃발이 곳곳에 휘날리고 있었다. 역시 그림 형제 도시답다. 시청 앞에 특이한 동물 의상과 장신구로 분장한 사람들이 가득했다. 동물 복장을 한 사람들은 동물보호단체 소속으로 동물 학대 방지와 채식 캠페인을 벌이고 있었다. 〈브레멘 음악대〉의 주인공들도 동물이 아니었던가.

이날은 때마침 카셀 시청이 시민들에게 문을 활짝 열어 개방하는 '청사 개방의 날'이었다. 입구에서부터 신나는 음악과 풍선을 띄워 놓고 관청의 딱딱한 분위기를 누그러뜨리려는 모습이 역력했다. 에스프레소 머신에서 빼내는 고급 커피와 팝콘을 세금 한 푼 안 낸 나 같은 외국인에게까지 무료로 제공하고 있었다. 재무, 복지, 보건, 교육, 환경, 에너지, 안전 등 지방행정 거의 모든 부문의 사무실 문을 활짝 열고 시민들에게 궁금한 것을 안내해 주고 있었다.

그러면 그림 형제와 그림 동화와 관련해서 카셀 시청은 어떤 홍보를 하고 있을까. 당연히 이 도시의 주된 프로젝트였다. 카셀 시청은 새롭게 오픈하는 '그림 월드 카셀' 관련 자료, 그림 형제의 로고가 새겨진 포스트잇이나 연필, 독일 아이들이 좋아하는 '하리보'라는 젤리 과자에 이르기까지 기념선물을 듬뿍 안겨 주고 있었다. 어린아이를 동반한 가족들에게는 일일이 그림 동화를 구연하고 그 무대가 어디쯤에 해당될지 지도를 놓고 함께 찾아보는 시간도 갖고 있었다.

"카셀에서 살았던 시간은 내 인생에서 가장 행복했던 때였다."

중년에 접어든 1830년, 야코프 그림이 카셀 시절을 회고하면서 한 말이다. 인생의 가장 생산적인 나이를 형제는 카셀에서 보냈다. 160개 이상의 언어로 번역된《그림 동화집》을 수집하고 원고를 쓴 곳도 이곳이었다. 형제가 카셀에 처음 온 것은 1798년, 각각 열세 살과 열두 살이었다. 형제는 아직은 어린 나이였기 때문에 휴일이면 교외에 가서 나비를 잡거나 식물 채집을 했다. 일찍 아버지를 여의고 자취를 한 탓에 형제는 빨리 철이 들었다. "가능한 한 빨리 학교를 졸업하자"고 결심하고 지독한 책벌레가 된다. 여러 어려움에도 불구하고 형제는 카셀의 학교에서 출중한 능력을 보였다.

형제는 리지아눔 고등학교에 다녔는데, 이 학교는 나중에 프리드리히 빌헬름 김나지움(중등교육기관)으로 개명되어 현재는 명판만 남아 있다. 시골과 같았던 슈타이나우에서 별로 배운 것이 없어서 형제는 처음에는 아래 학급 학생들과 함께 공부했지만 금방 학업에 특출한 실력을 보였다. 둘 다 출중했지만 특히 형 야코프는 늘 성적이 최우수였다.

동생 빌헬름은 엄마의 품에서 떨어져 공부한 때문인지 아니면 아버지 쪽의 유전자를 이어받은 탓인지 성홍열에 걸리고 가슴에 통증과 호흡 곤란을 종종 겪었다. 형보다 외형상 키도 크고 튼튼해 보이는 체격이었지만, 특히 춥거나 바람이 불면 학교 가는 길이 무척 고통스러웠다.

형제는 방과 후에도 프랑스어 선생으로부터 개인 교습을 받았다. 프랑스어는 지금의 영어인데 여기서도 금방 출중한 실력을 입증했다. 1802년 부활절 때, 교장으로부터 성적표를 받는다. "이 점잖은 학생은 뛰어난 재주를 발휘하고 꾸준한 평소의 노력이 결실하였기에 이에 그의 영예를 칭찬한다……."

당시는 월반이 가능해서 열일곱 살의 야코프는 대학 진학을 할 수 있었다. 동생 빌헬름과 헤어지는 것이 부담스러웠지만 조금이라도 빨리 경제적 자립을 하겠다는 생각에서 마르부르크 대학교에 어린 나이에 진학하게 된 것이다.

스승 사비니 교수를 따라서 파리로 갔던 형 야코프의 파리 체류는 1805년 9월까지 이어졌다. 사비니 교수의 일이 끝나자 반년 만에 귀국길에 올라 카셀로 돌아온다. 슈타이나우에 떨어져 있던 어머니가 어린 동생들을 데리고 카셀로 이사를 왔다. 1805년 8월의 일이다. 이듬해에는 마르부르크 대학교에서 공부하던 동생 빌헬름도 졸업시험을 통과해 카셀로 돌아왔다. 마침내 떨어져 지내던 온 가족이 함께 뭉친 것이다.

야코프는 파리에 체류하느라 학업을 마치지 못했지만, 마르부르크 대학교로 돌아가는 것을 단념한다. 밑의 동생들이 줄줄이 공부하고 있어서 장남으로서 어떻게 해서든 돈을 벌어야 할 처지였기 때문이다. 이런 저런 일을 찾다가 마침내 1806년 1월 헤센 제후의 서기국에서 박봉의 일자리가 나타났다. 처음에는 행정 비서였다. 비록 야코프는 대학교 졸업장은 없지만 그것이 방해 장벽이 되지는 못했다. 야코프의 능력이 워낙 출중했고 스승 사비니 교수의 영향력이 큰 탓도 있었을 것이다.

그림 형제 가족은 모처럼 카셀에 모두 모여 단란한 시간을 보냈다. 뮌헨에 도서관 사서 자리가 비어 사비니 교수가 제자 야코프를 추천했지만, 어머니를 모시고 싶다는 뜻에서 간곡히 사양했다. 그런데 그림 형제에게 마른하늘에 날벼락 같은 일이 벌어졌다. 사랑하는 어머니가 세상을 떠난 것이다. 아버지의 갑작스런 죽음으로 홀로 아이들을 키우느라 죽을 고생을 했던 어머니가 카셀로 이사 온 지 불과 3년도 못 되어 세상을 떠났다. 야코프의 기록을 보면 슬프다 못해 체념에 빠

그림 형제가 1805년부터 1815년까지 머물렀던 카셀의 모습. 1842년, 루트비히 에밀 그림이 그렸다.

진 기분을 느낀다.

"1808년 5월 27일, 불과 52세가 되었을 뿐인 어머니가 숨을 거뒀다. 우리들은 모두 어머니에게 꼭 붙어서 마음으로부터 사랑하고 있었다. 어머니의 침대에 우리 여섯 명의 아이들이 모두 모이자 누구 한 사람 우리를 위로할 수 없었다."

이때는 프랑스 군대가 점령하고 있던 상황이라 카셀 궁정에서 일하던 큰 이모는 군주 가족을 모시고 이웃 나라로 망명을 떠나 있었다. 때문에 어머니의 죽음을 위로해 주거나 돌봐 줄 친척이 단 한 명도 없었다. 야코프의 나이 불과 스물세 살, 밑으로 줄줄이 다섯 명의 동생들이 있었다. 게다가 빌헬름은 몸이 아파서 당장 취직할 형편도 못 되었다. 가혹한 운명의 파도가 그림 형제를 향해 몰아치고 있었다. 어머니가 돌아가신 뒤 형제들을 둘러싼 상황은 급격히 나빠진다. 빌헬름이 정기적으로 이모에게 보내는 편지를 보면 얼마나 고통스럽게 살았는지 잘 알 수 있다.

"저희 형제들은 가능한 한 허리띠를 더 조이고 있어요. 그래도 늘 필요한 와인은 우선 가장 싼 것으로 구입하다가 그마저도 맥주로 대체하고 있습니다. 버터는 고향인 슈타이나우가 더 싸기 때문에 그곳에 누가 들를 때면 사 오곤 합니다."

문제는 겨울철 난방이었다. 막내 여동생 샤를로테가 헌 옷으로 오빠들의 목도리를 만들어 주었다. 1810년경이면 형제들은 하루에 세끼 식사할 형편도 안 되어 두 끼로 줄였다. 게다가 빌헬름의 건강까지 점차 악화되고 있었다. 시커먼 먹구름과 거대한 폭풍우가 서서히 다가오고 있었다.

싹트기 시작한 범독일적인 민족의식

1806년은 독일 민족 전체에게 중요한 해였다. 국제 정세는 나날이 그림 형제가 살고 있는 헤센 공국에 불리한 쪽으로 전개되었다. 1,000년 동안 유지되어 오던 신성로마제국이 공식적으로 지도상에서 완전히 사라졌다. 이 기묘한 형태의 제국은 이때쯤이면 실권은 거의 사라지고 명목상으로만 유지되고 있었다. 관행상 황제 자리를 이어받은 오스트리아의 프란츠 2세가 신성로마제국의 황제 자리를 거부했다. 실제 이유는 나폴레옹 군대에 패했기 때문이다. 신성로마제국에 소속되었던 영방국가와 도시국가 숫자는 작은 기사단령을 제외하고도 314개나 되었는데, 이제는 10분의 1도 안 되는 30개로 줄었다. 독일의 다른 제후들 역시 점차 동요하기 시작했다.

1806년 10월 나폴레옹 군대는 예나와 아우어슈테트에서 프로이센과 러시아 연합 군대를 격파해 프로이센 왕은 동프로이센의 수도 쾨니히스베르크로 피난했다. 쾨니히스베르크는 지금의 러시아 영토가 되어 칼리닌그라드가 되었지만 제2차 세계대전 이전에는 독일 영토였다. 나폴레옹은 러시아의 알렉산드르 1세와 프로이센의 프리드리히 빌헬름 3세를 네멘 강의 부교 위에서 만나 틸지트Tilsit 조약(1807년에 나폴레옹 1세가 프로이센, 러시아와 맺은 조약. 이로써 나폴레옹의 대륙 제패는 정점에 달했다.)을 맺게 된다. 그 결과 프로이센은 엘베 강 서쪽 지역과 폴란드의 일부 지역 및 라인 강 좌안 지역을 잃었다. 이 밖에도 막대한 배상금을 지불해야 했고, 병력도 4만 2,000명으로 제한되었다.

1806년 11월 1일, 그림 형제가 살고 있는 카셀의 헤센 공국에도 마침내 프랑스 군대가 침입해 들어왔다. 눈 깜짝할 사이의 일이었다. 이 작은 나라의 군주였던 빌헬름 1세 선제후는 외국으로 황급히 망명해 버렸다. 카셀은 이제 외국 군대가 주둔하는 곳이 되었다. 동생 빌헬름은 훗날 당시의 상황을 이렇게 기록하고 있다.

"지금까지의 모든 환경이 붕괴된 그날이 언제나 내 눈앞에 떠오른다. 나는 10월의 마지막 날 저녁, 프랑스 군대 파수꾼의 화톳불을 보고 불안해졌다. 그러나 다음 날 오래된 성 옆으로 프랑스 군대가 너무도 당당하게 행진해 오는 것을 볼 때까지는 헤센이 외국인의 지배 아래 들어간다는 것을 믿을 수가 없었다. 머지않아 모두 변해 버렸다. 알지 못하는 사람들, 낯선 습관. 길이나 산책로에서는 알아들을 수 없는 말들이 큰 소리로 넘쳐나고 있었다."

베스트팔렌 왕국의 새로운 군주 제롬 보나파르트. 나폴레옹의 막내동생이다.

어느 날 갑자기 나라가 사라져 버린 것이다. 프랑스와 프로이센의 화평 조약을 맺은 결과 엘베 강 서쪽은 이제 친親 프랑스 영토가 되었다. 나폴레옹의 막내 동생 제롬Jérôme Bonaparte이 카셀로 진군한다. 그 후로 지금의 카셀 주변과 브라운슈바이크, 오스나브뤼크, 하노버 남쪽에 이르는 엘베 강 서쪽 지역은 베스트팔렌 왕국으로 불렸다. 그리고 제롬이 그 신설 왕국의 새로운 군주였다. 나폴레옹은 베스트팔렌 왕국 신설과 함께 라인 강 일대의 독일 제후들을 친 프랑스 쪽으로 묶은 라인 동맹도 새롭게 결성했다. 독일의 분열과 해체를 꾀한 것이다. 분열을 통한 지배라는 고전적 전략이었다.

카셀의 주요 건물과 지명은 대부분 프랑스식으로 바뀌었다. 빌헬름스회에(빌헬름의 언덕)는 나폴레옹스회에(나폴레옹의 언덕)가 되었다. 독일어로 회에höhe란 높은 곳을 의미하는데, 고성과 헤라클레스 조형물이 있는 카셀을 상징하는 장소다. 쾨니히 광장 역시 나폴레옹 광장으로 바뀌었다.

이런 상황이다 보니 대학을 나와도 빌헬름은 직장을 구할 수 없었다. 형 야코프가 소속되어 있던 헤센 공국의 군대 서기국은 프랑스 군대 산하로 바뀌었다. 그는 프랑스어가 유창했기 때문에 점령군 밑에서 일자리를 유지했지만 외국 군대 밑에서 일하는 것이 탐탁지 않았다.

결국 1807년 여름 갑자기 야코프는 직장을 그만둔다. 직장을 그만두는 결심은 물론 쉽지 않다. 정작 고통은 그 후에 실감하는 법이다. 하루하루 빵을 구하는 것이 얼마나 힘든지 고통스럽게 체험하는 나날이었다. 그림 형제는 하루에 단 한 끼만 먹는 날이 적지 않았다. 그들은 매일 가난과 싸웠다. 〈헨젤과 그레텔〉 이야기처럼 《그림 동화집》에는 유독 많은 주인공들이 굶주림으로 고생하는데, 아마도 그때의 경험과 무관하지 않을 것 같다.

새로운 군주 제롬 보나파르트는 '사부아 비브르Savoir vivre'가 인생 모토였다. 어떻게 하면 좀 더 멋지고 우아하게 인생을 즐기며 살 수 있는지, 즐기는 삶의 예찬론자였다. 점령 후 약 1년쯤 지나자 카셀에는 프랑스식 삶의 태도가 지배적이었다. 투박했던 거리에는 갑자기 꽃집이 늘었고 카페가 급증했다. 죽은 듯 조용했던 카셀의 저녁 시간은 흥청거리기 시작했다. 백성들에게는 고통이 가중되었지만 카셀의 지배층은 사치스러운 나날을 보냈다. 그런 상황 속에 그림 형제는 어머니

마저 갑작스럽게 잃고 이중삼중의 고통을 겪었다. 장남 야코프는 일거리를 찾아 나서지 않으면 안 되었다.

뜻밖의 곳에서 도움의 손길이 뻗어 왔다. 역사학자인 요하네스 폰 뮐러Johannes von Müller가 왕실 부설 도서관을 관리하는 일을 추천한 것이다. 뮐러는 베스트팔렌 왕국의 교육책임자였는데 야코프가 발표한 중세 독일어와 시, 〈니벨룽겐의 노래〉 등의 학술적 성과를 높이 평가했다. 야코프는 대학졸업장도 없었지만 이미 몇 개의 논문을 발표했다는 것만으로 자격이 충분했다. 그는 모국어인 독일어 이외에 프랑스어를 훌륭히 구사했을 뿐 아니라 영어, 스페인어, 덴마크어까지 문제없다는 점도 고려되었다. 야코프는 훗날 세르비아어까지 섭렵하는 등 외국어에 천부적인 재능이 있었다.

1808년 7월 야코프는 이런 식으로 뜻하지 않게 도서관 사서가 되었다. 프랑스 지배자들 밑에서 일한다는 것에 마음이 편하지는 않았지만, 달리 대안이 없었다. 피지배자로서 그가 할 수 있는 일은 옛 문서와 고서적을 뒤져 독일적인 정체성을 찾아내는 것뿐이었다. 도서관에서 일하며 점점 더 중세와 고대의 독일적인 것이 무엇인지를 찾는 일에 확신을 갖기 시작한다. 1814년 동생 빌헬름도 형을 따라서 도서관 사서가 되어 본격적으로 문헌을 탐구하게 된다.

왕실 도서관은 지금의 빌헬름스회에 성 안에 있었고 1층에 있는 몇 개의 방을 썼다. 당시 사서는 지금의 개념이나 비중과 조금 달랐던 것 같다. 책이 귀하고 비쌌던 시절이라 도서관 사서는 상당이 비중 있는 지식인 직업이었다. 준準 문헌학자에 속했다.

처음엔 2,000프랑이었던 야코프의 급료는 몇 달 만에 3,000프랑으로 껑충 뛰었다. 도서관에서의 일은 언제나 서적과 자료를 빈틈없이 정돈하는 일이었는데, 그의 일하는 자세를 상사들이 높이 평가한 결과였다. 도서관에서 그의 일은 별로 어려운 것은 아니어서 제롬 왕과 그의 측근 고위 가신들이 책을 가지러 오면 내어 주는 것이었다. 도서관에서 바쁘지 않은 시간에는 고문서 연구를 병행해도 되었다.

그러던 1809년 2월의 어느 날 제롬 왕이 갑자기 야코프를 찾아왔다. 그는 미소를 짓고 몇 마디 나누더니 야코프를 추밀樞密 위원회 배석위원으로 임명하겠다고 했다. 물론 도서관 일도 겸임이었다. 또다시 급여가 1,000프랑 올라 4,000프랑이 되었다. 동생들을 양육할 만한 비용이었다. 불과 1년 전 어머니가 돌아가실 때는 전혀 생각지도 못한 일이 벌어진 것이다. 정성을 다하면 하늘도 감동을 받는다고 했던가. 언제나 진실되고 성실했기에 찾아온 행운이었다. 평생 위기가 끊이지 않았지만 그럴 때마다 헤쳐 나갈 수 있었던 원동력은 바로 형제 스스로에게 있었던 것이다.

1811년 11월 어느 날 밤, 야코프가 근무하던 도서관에 화재가 발생했다. 불길 속에서 야코프는 병사들과 함께 혼신의 힘을 다해 소중한 서적을 옮겼다. 다행이 중요한 서적은 피해가 없었으나 그는 정신적으로 충격을 받았다. 간신히 화재를 진압했지만 후속 조치도 만만치 않았다. 제롬 왕의 부인인 카타리나 왕비가 읽고 싶은 책을 주문하면 산더미 속에서 신속히 찾아내는 게 여간 어려운 일이 아니었다.

비록 경제적으로는 안정을 찾았지만 정치적으로, 또 정신적으로 고민과 갈등이 커져 갔다. 점령국의 녹을 먹고 산다는 것은 마음을 무겁게 했다. 정치적으로 희망이 없는 시기에 무엇을 할 수 있을 것인가. 비록 국토는 점령당했지만 결코 점령되지 않는 것, 정신의 세계를 찾아 나서야겠다는 생각이 점차 구체화되기 시작한다. 고유한 언어, 고대부터 내려온 독자적인 문학, 그리고 문화 전반에 걸쳐 연구를 꿈꾸게 된다. 야코프는 당시를 이렇게 회고하고 있다.

"그 시대의 어려움을 극복하는 데는 열정밖에 없었다. 그 열정으로 고대 독일 연구를 해냈다. 세계적인 여러 가지 사건이 있었지만 평화로운 가운데 학문을 하고 싶다는 의욕만이 오랫동안 망각되었던 문학의 재발견에 도움이 되었다. 그러나 단지 과거 속에서 위안을 얻으려는 것이 아니고, 이렇게 함으로써 새로운 시대의 도래에 도움이 된다고 하는 희망도 당연히 있었다."

그림 형제는 고대 연구를 위해 틈나는 대로 여러 도서관을 찾아다니며 원본을 찾아서 필사하거나 메모했다. 빌헬름은 모교인 마르부르크 대학교를 방문해 진귀한 필사본이나 고문서를 조사했고, 야코프는 신학교나 수도원에 진귀한 문서와 고문서가 있는지 소장 유무를 질의했다. 병약한 빌헬름에게 고대 문헌을 파헤치고 민간에 전승되어 오던 옛 노래를 편찬하는 작업은 힘들었지만 형이 앞에서 끌면 동생은 뒤에서 밀었다. 두 형제의 위대한 협업이 그 첫발을 내딛게 된 것이다. 결국 야코프는 사비니 교수를 돕기 위해 파리에 체류하던 시절에 모아 둔 자료와 더불어 5년 동안 모은 자료들을 토대로 중세 문학에 관한 논문을 펴낼 수 있었다.

그림 형제가 평생에 걸쳐 전념한 독일인의 뿌리 찾기 작업이 본격화된 것이다. 잃어버린 독일인의 본래의 정신을 되찾기 위해서는 자기의 역사와 문학, 언어, 신화, 이야기를 찾아내고 해석해야 한다는 것이 그들의 생각이었다.

야코프는 스물여섯 살이던 1811년, 자신의 생애 첫 책인 《고대 독일 마이스터게장에 관하여Über altdeutschen Meistergesang》를 냈다. 마이스터게장은 중세에 독일 궁정의 서정 시인들이 불렀던 일종의 기교시로, 이 책에서 야코프는 마이스터게장이 미네장Minnesang을 계승한 것이라고 주장한다. 미네장이란 12세기에서 14세기 사이 독일 궁중을 중심으로 유행하던 서정시 및 연애 가곡 장르를 말한다. '미네minne'는 사랑, '장sang'은 노래라는 뜻이다.

야코프는 나폴레옹이 실각하기 몇 년 전부터 동물을 매개로 한 전설 '라이네케 여우'를 연구하여 우화의 역사에까지 연구 영역을 넓혔다. 빌헬름은 시가에 좀 더 흥미가 있어 같은 해에 《고대 덴마크 영웅가》를 번역 출간했고, 2년 뒤에는 고대 스코틀랜드 삼대 가요도 번역했다.

물론 마르부르크 대학교 시절 고대 문학에 처음 눈뜨고 파리에서 사비니 교수를 도우면서 학자로서 방법론을 익히기는 했지만, 그림 형제가 이를 필생의 과업으로 만들겠다는 확신이 든 것은 나폴레옹 침략 이후다. 역설적으로 유럽 각국에 민족주의라는 새로운 물결을 가져다준 장본인이 나폴레옹이다. 그 이전만 해도 유럽에서 민족국가란 개념은 거의 존재하지 않았다. 그림 형제 역시 모국이라고 하면 헤센 공국이었지 독일이란 실체는 어디서도 찾을 수 없었다.

시대정신Zeitgeist이라는 말이 있다. 한 시대에 우뚝 솟은 굴기屈起의 정신을 말한다. 독일의 철학자 헤겔은 여기에 더해 '세계영혼Weltseele'이라고 표현했다. 이 모든 것은 단 한 사람 바로 나폴레옹을 향한 표현이었다. 문자 그대로 18세기에서 19세기로 넘어갈 무렵 유럽은 완전히 나폴레옹의 시대였다. 이집트 원정에 이은, 이탈리아 원정의 승리로 일약 국민적 영웅이 된 나폴레옹은 내친 김에 1799년 쿠데타로 권력을 잡았다. 나폴레옹 시대가 열리자 처음에는 유럽 지식인으로부터 열렬한 환호를 받는다. 헤겔이 나폴레옹을 극찬한 것처럼, 세상을 해방시켜 줄 것이라 믿었다. 억압적인 전제군주 사회가 아닌 신분이 철폐되고 자유, 평등, 박애라는 프랑스 혁명의 위대한 가치를 가져다줄 것으로 보았다. 하지만 나폴레옹은 점차 숨겨 두었던 다른 얼굴을 보이기 시작한다. 해방이 아니라 지배, 자유가 아니라 억압이었다. "말을 타고 온 세계영혼", "말을 탄 시대정신"이라고 비아냥대기 시작했다. 말이란 군사력, 군대를 의미했다. 이런 과정에서 프랑스 혁명의 이념과 제도가 독일 각 지역으로 확산되었지만, 반면에 독일 지역에서 프랑스의 침략에 대항하려는 범독일적인 민족의식이 싹트기 시작한 것이다.

프로이센은 프랑스에 패배해 왕은 멀리 쾨니히스베르크로 떠나 수도 베를린은 프랑스 군대가 지배하고 있었다. 바로 이럴 때에 독일어권 국가에서 최초로 민족의식을 고취하는 연설이 있었으니 요한 고틀리프 피히테Johann Gottlieb Fichte의 '독일 국민에게 고함'이라는 제목의 강연이었다. 프랑스 통치에 반대한다는 것과 독일 국가의 독립과 이를 위한 국민의 분기를 촉구하는 연설이었다. 이 강연의 반응은 뜨거웠다. 젊은 학생을 주축으로 베를린뿐 아니라 독일어권 전체로 급격히 확산되었다. 독일에 최초의 내셔널리즘nationalism이 생긴 것이다. 나폴레옹이 바라던 바와는 전혀 엉뚱한 결과였다. 이전까지는 아무도 말하지 않던 '독일적', '독일어', 그리고 '독일'이란 낯선 단어가 튀어나오기 시작했다.

괴테를 만나다

그림 형제에게는 경제적인 문제 이외에 또 하나 심각한 걱정이 있었다. 빌헬름은 대학 졸업 후 《하이델베르크 문학연보Heidelberger Jahrbücher der Literatur》에 논문을 발표하며 연구자로서 조금씩 일을 찾아가고 있었으나 학창 시절부터 좋지 않았던 건강이 문제였다. 계단을 조금 오르면 숨이 차고 가슴에 통증을 느꼈다. 전형적인 심장병 증상이었다.

빌헬름은 할레 대학교 의학부 교수이자 당대 최고의 의사였던 요한 크리스티안 라일 교수에게 치료받기로 결정한다. 물론 형 야코프가 치료비를 모두 대기로 했다. 1809년 5월 빌헬름은 마차를 타고 할레로 떠났다. 광천수와 염천, 그리고 전기 치료도 겸했다.

라일 교수는 치료와 더불어 빌헬름에게 생활습관을 바꾸도록 권고했다. 당분간 힘든 일을 중단하고 산책을 하라고 권유했다. 다행히 할레 주변은 자연환경이 좋아 산책하기에 안성맞춤이었다. 형은 동생에게 송금하면서 전혀 걱정할 필요 없으니 천천히 계속 요양하라는 말로 안심시켰다.

빌헬름은 모든 것을 미루고 할레에서 치료에 전념하느라 다른 사람과의 교제 또한 절제했다. 단 한 명 요한 프리드리히 라이하르트Johann Friedrich Reichardt라는 사람이 그와 친구가 된다. 라이하르트는 작곡가로 베스트팔렌 왕국의 궁정 악장으로 잠시 카셀에서 근무했다. 그는 동시대 최고의 음악가였다. 제롬 보나파르트는 음악과 연극에 열광적으로 빠진 사람이어서 라이하르트를 왕실 극장 총감독으로 초빙했다. 카셀에서 그는 오케스트라뿐 아니라 오페라, 발레 등을 창설하는데, 단연 인기였다. 그는 괴테의 음악 조언자이자 괴테의 시가를 음악으로 작곡했다. 그와 사귀면서 빌헬름은 괴테에 대한 호기심을 더욱 키웠다.

약 4개월에 걸친 요양 후 빌헬름의 건강이 점차 호전되어 갈 무렵인 1809년, 브렌타노가 할레로 찾아왔다. 브렌타노는 빌헬름에게 또 다른 친구 아르님이 베를린으로 초청한다는 소식을 전했다. 그러나 빌헬름에게는 베를린에 갈 여비가 없었다. 그것을 알게 된 브렌타노는 성공해서 갚으라며 돈을 빌려주었고 빌헬름은 브렌타노와 함께 베를린으로 향할 수 있었다. 아르님은 베를린 여행이 처음인 빌헬름에게 많은 친구들을 소개해 주는데, 주로 배우나 화가, 작가, 음악가였다. 빌헬름은 브렌타노와 아르님의 새로운 작품을 읽고 토론도 하면서 새로운 시대의 흐름을 온몸으로 느끼게 된다.

"베를린은 제가 가 본 가운데 가장 아름다운 도시입니다. 포츠담 역시 아름다우며 그곳은 대부분 궁전만으로 이뤄져 있습니다. 성은 크고 호화롭고 프리드리히 대왕이 살았던 상수시 궁전도 멋있습니다. 이들 커다란 건물 속에서 들리는 것은 저의 말소리와 목소리뿐입니다. 그 정도로 인기척이 없고 사람 사는 마을로부터 멀리 떨어진 곳에 이런 건물이 서 있습니다. 얼마나 구슬픈지 이모에게 말할 수 없을 정도입니다."

빌헬름은 헨리에테 침머 이모에게 보내는 편지에서 베를린과 포츠담에 대한 인상을 전하고 있다. 그가 말하고 있는 프리드리히 대왕은 프로이센의 근대화를 마련하고 연전연승의 신화를 남긴 유명한 계몽 군주였다. 빌헬름이 방문할 당시의 프로이센은 이미 프리드리히 대왕이 고인이 된 지 오래고, 왕은 베를린을 버리고 멀리 쾨니히스베르크로 도망친 상태였다. 그림 형제가 살고 있던 헤센 공국의 군주도 홀슈타인으로 망명했다. 베를린에는 프로이센 왕의 누이동생이자 헤센 공국 아우구스테 세자비가 세 명의 아이들을 데리고 의탁해 있는 신세였기 때문에 베를린에서 느끼는 빌헬름의 심경은 서글펐던 것이다. 아우구스테 세자비는 이모가 직접 모시는 분이기도 했다.

빌헬름은 베를린 체제 도중 용기를 내서 아우구스테 세자비를 위로하러 간다. 그녀의 당당함, 높은 교양, 착한 심성에 깊은 감동을 받았다. 헤센이라는 나라에 대한 충성심, 독일이라는 민족에 대한 그리움이 더욱 깊어졌다. 이 만남은 결국 그림 형제의 인생에 큰 전환점으로 작용한다. 그녀는 나중에 프랑스 군대가 철수한 뒤 카셀 궁정으로 돌아가게 되는데, 힘든 시절 위험을 감수하고 찾아와 준 빌헬름에게 깊은 인상을 받아 기회가 있을 때마다 그림 형제를 도와주게 된다.

1809년 11월 말 빌헬름은 베를린을 떠나 카셀로 '귀국 길'에 오른다. 지금은 독일이라는 하나의 나라지만 당시에는 나라가 달랐으니 엄연히 귀국이다. 빌헬름은 바이마르에 들르기로 했다. 그곳에서 괴테를 만나고 싶었고, 바이마르 인근 예나에서 고문서를 조사하는 일도 있었다.

당시 독일의 지식인들에게 바이마르는 하나의 이상향이었다. 문화적 거인 괴테가 있었고, 바이마르 공국의 군주이자 최대의 문화 후원자 카를 아우구스트 대공이 있었던 덕분이다. 이 두 사람은 가장 이상적인 군주와 신하의 관계로 바이마르 전성기를 이끌었다.

카를 아우구스트 대공은 훗날 독일어권 군주들이 시대에 역행하는 칼스바트 강령을 발표해 학문과 사상의 자유를 억압하려 들지만, 홀로 이 강령에 반대했다. 39개의 독일연맹 국가들 가운데 작센 · 바이마르 · 아이제나흐 대공국이 1816년 가장 먼저 민주적인 헌법을 제정하고 2원제 의회를 설치했다. 훗날 독일에서 '바이마르 헌법'을 제정하고, 민주적인 공화국을 수립했을 때 '바이마르 공화국'이라 부른 것은 카를 아우구스트 대공의 민주적인 정신을 기리기 위해서였다. 바이마르에는 괴테, 실러, 헤르더Johann Gottfried von Herder를 필두로 당대 최고의 지식인과 예술가 들이 몰려들어, "거리에서 마주치는 사람들 두 명 가운데 한 명은 천재"라는 농담이 있을 정도였다.

그럼에도 독일은 너무 많은 나라들로 분열되어 있었다. 괴테는 19

괴테. 빌헬름 그림은 그를 가리켜 "위대한 인간" 혹은 "거인"이라고 표현했다.

세기 초 독일의 지적 상황을 당대 유럽의 중심지 파리와 비교해 "황무지"라 말했다. 파리의 지식인들이 한곳에 모여 논쟁하고 어울리는 데 비해 독일은 너무 분산되어 낙후되었음을 이렇게 질타했다.

"(독일의 지식인들이) 얼마간의 지식을 얻기 위해서라도 여간 고생하지 않으면 안 된다. 그것은 결국 우리가 모두 고립되어 궁색한 생활을 하기 때문이다. 우리는 우리 국민으로부터 미미한 교양밖에 얻을 수 없으며, 게다가 재능 있는 사람, 지혜 있는 사람들은 독일 전역에 분산되어 있다. 어떤 사람은 빈에 다른 어떤 사람은 베를린에, 쾨니히스베르크에, 본에, 뒤셀도르프에 흩어져 살고 있다."

12월 11일 빌헬름은 바이마르에 도착해 유서 깊은 엘레판트 호텔에 여장을 푼다. 이 도시를 찾은 유명 인사들이면 으레 묵던 시청 앞 마르크트 광장에 있는 전통 있는 호텔이다. 그는 옷을 갈아입고 예의를 차려 괴테의 집으로 가 아르님의 소개장을 전했다. 하지만 괴테는 감기에 걸려서 바로 만날 수 없었다. 괴테는 빌헬름을 위해 바이마르 극장 자신의 전용 자리에서 연극을 관람할 수 있도록 비서에게 조치해 두는 호의를 베풀었다.

빌헬름은 이틀 뒤 낮에 괴테의 집으로 오라는 전갈을 받았다. 생각보다 일정이 빨리 잡힌 것은 아르님의 소개장에다 사비니 교수로부터 그림 형제가 비범한 재능을 갖고 있다는 얘기를 전해 들었던 덕분이었다. 당시 괴테의 비서가 적어 둔 메모에는 "카셀 출신의 두 젊은이가 고대 독문학을 아주 잘 이해하고 수집하고 있음"이라고 쓰여 있었다.

괴테의 집에 도착해 계단을 올라가자 유명한 'Salve'라는 문구가 그를 기다리고 있었다. 이탈리아어로 '환영한다'는 뜻으로 괴테는 이탈리아 기행 이후 이 말을 입구에 새겨 두었다. 괴테는 두 개의 훈장이 달린 검은 예복을 입고 나타났다. 무명의 젊은 청년 빌헬름에게 괴테는 너무도 큰 산이었다. 빌헬름은 그를 가리켜 "위대한 인간" 혹은 "거인"이라고 표현했고, 그때의 떨리던 인상을 형 야코프에게 이렇게 전하고 있다.

"고상함, 완벽함, 소박함과 그 품위 있는 모습, 괴테는 저에게 매우 친절하게 앉으라고 권하며, 조용히 이야기하기 시작했어."

괴테와 빌헬름 그림은 여러 가지 이야기를 나눴다. 〈니벨룽겐의 노래〉, 북유럽 문학, 빌헬름이 번역한 《고대 덴마크 영웅가》, 《근세 독일

바이마르 괴테 하우스. 괴테는 이 집에서 50년 동안 살았다.

서사문학에 관해서》까지 대화가 두루 이어졌다. 빌헬름은 감격하고 가슴이 떨렸다. 이 위대한 문학의 거장은 무명의 청년에게 위세를 보이거나 권위적이지도 않았고 은혜를 베푸는 듯한 모습도 전혀 없었다. 빌헬름은 이튿날 점심에도 초대되었다. 식사는 거위간으로 만든 밀가루 요리, 토끼고기 등이었으며, 괴테는 전날보다 더 흉금을 터놓고 와인을 마시도록 권했다. 식사 자리에는 괴테의 부인과 비서가 함께했다. 빌헬름은 그때의 분위기를 이렇게 기록하고 있다.

"오후 1시부터 3시 반까지 이어진 식사는 굉장했다. 아주 좋은 적포도주였다. 괴테는 아주 열심히 마셨다. 부인인 크리스티안네가 더 잘 마시는 것 같았다. 그녀는 아주 매력적이었다."

괴테는 유명한 와인 마니아여서 일생 동안 와인을 입에서 끊은 적이 없었다. "나쁜 와인을 마시면서 살기에 인생은 너무도 짧다"라는 유명한 와인 예찬의 말을 남길 정도로 와인 애호가였다.

두 사람은 그림 형제의 막내 남동생이자 화가인 루트비히 에밀이 그린 베티나 브렌타노(나중에 아르님과 결혼)의 초상화로 화제를 이어 갔고, 괴테는 아주 재능 있는 화가라 칭찬해 주었다. 바이마르 체류 도중 빌헬름은 괴테의 집에 몇 차례나 더 초대되어 식사를 하고 연극도 볼 정도로 극진한 환대를 받았다. 또 괴테의 주선으로 바이마르 공국의 도서관에서 많은 고문서를 접하게 되어 연구에 큰 진전을 거둘 수 있었다.

이 만남은 빌헬름에게 있어서 평생 잊을 수 없는 경험이 된다. 그때까지만 해도 그림 형제는 유명해지기 전이었다. 그럼에도 괴테는 이들 형제의 논문을 주목하면서 여러 사람에게 칭찬을 아끼지 않았다. 이후에도 빌헬름은 다시 괴테를 방문할 기회가 있었지만, 형 야코프는 몇 차례 방문하려 했지만 그때마다 일이 생겨 결국 평생 괴테를 만나지 못했다.

1810년 1월 빌헬름은 바이마르에서 깊은 감동을 안고 카셀로 돌아온다. 그 후로 빌헬름에게 괴테는 마음속의 또 다른 멘토가 된다. 당시까지만 해도 독일 문학과 어학을 가르치거나 연구하는 교육기관은 없었다. 이런 현실을 개탄하며 빌헬름은 괴테에게 편지를 보냈다.

"많은 학자들은 고대 독일 문학 연구 개관의 필요성을 절감하고 있습니다. 그러나 아직 고등교육기관에서는 희랍 라틴어에 의한 고전적 문헌학이 지배적입니다. 자기 자신의 언어, 즉 모국어를 학문적으로 연구하기까지는 아직 시간이 걸립니다."

괴테는 세월이 흘러 야코프가 심혈을 기울였던 《독일어 문법》을 받아 본 뒤 그를 가리켜 "언어의 거인"이라고 평가했다. 사실 그림 형제와 달리 괴테는 정치적 사안에 대해, 독일 통일에 대해 큰 관심을 갖지 않았다. 그는 오히려 세계인이라는 보다 큰 그림을 그리고 있었다. "낯선 외국인을 보호하지 못하는 나라는 망한다"라는 말도 남겼다.

1832년 3월 22일, 괴테가 83세의 나이로 사망했다. 빌헬름은 자신에게 영웅이었던 위대한 작가의 죽음에 각별한 마음을 표했다. 지인과 동생에게 보내는 편지를 보면 그의 마음을 헤아릴 수 있다.

"괴테는 독일적 교양과 문학에 있어서 역사의 한 구획이다. 그와 같은 사람을 우리는 두 번 다시 가질 수 없을 것이다. 가령 그러한 재능을 갖고 태어날 수는 있지만 어떻게든 스스로 제한이 있는 것이니까."

베를린 그림 형제의 집에는 두 형제의 연구실이 각각 따로 있었다. 야코프의 방에는 괴테의 작은 조각상이 있었고, 빌헬름의 방에는 괴테의 흉상이 있었다. 그들 마음속에 괴테가 어떤 존재로 자리 잡고 있는지 알 수 있다.

메르헨,
동화의 탄생

1807년 11월 카셀에 세 대의 마차가 먼지를 휘날리며 도착한다. 각각 사비니 교수, 아힘 폰 아르님, 멜리네와 클레멘스 브렌타노 등이 타고 있었다. 이들은 바이마르에서 괴테를 만나고 오는 길이었다. 반가운 해후를 하고 그림 형제의 안내를 받아 카셀 여행을 마친 뒤 다른 일행들은 다시 길을 떠났다. 아르님과 브렌타노만이 카셀에 남았다. 그들이 카셀에 남은 데에는 이유가 있었다.

브렌타노는 그해 8월 결혼식 관련으로 카셀에 왔다가 그림 형제에게 푹 빠져든다. 그들의 인간적 성실함, 학문에 대한 진지한 태도, 도서관, 고대 문헌 필사 과정에 이르기까지 하나하나 감동하게 된다. 그리하여 친구이자 동료인 아르님에게 그림 형제가 자신들이 추진하고 있는 프로젝트에 참여하면 좋겠다는 간곡한 뜻을 편지로 보낸다.

"오랫동안 연기되어 온《소년의 마법 뿔피리》제2권을 출판하는 데 있어서 자네가 나와 함께 정리하기 위해서 여기로 와 주었으면 하네. (……) 여기에는 정말로 고대 독일을 사랑하는 조예가 깊은 친구가 두 명 있거든. 그림 형제라고 하는 친구들이야. 그들은 2년 동안 열심히, 게다가 철저히 공부하여 노트를 많이 만들었고, 면학 체험도 충분히 쌓았을 뿐 아니라 낭만주의 문학에 아주 정통해. 두 사람을 다시 보게 됐어. 그들은 겸손하고 그들이 갖고 있는 숨은 보물에 나는 감탄하고 있다네."

브렌타노와 아르님은 1806년에《소년의 마법 뿔피리Des Knaben Wunderhorn》제1권으로 유명해졌다. 괴테에게 헌정한 이 민요 모음집으로 독일 서정시의 새로운 시대를 열었다는 평가를 받고 있었다. 그림 형제가 민간인들 사이에 전해져 오는 메르헨을 수집하기 시작한 것은 바로 그때였다. 그들은 이미 마르부르크 대학교 시절 브렌타노가 갖고 있던 잠바티스타 바실레Giambattista Basile의 책《이야기 중의 이야기Lo cunto de li cunti overo lo trattenemiento de peccerille》에 관심을 가지고 있었다. 특히 브렌타노와 아르님의 책 아이디어에 신선한 충격을 받고, 민중 속에 살아서 입에서 입으로 구전되는 이야기를 모으기로 한 것이다. 형제 나이 각각 스물한 살, 스무 살 때의 일이다.

브렌타노는 아르님과《소년의 마법 뿔피리》제2권과 제3권의 편집 방향을 논의하기 위해 모였다가 이 같은 사실을 알려 준다. 그리고 그림 형제에게 함께 일해 줄 것을 정식으로 제안한다. 결국 그림 형제는 그 제안을 받아들였고 책은 1808년에 출간되었다.

원래 아르님은 메르헨을 책으로 펴낼 계획이 없었다. 반면에 브렌타노는 빌헬름이 베를린을 방문했을 때 그림 형제가 메르헨을 수집하고 있다는 이야기를 이미 들었던 터라 《소년의 마법 뿔피리》 제2권, 제3권의 연장선상으로 메르헨을 편찬할 계획을 갖고 있었다. 1809년 6월, 브렌타노는 빌헬름에게 몇 편의 아동용 메르헨을 간행하고 싶으니 도와달라는 부탁까지 해 왔다. 그렇게 해서 그림 형제는 자신들이 모았던 54편의 메르헨을 브렌타노에게 넘겼다. 빌헬름은 여기에 이런 답장까지 곁들였다.

"우리가 갖고 있는 모든 것은 당신의 것이기도 합니다!"

브렌타노는 그 원고를 잘 받았다고 1810년 11월 2일 편지를 보내서 알렸다. 그런데 그 원고는 출간되지 않았다. 왜 그러했는지 정확한 이유는 남아 있지 않다. 브렌타노는 독일 후기 낭만주의를 주도할 정도로 재능이 탁월했지만 독특한 성격이어서 동료 시인 하이네나 아이헨도르프는 이런 식으로 표현할 정도였다.

"그는 시인이 아니라, 그 자신이 한 편의 시이자 민요인 사람이다. 가끔 갑자기 아무런 이행 과정도 없이 반대 방향으로 진로를 바꾸어 사람을 놀라게 할 때가 있다."

브렌타노는 라인 강을 예찬하고 로렐라이 신화를 발굴해 낸 장본인이다. 로렐라이는 하이네의 시로 유명하지만 오늘날 우리가 아는 로렐라이 신화를 제일 처음 창조한 것은 브렌타노였다. 문재文才가 대단히 뛰어났지만, 이탈리아인이었던 아버지의 혈통을 이어받은 탓일까. 브렌타노는 천성적으로 자유분방한 성격이었고, 한 군데 잘 정착하지 못하는 방랑벽까지 있었다. 카셀을 떠난 그는 지금의 체코인 보헤미아 지방과 뮌헨, 오스트리아 빈을 거쳐 여러 곳을 떠돌다가 아샤펜부르크에서 생을 마감한다. 그의 인생이 그렇듯 그림 형제가 넘겨준 메르헨 원고 역시 오랫동안 행방불명 상태였다.

100년의 세월이 지난 뒤, 1927년 알자스 지방의 욀렌베르크 수도원에서 그 원고는 다시 발견된다. 방랑 기질이 있고 기분파였던 브렌타노가 친한 수도원장에게 주었고 그가 보관해 두었던 것으로 추정된다. 1953년 뉴욕 경매장에서 제네바의 수집가 마르틴 보드머 박사가 당시 7만 5,000달러의 가격으로 이 원고를 입수했다. 흔히 '욀렌베르크 수기手記'라 불리는 이 원고는《그림 동화집》의 초고草稿로 텍스트 비교 연구에 빼놓을 수 없는 기초 자료로 인정받고 있다. 여기에 실린 총 49편 가운데 42편이 그림 형제가 썼는데, 그중 27편은 야코프가, 15편은 빌헬름이 쓴 것이다.《그림 동화집》초판 1, 2권에 실린 메르헨의 3분의 1이 이 욀렌베르크 원고에 들어 있으며, 나중에 유명해진 이야기들 역시 대부분 여기에 들어 있다.

이렇게 사라진 원고가 어떻게《그림 동화집》에 살아남을 수 있었을까? 여기서 그림 형제의 조심스럽고 신중한 성격이 잘 나타난다. 브렌타노와 아르님에게 이 원고를 주면서 그림 형제는 만약을 대비해 처

Des Knaben
Wunderhorn
Alte deutsche Lieder
L. Achim v. Arnim. Clemens Brentano.
Heidelberg, bey Mohr u. Zimmer.
Frankfurt bey J.C.B. Mohr
1806.

괴테에게 헌정한 민요 모음집 《소년의 마법 뿔피리》. 1806년 브렌타노와 아르님은 이미 이 책으로 유명해졌다.

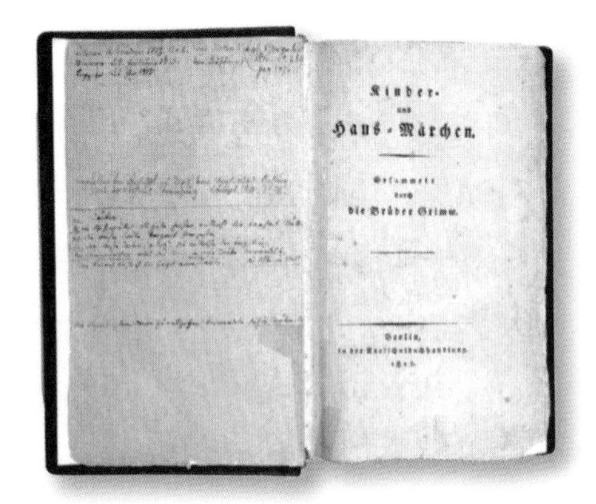
Kinder-
und
Haus-Märchen.
Gesammelt
durch
die Brüder Grimm.
Berlin,

《그림 동화집》 초판 제1권.

Kinder-
und
Haus-Märchen
Erster Theil.

《그림 동화집》 제2판 제1권.

음부터 또 한 권을 베껴 사본을 만들어 두었던 것이다. 만약 그냥 보내기만 하고 베껴 두지 않았다면 허공에 모두 사라졌을 테니 아찔한 일이다.

그림 형제는 브렌타노로부터 아무런 반응이 없자 독자적인 출판을 결심한다. 이렇게 해서 《그림 동화집》 초판 제1권이 출판된 것은 1812년이었다. 원제는 '어린이와 가정을 위한 옛날이야기Kinder-und Hausmärchen'이다. 학자들이나 독일에서는 이를 줄여서 'KHM'이라 말한다.

《그림 동화집》은 "둘만의 힘으로, 아주 고독하게, 따라서 매우 천천히, 6년의 세월을 거쳐" 세상에 첫 모습을 드러냈다. 형제의 나이 스물일곱, 스물여섯 살 때였다. 여기서 "둘만의 힘으로 아주 고독하게"라는 표현을 쓴 것을 보면 브렌타노의 생각이 바뀐 것에 대한 아쉬움이 얼마나 컸고 힘들었는지 짐작할 수 있다. 그림 형제는 왜 어려운 환경 속에서도 동화집 출판을 결심했을까? 《그림 동화집》 초판 서문에는 그들이 동화의 세계에 빠져든 이유가 다소 감상적으로 적혀 있다.

"폭풍이나 그 밖의 불행이 하늘에서 주어져, 모든 곡물의 씨를 땅 위에 내던져도, 아직도 길가에 있는 낮은 산울타리나 관목에는 작은 장소가 확보되어 몇 개인가의 이삭이 단단히 남아 있는 것을 우리는 가끔 봅니다. 그다음에 태양이 또 알맞게 내리쬐면 그 이삭은 조용히, 누구 눈에도 띄지 않으며 자라 갑니다. 커다란 창고 때문에 서둘러 낫으로 베이는 일은 없습니다. 그래도 여름의 끝 무렵이 되어 그 이삭이 단단히 여물면,

가난하나 신심 깊은 사람의 손이 그것을 찾으러 옵니다. 이삭에 이삭이 포개지고 정성껏 묶여서 어떤 짚 더미보다 높이 우러러 받들어져 집에 가져가 겨울 동안의 식량이 되거나, 어쩌면 미래의 유일한 종자가 되는 건지도 모릅니다."

동화 수집을 시작한 1806년이라는 시기를 주목해 볼 필요가 있다. 시대는 낭만주의 사조가 지배했던 때였지만, 그림 형제는 개인적으로나 국가적으로 전혀 낭만적인 상황은 아니었다. 나폴레옹이 예나 아우어슈테트 전투에서 승리를 거둬 독일 땅을 손에 넣은 해다. 졸지에 나라가 없어져 버렸다. 그림 형제는 그 상황을 '폭풍'과 '불행'이라는 단어를 써서 말하고 있다. 비록 나라는 빼앗겼지만, 전래되는 민족의 옛이야기라는 '이삭'이 있다면 살아남을 수 있다고 보았다. 1819년 제2판 서문에서는 그 심정을 좀 더 구체적으로 밝히고 있다.

"아마도 바로 이때가 이 동화들을 보존해야 할 때였다. 왜냐하면 동화를 지켜야 할 사람들이 점점 줄어들기 때문이다. 물론, 여전히 동화를 알고 있는 사람들은 통상 아주 많이 안다. 왜냐하면 인간이 동화로부터 사라지지, 동화가 인간으로부터 사라지지 않기 때문이다."

그림 형제는 "민족적인 뿌리의 가장 순수한 정신적 근원"을 찾으려 했고, 이를 동화라 생각했다. 괴테에게 쓴 편지에서, 빌헬름은 동화에는 "낯선 첨가물 없이 민족의 독자적인 문학적 통찰력과 성향"이 나타난다고 말했다. 무엇인가 소중한 것을 잃어 본 사람이 더 큰 것을 만들어 낼 수 있는 법이다. 그들의 가슴에는 간절함이 있었다.

메르헨은 크게 나눠서 작가가 만들어 낸 창작 동화Kunst Märchen와 민간 사이에 구전되어 오던 것을 모은 민담Volksmärchen, 이렇게 두 가지다. 그림 형제 이전까지 메르헨은 창작이 대세였다. 산업화가 서서히 진행되면서 18세기 후반 정신사의 흐름은 계몽주의와 합리주의 사조가 지배하는데, 이때 민담과 전설은 시대에 뒤떨어진 미신만을 전하는 것이라며 비난받았다. 지식층은 동화를 경멸하고 불신하는 때였다.

18세기 말부터 조금씩 이런 생각에 변화가 생기는데, 그 최초의 계기는 요한 고트프리트 폰 헤르더였다. 헤르더는 민중문학의 중요성을 설파하면서 소박함의 가치와 민중문학 수집의 필요성을 강조했다. 슈트라스부르크에서 헤르더를 알게 된 괴테는 그의 영향으로 민요의 소박한 리듬에 감동하여 문학적 접목을 시도했다. 젊은 괴테에게 가장 많은 영향을 끼친 사람이 헤르더이며 그는 훗날 괴테의 초청으로 바이마르로 오게 된다.

헤르더는 분열된 독일의 현실을 보면서 영웅적 민족문학을 생각했다. 민족이라는 개념을 독일에서 처음 생각한 사람도 그였다. 그는 민족문학의 중요성을 일찍부터 강조하며, "우리는 동일한 민족이며, 동일한 조국, 동일한 언어를 갖고 있다는 커다란 마음을 모든 국민들이 일깨울 수 있도록 해야 한다"고 강조했다.

그의 영향으로 독일에서 낭만주의 운동이 벌어지면서 문인들은 자국의 문학, 특히 중세문학에 주목하게 된다. 그러다가 브렌타노와 아르님의 《소년의 마법 뿔피리》가 간행되면서 독일 민요가 수집되었고, 그 연장선상에서 그림 형제는 메르헨을 본격적으로 수집하고 출간하게 되었던 것이다. 그러니까 《그림 동화집》이 세상에 나오게 된 최초의 단초는 브렌타노가 제공했다고 해도 과언이 아니다.

《그림 동화집》이 출판되는 데 도움을 준 사람은 아르님이었다. 그는 베를린의 유명 출판업자에게 추천해서 책이 출판되도록 적극적으로 도왔다. 그림 형제는 초판을 아르님의 부인 베티나와 그들의 아들에게 헌정하는 것으로 감사를 표했다. 아르님 역시 이 책을 받아 들고 몹시 기뻐했다.

훗날 1831년 빌헬름은 건강이 좋지 않았던 상황에도 불구하고 일찍 세상을 뜬 친구 아르님의 전집 편찬 작업을 직접 챙겼다. 그리고 1843년 《그림 동화집》 제5판을 낼 때 아르님의 부인 베티나에게 보내는 헌정사를 통해 감사의 마음을 전했다. 그녀는 마르부르크 대학 시절에 만난 이후로 변함없는 친구였고, 베를린으로 초청해 준 장본인이자 좋은 이웃이었다.

여기서 잠시 메르헨Märchen이란 말이 어디서 유래했는지 살펴볼 필요가 있다. 메르헨이란 말은 종교개혁을 주도한 마르틴 루터가 "복음Gute neue Mär"이라고 말한 데서 유래한다. 메르Mär는 짧은 이야기이란 뜻이었는데, 그림 형제가 이 단어를 쓰면서 세상에 널리 알려졌다. 학술적으로는 민담이라 번역하기도 하지만, 일본 등 많은 나라에서 번역 대신 그대로 메르헨이란 단어를 쓰고 있어서 국제화된 용어가 된 지 오래다.

야코프 그림이 책상에 묵묵히 앉아 작업에 열중하고 있다. 1817년 루트비히 에밀 그림이 그렸다.

메르헨은 전설이나 신화와 구분된다. 전설Sage은 장소와 연결되어 있다. 라인 강변의 유명한 로렐라이 언덕이 그 좋은 예이다. 이름, 기념물, 교회, 성곽, 혹은 숲이나 나무, 다리 같은 특정 장소와 반드시 연결되어 있다. 피안彼岸과 차안此岸 구분도 되어 있다. 그 전설의 구체적 증거물이 있다. 신화Mythos는 신성함에 초점이 맞춰져 있어 주로 국가 탄생이나 영웅, 신을 이야기한다. 이에 반해 메르헨은 피안과 차안의 구분이 없고, 거리 공간 개념도 없다.

"만약 특정 장소와 연결되어 있다면 그것은 메르헨이 아니다. 메르헨에는 원근도 없고 연월이나 일시조차 없다. 가장 중요한 것은 판타지다.

판타지가 없는 메르헨은 메르헨이 아니다. 그림 동화에는 판타지가 가득하다. 슬픈 일도, 무서운 일도, 잔혹한 일도, 즐거운 일도, 모든 게 담겨 있다."

일본의 그림 형제 연구가인 하시모토 다카시橋本孝 교수의 말이다. 메르헨은 훼손하지 않은 채 원형대로 보존, 수집하는 게 아주 중요하다. 당시 사회상을 반영하고 인간집단의 행동을 연구하는 데 학술적으로 대단히 중요한 부분이기 때문이다. 따라서 그림 형제는 자기 멋대로 개작하거나 변형시키는 일을 극도로 자제하고 이를 원형 그대로 전하는 것이 자신들의 의무라 생각했다.

형 야코프에게 메르헨은 아동용 글이 아니었다. 민족정신이 숨어 있는 학술적 원천이었다. 야코프의 정확한 학술적 검증과 동생 빌헬름의 문학적 문장이 조화를 이뤄 그림 동화는 세상에 나오게 된다. 형제는 동화집 서문에서 이렇게 그 뜻을 밝히고 있다.

"우리는 메르헨을 가능한 한 순수하게 있는 그대로 이해하려고 노력했다. 어떤 일이 있더라도 거기에 손을 대거나 좀 더 아름답게 하거나 변경하거나 하지 않았다."

본질은 최대한 손상하지 않는 대신, 다만 표현에는 신경 썼다고 강조하고 있다. 그림 형제에 앞서 여러 사람이 동화 혹은 다른 이름으로 시도했지만 대부분 그것은 어른의 눈으로 본 동화였다. 이전의 많은 작품들은 어른이 본 아름다움과 당대의 모럴에 맞춰 표현되었다. 그림 형제는 결코 그렇게 하고 싶지 않았다. 평범한 민중의 입에서 입으로 전해져 내려오는 것을 수집하다 보면 그것이 독일적인 것이 아닐까 하는 생각이 들었던 까닭이다. 1815년 초판 제2권 서문을 보면 이 같은 생각은 더 확실해진다.

"사람들이 잃어버린 것으로 간주한 원시 독일적인 신화가 이 구전동화 속에 있다."

그림 형제의 일관된 삶, 그것은 독일인의 뿌리를 찾는 일이다. 잃어버린 독일인의 본래의 정체성을 찾는 것, 말과 글을 통해서 찾아내겠다는 장구한 프로젝트가 드디어 결실을 보기 시작한 것이다. 그들이 아니라면 영원히 사라졌을 인류의 보물이 기록의 힘과 형제의 협업 정신 덕분에 살아남게 되었다.

큰 귀를 가진 형제

"기사는 손으로 쓰는 게 아니야! 발로 뛰면서 쓰는 거라고!" 신입 기자들이 선배들에게 귀에 못이 박이도록 듣는 얘기다. 기사는 책상에서 머리로만 쓰다 보면 현장감이 떨어지고 추상적이기 쉽다. 현장을 뛰어다니며 여기저기 뒤지고 다녀야 생생하고 진솔한 글이 나온다. 취재기자에게 요구되는 덕목으로 발과 엉덩이가 가벼워야 한다는 뜻이다.

멋진 스토리텔링을 위해서는 여기에 한 가지 조건이 더 추가된다. 바로 경청이다. 경청을 잘하는 사람들은 늘 귀를 열고 다닌다. 귀를 잘 열어야 입이 잘 열리는 법이다. 이들을 가리켜 큰 귀를 가졌다고 말한다. 그림 형제 역시 큰 귀의 소유자였다. 형제의 동화 수집 과정을 보면 세상 그 누구보다 귀를 크게 열고 열심히 들었다는 것을 알 수 있다. 그림 형제는 이야기가 있는 곳이면 어디든 달려갔다. 도서관이나 수도원의 문을 두드리고 또 두드렸다. 흩어져 있었던 옛 문헌을 일일이 대조하고 또 베꼈다.

《그림 동화집》 최종 판본에는 모두 210편의 이야기가 담겨 있는데, 그중 우리에게 잘 알려진 동화는 대략 40편이다. 이 이야기들은 누가 언제 어떻게 그림 형제에게 전달한 것일까? 그림 형제는 기록해 두지 않으면 자칫 사라질 운명의 옛이야기를 듣기 위해 우선 본인들이 살고 있던 카셀과 어릴 때 뛰어놀던 슈타이나우, 그리고 넓게는 헤센 지방을 돌아다니며 메르헨을 모으기 시작했다.

자료마다 조금 다르긴 하지만, 그림 형제는 대략 40~50명 정도의 이야기꾼들로부터 메르헨을 수집했던 것으로 보인다. 여행객들이 지나는 길가와 농가, 아낙들이 있는 실을 잣는 곳이나 부엌, 겨울철 화로 주변에서는 늘 이야기가 풍성하게 흘렀다. 형제는 직업과 신분의 귀천을 가리지 않고 열심히 듣고 또 들었다. 남자보다는 여자가 압도적으로 많았다. 《그림 동화집》의 주인공들이 대부분 여성인 것은 이와 무관하지 않을 것이다.

그 가운데 유명한 사람이 흔히 '동화 아주머니Märchenfrau'로 불리는 도로테아 피만Dorothea Viehmann이라는 여인이다. 《그림 동화집》 초판 제2권 서문에서 빌헬름은 그녀의 공헌에 대해 이렇게 묘사하고 있다.

"확실한 우연 가운데 하나는, 카셀 근방에 위치한 츠베른 마을의 한 여자 농부를 알게 된 것이었다. 우리는 그녀로부터 동화집 제1권에 대한 여러 가지 보충할 만한 것들과 함께 여기에 발표된, 바로 순수한 헤센 지방의 메르헨 상당 분량을 얻게 되었다. 이 부인은 아직도 정정하고 50세를 아주 많이 넘기지는 않았으며 피메닌Viemännin이라 불린다."

빌헬름이 말하는 "순수한 헤센"이란 자기들이 몸담던 나라의 이야기란 뜻이다. 당시 그들이 살았던 나라는 통일된 독일이 아니어서 그림 형제에게는 헤센이 곧 독일이었다. 피만은 여관집 딸이어서 어릴 때부터 프랑크푸르트로 가는 여행자들이 들려준 이야기를 들으며 자랐다. 지금과 달리 옛날에는 여관에서 저녁식사를 마치면 할 일이 별로 없었기 때문에 마당이나 탁자에 함께 모여 이야기를 나누곤 했다. 그런 점에서 여관은 스토리텔링의 훌륭한 플랫폼이자 유통 경로였다.

피만은 사실 전업 농부는 아니었고 재단사 부인이었다가 미망인이 된 중년의 여인이었다. 그녀는 생활비를 벌기 위해 집 뜰에서 가꾸던 채소와 과일을 갖고 일주일에 두 차례 카셀 시내까지 걸어왔기에 형제는 그녀를 농부로 착각한 듯싶다. 피만은 카셀에 올 때면 으레 그림 형제 집을 방문해 이야기를 들려주곤 했다. 그녀는 옛날이야기 구연 실력이 출중해서 30편 이상의 메르헨을 그림 형제에게 생생하게 들려주었다. 그 가운데 가장 유명한 것이 《그림 동화집》에서 '아셴푸텔Aschenputtel'이라는 제목으로 나왔던 신데렐라 이야기다. 1819년 《그림 동화집》 제2판 제2권을 출간할 때 형제는 막내 남동생 루트비히 에밀이 그린 그녀의 초상화를 책에 실어 감사를 표했다.

전차를 타고 그림 형제 거리 역에 내리면 니더츠베렌 교회 묘지가 나오는데, 그 앞의 마을이 내려다보이는 광장이 메르헨 광장이다. 이

그림 형제에게 메르헨을 들려주는 도로테아 피만. 피만은 '동화 아주머니'라 불리는데 그림 형제가 메르헨을 수집하는 데 큰 도움을 주었다. 그녀는 형제에게 30편 이상의 메르헨을 들려주었다. 1894년 루이스 카첸슈타인이 그렸다.

《그림 동화집》 제2판을 출판할 때 그림 형제는 막내 남동생 루트비히 에밀이 그린 도로테아 피만의 초상화를 권두에 실어 감사를 표했다.

광장으로 들어가는 작은 문이 있고 문에는 '옛날 옛적에Es war einmal' 라는 문구가 적혀 있다. 그림 형제가 그녀를 통해 위대한 동화의 세계로 들어갈 수 있었음을 상징하는 듯하다. 광장 바닥에 새겨진 돌에는 피만이 그림 형제에게 들려주었던 동화의 제목들이 적혀 있고, 그녀는 동상의 모습으로 이 모든 것을 지켜보고 있다. 최소한 카셀에서만큼은 피만이 그림 형제 다음으로 대접받는 것 같다.

그림 형제는 피만을 제외하고 나머지 이야기를 전달해준 사람들의 이름을 책에 밝히지 않았다. 누가 어떤 이야기를 전했는지는 훗날 연구가들의 노력에 의해 밝혀졌다.

형제는 카셀과 헤센 전역 그리고 베스트팔렌으로 메르헨 수집의 범위를 차츰 넓혀 갔다. 슈발름 지방에서는 신학생이었던 페르디난트 지베르트로부터 많은 이야기를 들었다. 베스트팔렌에 살던 학스트하우젠 가족과 폰 드로스테휠스호프 자매(아네테, 예지) 역시 형제들에게 많은 이야기를 들려주었다. 특히 아네테는 나중에 비더마이어 시대를 대표하는 문인이 된다. 예지와 빌헬름은 친해져서 핑크빛 연애편지를 주고받았지만, 신분과 재력의 차이로 그 이상의 인연을 맺지는 못했다.

마리 할머니Alte Marie라는 인물도 《그림 동화집》 제1권 총 86편 가운데 4분의 1 이상을 들려준 최고령 민담 제보자로 알려져 있다. 그녀는 훗날 빌헬름의 처가가 되는 카셀 시의 빌트 집안에서 가정부이자 보모로 있었던 부인이다. 빌헬름의 아내가 되는 도르첸 빌트Dortchen Wild 역시 결혼 전에 이들 형제에게 이야기를 전해 준 사람이다.

여기에 또 한 명의 '마리'가 등장한다. 〈백설 공주〉, 〈장미 공주(잠자는 숲 속의 미녀〉, 〈빨간 모자〉 등 가장 유명한 이야기 약 20편을 전해 준 인물이다. 그녀는 누구일까. 한동안 그림 형제와 동화를 연구한 사람들은 이 마리를 마리 할머니로 착각했다. 빌헬름의 아들이자 당대의 유명 문학 예술사가 헤르만 그림이 그림 형제의 유품과 문서를 상속받아 관리하면서 마리 할머니라고 오판했던 까닭이다. 1970년대 중반, 부퍼탈 대학교 하인츠 뢸레케 교수가 밝혀내기 전까지는 모두들 그렇게 믿었다. 마리는 그림 형제의 막내 여동생 샤를로테의 20년 지기인 마리 하센플루크Marie Hassenpflug였다. 그녀는 1788년생이니 그림 형제보다 서너 살 어리다. 이야기를 들려줄 당시에는 10대 중반이었으니 깜찍한 소녀 이야기꾼이었던 셈이다.

그림 형제는 영역을 나눠서 메르헨을 수집했다. 형 야코프는 하센플루크 가문을, 그리고 동생 빌헬름은 빌트 가문을 담당했다. 하센플루크 가문은 그림 형제와 마찬가지로 하나우에 살다가 1798년 카셀 시로 이주했다. 야코프는 하센플루크 가문의 딸들과 그녀들의 어머니로부터 두루 이야기를 들었다. 이들에게 들은 이야기는 최소한 37편은 된다. 그러는 사이 그림 형제의 막내 여동생 샤를로테는 하센플루크 집안의 남자 루트비히와 결혼하게 된다. 그리고 빌헬름은 빌트 가문에서 이야기를 듣다가 그 집 딸인 도르첸과 결혼하기에 이른다. 그러니 동화가 맺어 준 '메르헨 패밀리'라 부를 만하다.

깜찍한 이야기 소녀 마리의 어머니는 프랑스에서 건너온 위그노 출신이다. 집안에서는 프랑스어를 사용할 정도로 프랑스 문화권에서 살았다. 1685년에서 1689년 사이에 적어도 20만 명의 신교도들이 프랑

왼쪽 마리 하센플루크는 〈백설 공주〉, 〈잠자는 숲 속의 미녀〉, 〈빨간 모자〉 등 가장 유명한 이야기 약 20편을 그림 형제에게 전해 주었다.
오른쪽 도르첸 빌트는 그림 형제가 메르헨을 수집하는 데 도움을 준 또 한 명의 여인이다. 도르첸은 후에 빌헬름 그림과 결혼한다. 그림은 루트비히 에밀 그림이 그렸다.

스 정부의 종교 탄압을 피해 이웃 신교도 국가로 탈출한 사건이 있었다. 그때 독일의 프로이센, 스위스, 네덜란드, 영국 등으로 이주한 프랑스 출신 신교도들을 가리켜 위그노라 부른다.

문제는 단순히 20만 명이라는 숫자가 아니었다. 위그노는 교육 수준이 높고 비단 제조, 보석 가공, 시계 제조, 가구 제작 등 전문 기술직이 많았다. 한마디로 프랑스의 '두뇌 유출'을 의미했다. 프랑스 중상주의를 이끌었던 장 바티스트 콜레르 같은 사람은 위그노의 탄압이 프랑스의 산업 경쟁력에 악영향을 끼칠 것이라고 경고했지만 소용없었다.

반면에 이들이 이주한 나라들에는 꼭 필요한 인력이 들어와 경제

발전에 큰 도움이 되었다. 베를린에서 가장 아름다운 광장이라고 하는 잔다르멘마르크트Gendarmenmarkt에는 쌍둥이 같은 교회 두 개가 나란히 서 있는데, 그 가운데 하나가 위그노를 위한 프랑스 교회다. 프로이센뿐 아니라 프랑크푸르트, 헤센 등 다른 독일어권 제후들도 위그노에게 문호를 개방해 적극적으로 고급 인력을 끌어들였다. 스위스의 이름 높은 시계 산업을 이끄는 주역 역시 위그노 출신들이다.

그림 형제가 태어났던 하나우나 그들이 살았던 카셀에도 적지 않은 위그노가 있었다. 19세기 초반 카셀의 인구는 1만 8,000명, 이보다 100년쯤 전인 1700년경 이곳의 영주인 카를이 위그노에게 문호를 개방한 결과다.

이쯤에서 그림 형제가 말한 "순수한 헤센"의 메르헨과 위그노와의 상관관계가 제기된다. 그림 동화는 그들이 그토록 찾고자 했던 순수한 독일인의 이야기인가? 210편의 이야기는 모두 오랜 시간 게르만족의 DNA가 담긴 온전한 독일적 메르헨인가? 결론부터 말하면 그렇지 않다.

우선 〈신데렐라〉와 관련된 내용부터 살펴보자. 프랑스에서는 샤를 페로Charles Perrault가 1697년에 펴낸 《옛이야기와 교훈Histoires ou Contes du Temps Passé》이라는 동화집이 있었다. 전래 민담을 수집해 17세기 말 프랑스 상류층 지식인에 맞게 재구성한 것이다. 그중에 〈신데렐라〉와 비슷한 〈상드리옹〉이라는 버전이 있다. 그것이 프랑스계 위그노들의 입을 통해 전해지고 전해지다가 독일식 버전으로 바뀐 것이 〈신데렐라〉라고 학자들은 추정한다. 페로의 동화집 역시 이탈리아에 있던 이야기의 변형이라는 사실도 학자들의 연구에 의해 밝혀졌다. 이렇듯 이야기는 다양한 국적의 뿌리가 있고 전해지는 과정에서 현지인들의 입맛에 맞게 변형되는 것이다.

재미있는 사실은 〈신데렐라〉의 각 나라 어원이다. 신데렐라Cinderella는 프랑스에서는 상드리옹Cendrillon, 이탈리아에서는 세네렌톨라Cenerentola, 러시아에서는 졸루슈카Zoluschuka, 그리고 독일에서는 아셴푸텔Aschenputtel이란 이름으로 불리지만 모두 '재ash'를 의미한다는 공통점이 있다. 하루 종일 부엌에서 일만 하여 온몸에 재를 뒤집어쓰고 사는 신세라는 말이다.

〈잠자는 숲 속의 미녀〉와 〈장미 공주Dornröschen〉, 〈아셴푸텔〉과 〈상드리옹 혹은 작은 유리구두Cendrillon ou La Petite Pantoufle de Verre〉, 〈헨젤과 그레텔〉과 〈엄지 동자Le Petit Poucet〉, 이밖에 〈장화 신은 고양이La Maitre Chat ou Le Chat Botté〉, 〈빨간 모자Le Petit Chaperon Rouge〉, 〈푸른 수염La Barbe-Bleue〉 같은 경우가 샤를 페로와 그림 동화가 겹치는 부분이다.

때문에 그림 형제는 1819년 제2판 서문에서 피만과 관련된 내용 가운데 "순수한 헤센"이라는 구절을 뺐다. 《그림 동화집》 초판에는 마리 집안에서 들은 얘기들 가운데 〈나이팅게일과 발 없는 도마뱀〉, 〈푸른 수염〉, 〈장화 신은 고양이〉 같은 이야기도 있었지만 나중에 프랑스 이야기라는 것을 확인하고 제2판부터는 삭제했다.

이처럼 본인들이 수집했던 메르헨이 순수한 독일 민담일 것이라는 그들의 믿음과 학설은 조금씩 금이 가기 시작한다. 형제가 초판본을 발간한 이후 계속해서 수집하고 정리해 놓은 노트에는 러시아, 핀란드,

일본, 아일랜드, 동구권 슬라브족을 포함한 많은 나라 문화에 대한 주석이 적혀 있다. 이야기의 뿌리와 형성 과정을 추적해 가는 것이다.

그림 형제는 그들의 주요 저작물 앞에 예외 없이 독일이라는 뜻의 'Deutsch'를 사용했다. 예를 들어 《독일 전설Deutsche Sagen》(1816), 《독일 고대 법제사Deutsche Rechtsaltertümer》(1828), 《독일어 사전Deutsches Wörterbuch》(1854)이 그렇다. 하지만 《그림 동화집》만큼은 예외였다. 결과적으로 《그림 동화집》에 나오는 상당수 이야기들은 그들의 기대와 달리 완전히 독일적인 뿌리를 가졌던 것은 아니다.

그렇다고 의미가 없는 것일까. 그렇지 않다. 그림 형제에 앞서 많은 사람들이 동화를 쓰고 또 내놓았지만, 가장 성공한 것은 《그림 동화집》이다. 남과 다른 문체와 스토리텔링 방식 덕분이다. 비록 기원이 순수하게 독일적이지 않은 이야기들이 상당수 섞여 있지만, 독일어로 쓰인 이 이야기책을 통해 분열되어 있던 독일인들은 하나의 민족이라는 구심점과 정체성을 찾았다. 아이들에게는 꿈, 어른들에게는 용기를 주었다.

그림 동화가 겪은 우여곡절

그림 동화는 최고의 콘텐츠다. 그런데 처음부터 인기가 있었을까? 많은 사람들이 생각하는 것과 달리 출간 직후 한동안 고전과 비난에 시달려야 했다. 초판 제1권의 이야기는 86편, 그리고 제2권은 70개의 이야기로 구성되어 있다. 모두 156편이었다. 큰 노력을 기울인 것에 비해 초판 판매는 신통치 않았다. 900부 인쇄했는데 시장의 반응은 냉랭해 수익이 크지 않았다.

시장의 차가운 반응에 기분 좋을 저자는 없다. 쿨하기로 유명했던 미국 작가 마크 트웨인조차 이런 말을 남긴 적이 있다.

"사람들이 서점에서 책 한 권을 고작 2달러에 살 수 있다면, 그 소설을 7~8개월에 걸쳐 쓰는 건 바보 같은 일 아닐까?"

글 쓰는 사람으로서의 자괴감, 정신노동의 가치가 시원찮은 데 대한 작가로서의 불만이 섞인 말이다. 그림 형제의 심정도 아마 이런 것이 아니었을까. 당시 인쇄된 책의 종이 질도 좋지 않아서 초판 가운데 현재까지 남아서 전해지는 것은 극소수다. 비판도 적지 않았다. 클레멘스 브렌타노는 초판 제1권을 읽고 난 뒤, 1813년 아르님에게 보낸 편지에서 이렇게 전했다.

"사나흘 전《그림 동화집》을 사 보았다네. (……) 수록된 동화는 모두 내가 생각했던 것보다 재미가 덜하더군."

초판본이 예상 외로 반응이 좋지 않은 데다 오스트리아 빈에서는 중쇄 금지 조치까지 당했다. 비판의 핵심은 어린이들이 읽기에 너무 잔혹하고 비교육적이며, 기독교 정신에 반한다는 것이었다. 혹독한 비판을 의식한 그림 형제는 1815년 1월《그림 동화집》초판 제2권을 세상에 내놓으면서 메르헨을 수집한 진정한 의미를 다시 강조했다. 자연 문학의 힘을 전하려는 것이다. 어른들의 시각에 의해 전혀 가공되지 않는, 있는 그대로 전해져 내려오는 이야기를 세상에 내놓았다고 힘줘 말했다.

그림 형제에게는 아이들을 위한 엔터테이너가 되겠다는 생각이 전혀 없었다. 단지 기록해 두지 않으면 영원히 사라질 운명인 민담, 그 소중한 문화 자산이 끊어지지 않도록 보존하고 독일인이라는 정체성을 공유하겠다는 생각밖에 없었다. 때문에 그들은 처음에는 지금처럼 삽화를 그려 넣는 것조차 반대했고, 아이들을 독자의 대상으로 생각하지도 않았다.

제보자에게서 전해 들은 이야기를 거의 수정하지 않고 충실히 초판본에 싣다 보니 문제가 생겼다. 비난과 논란이 불거지는 가운데 특히 마음의 상처를 받은 사람은 형 야코프였다. 그는 시장이나 독자들과 타협하고 싶지 않았다.

메르헨 개정 및 편찬 작업은 이제 빌헬름이 책임졌다. 1819년 제2판을 찍을 무렵 빌헬름이 편집을 주도한다. 형 야코프는 또 다른 큰 프로젝트인 독일어 문법 연구에 매달리기 시작한다. 빌헬름은 형에 비해 문학적이고 예술적 기질이 강했다. 메르헨 개작에도 융통성을 보였다. 어린이들의 입맛에 맞게, 그리고 기독교라는 종교 이념에 맞게 조금씩 바꾸기 시작했다.

빌헬름은 초판본에 실렸던 지나친 미신 요소나 비윤리적 부분은 과감히 삭제하거나 수정했다. 독자의 비판이 많았던 〈살육할 때 아이들은 어떻게 함께 참여했는가Wie die Kinder Schlactens Miteinander Gespielt Haben〉와 같은 무시무시한 제목의 이야기들은 아예 삭제해 버렸다. 사디즘이나 연쇄살인, 신체 절단과 인육 먹는 장면, 양성애자 혹은 두 개의 성기를 갖고 태어났으며 거대한 가슴이 있는 거인 같은 내용도 수정되었다.

1819년 제2판 서문에서 빌헬름은 "아동 연령에 맞지 않는 모든 표현을 조심스럽게 개정판에서 삭제했다"고 밝혔다. 예를 들면 〈라푼첼〉에 대해 언급한 부분을 1812년 초판과 1819년 제2판을 비교해 보면 확실하게 알 수 있다.

> 그들은 (라푼첼과 왕자) 오랫동안 즐겁고 기쁘게 생활했습니다. 그러나 요정은 라푼첼이 어느 날 다음과 같이 물어 오기 전까지 이 사실을 까맣게 몰랐습니다. "고텔 부인, 제 옷이 점점 꽉 끼어 더 이상 맞지 않으니 어찌된 일일까요?", "아, 이런 막돼먹은 아이야"라고 요정은 말했습니다.
>
> — 1812년 초판 서문에서

> 그들은 오랜 기간을 즐겁고 기쁘게 생활했고 부부처럼 서로를 사랑했습니다. 그러나 마녀는 라푼첼이 어느 날 다음과 같은 말을 시작하기 전까지 이러한 사실을 몰랐습니다. "고텔 부인, 젊은 왕보다도 당신을 끌어올리기가 더 힘드니 어찌된 일일까요?", "아, 이런 막돼먹은 아이야"라고 마녀는 말했습니다.
>
> — 1819년 제2판 서문에서

라푼첼이 왕자와 사귀며 임신했다는 뜻으로 해석되기 때문에 독자들로부터 내용이 비교육적이고 음란하기까지 하다는 비판을 의식한 조치다.

〈라푼첼〉과 함께 지금도 학자들 사이에서 논란이 되고 있는 것은 〈헨젤과 그레텔〉과 〈백설 공주〉다. 초판에서는 친어머니였다가 계모로 바뀐 것이 논란의 핵심이다. 〈백설 공주〉에서 사악한 계모가 쓰러져 죽을 때까지 붉게 달아오른 철로 만든 구두를 신고 춤춰야만 했다는 내용이 너무 잔인하고 폭력적이라고 질타를 받았다. 백설 공주가 독이 든 사과를 먹은 다음 잠들자 난쟁이들이 그녀의 옷을 벗겨 목욕시키는 장면도 문제가 되었다. 참고로 〈백설 공주〉 이야기는 400종 이상의 판본이 존재한다.

〈거위치기 아가씨〉에서도 배신한 사악한 하녀를 실오라기 하나 걸치지 않은 채로 안쪽에 못이 박힌 통에 넣어 이를 말이 끌게 해서 시내를 돌아다니게 한다는 내용이 있었다. 〈아셴푸텔(신데렐라)〉 초판본에서 추한 여동생들은 눈알이 뽑혔다. 이 또한 "표현이 아이들에게 어울리지 않는다"고 하는 독자들의 비판이 쇄도했다. 부퍼탈 대학 교수 하인츠 뢸레케는 이렇게 반박한다.

"동화의 내용 중 잔인함은 그림 형제가 생각해 낸 판타지가 아닙니다. 그건 그냥 구시대의 법과 질서 체계를 반영했을 뿐입니다."

결국 빌헬름은 제2판 서문에서 "아이들에게 어울리지 않는 표현은 주의 깊게 삭제했다"고 밝혔다. 친어머니를 왜 계모로 바꾸었는지 구체적인 이유에 대해서는 언급하지 않고 있다. 다만 메르헨이 전달되는 과정에서 여러 판본이 있었는데, 원본에 충실한 것도 있지만 당시 독일 사회를 지배하고 있던 기독교 윤리를 의식한 결과였음은 분명하다. 19세기 대부분의 기간 동안 교사들과 학부모, 종교 지도자들, 특히 미국에서조차 그림 동화가 다듬어지지 않고 문명화가 덜된 콘텐츠라고 개탄했다. 1885년 미국의 한 교육자는 이렇게 꾸짖기까지 했다.

"그 민담들은 모두 너무나 중세적 세계관을 보여 주고 강한 편견과 잔인함, 그리고 야만성을 가진 문화를 반영하는 것이다."

그림 동화는 이데올로기나 프로파간다를 좋아하는 사람들의 먹이가 된 시절도 있었다. 나치 정권은 〈빨간 모자〉를 사악한 유대인 늑대로부터 보호하는 독일인의 상징으로 삼기도 했다. 제2차 세계대전이 종식되고 나서 연합군 사령부는 그림 동화가 나치 이데올로기에 동조하는 것이라며 독일에서의 출판을 금지했다. 사디즘을 미화하고 제3제국의 이데올로기를 옹호한다는 혐의였다.

이처럼 그림 동화는 논란이 심했다. 그림 형제는 초판이 나온 지 10년이 지난 1822년 1월 4일, 제3판을 완성한다. 야코프는 완전히 손을 떼고 동생 빌헬름이 전담하다시피 할 때다. 제3판은 주석이 붙은 것으로, 아동을 위한 것이라기보다는 오히려 학자나 연구자들을 위해 쓴 듯하다. 주석의 분량이 동화의 이야기만큼이나 많았다. 그들은 스스로를 문헌학자이자 민속학자로 생각했던 것 같다. 두 형제는 자신들이 모은 메르헨은 이미 존재하는 프랑스, 이탈리아 동화들과 밀접한 관련이 있으며, 동물 우화나 오래된 신화의 잔향을 갖고 있다고 솔직히 적고 있다.

그림 형제는 초판을 폐기하지 않고, 개정판을 내는 중간의 과정도 그대로 남겨 두었다. 메르헨의 원형에 충실하면서도 또 다른 교육적 가치로서, 문학적 가치로서의 다양한 판본을 있는 그대로 소개한 것이다. 원본에 충실하려고 애썼지만 자신들의 약점조차 과감히 수용하는

《그림 동화집》에 실린
루트비히 에밀 그림의 삽화들.

〈장미 공주(잠자는 숲 속의 미녀)〉

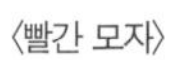

〈빨간 모자〉

〈아셴푸텔〉

〈마리아의 어린이〉

〈헨젤과 그레텔〉

〈거위치기 아가씨〉

〈백설 공주〉

모습은 작가로서 그리고 학자로서 모두 정직해 보인다.

제3판이 나온 지 1년 뒤에 특기할 만한 일이 생긴다. 1823년 영국인 에드거 테일러Edgar Taylor에 의해 《그림 동화집》이 최초로 영어로 번역된 것이다. 영국 출판사에서는 《잭과 콩나무》처럼 질이 좋은 그림을 넣고 멋진 장정으로 꾸몄다. 영어 번역본을 받아 본 그림 형제는 어떤 느낌이었을까. 야코프가 친지에게 보낸 편지를 보면 흡족해하고 있음을 알 수 있다.

> "최근 우리의 모음집이 영어로 번역되었는데, 이는 발췌본입니다. 전부가 나무랄 데 없이 인쇄되었으며 (단지 선별이 그다지 특별하지 않았지만) 운율을 제외하면 때로는 독일어 원본보다 더 읽기 쉽고 유려했습니다."

영어 번역본은 큰 전환점 역할을 했다. 우선 국제어인 영어로 번역됨으로써 빠른 속도로 세계에 전파되는 계기가 되었다. 둘째로 독일어 원본에 없는 삽화를 넣음으로써 아동 도서로는 드물게 많은 부수가 팔렸다. 셋째는 독자들에게 인기 있는 이야기를 위주로 발췌하여 축약본을 만들었다는 것이다. 결국 그림 형제도 테일러의 영역본을 벤치마킹해서 1825년 축약본을 만든다. 막내 남동생 화가 루트비히 에밀이 삽화를 그리고 전체 이야기 가운데 간추린 50개의 이야기만으로 책을 내놓았다. 1,500부를 인쇄했는데 대성공이었다. 마침내 진짜 독자가 누구인지 알게 되었다. 진짜 독자는 바로 아이들이었다.

형제는 1857년까지 계속 작업해 개정 7판까지 간행했다. 빌헬름이 죽기 2년 전까지다. 동생이 전담하다시피 했지만 그렇다고 형과의 의논 과정을 생략한 것은 아니다. 평생 작업을 함께했으니 '동화 형제 Märchen Brüder'라 부를 만하다. 평생에 걸쳐 동화 개정 작업을 멈추지 않지만, 대부분의 이야기는 그들의 감수성이 아직 예민했던 20대에 들은 것이다. 200개의 메르헨과 10개의 아이들 성자聖者 이야기, 이렇게 모두 210개의 이야기가 최종적으로 남았다. 축약본은 모두 10판까지 출간되었다. 상대적으로 늦게 시작했지만 축약본이 일반 독자층에게는 훨씬 인기가 높았다.

그림 형제는 충실한 독자인 어린이의 눈높이에 맞게 순화시키고 가다듬었다. 원작과 달리 잔인한 엄마는 사악한 계모가 되었고, 결혼하지 않은 연인들은 순결한 사람들로 바뀌었으며, 근친상간을 한 아빠는 악마로 다시 캐스팅되었다. 신교도의 윤리 의식이었던 검소함, 근면, 충성, 소박함 등의 가치가 강조되었다. 결국 그림 동화는 원래 독일적 정신 가치를 발견한다는 취지에서 "좋은 매너를 위한 교본"으로 무게 중심을 옮겨 갔다. 이젠 어른보다는 어린이용 책이 되었다.

그렇게 그림 동화는 20세기에 아이들의 침실 서가를 장식하게 되었다. 왜 아니겠는가? 잘생긴 청년과 아름다운 처녀가 마법으로 무장해 거인과 마녀, 야수 등 악한 세력에 승리를 거두는 꿈같은 일을 벌인다.

잠들기 전 아이는 이렇게 외친다. "엄마, 이야기 하나 더 읽어 줘!" 피곤해도 부모들이 계속 읽어 줄 수밖에 없는 이유는 아이들에게 필요한 교훈이 그 안에 다 녹아 있기 때문이다. 즉 약속을 지켜라, 낯선 사람에게 말 걸지 마라, 열심히 일해라, 부모님 말씀 잘 들어라…….

《그림 동화집》은 예절의 교본이 된 것이다. 하인츠 뢸리케 교수는 이렇게 강조한다.

> "빌헬름이 바꾼 것이 있고 추가된 부분이 있다고 해도, 이야기의 본질은 여전히 그대로예요. 그게 장점이죠."

미국에서 처음으로 그림 동화가 애니메이션으로 만들어진 것은 1937년이다. 월트 디즈니가 〈백설 공주와 일곱 난쟁이〉를 개봉하자 미국인들은 그림 동화와 사랑에 빠졌다. 사람들은 300년 전의 이야기로 빠져들었다. 디즈니 영화사는 짧은 이야기를 80분 분량의 뮤지컬로도 만들었다. 원작을 부드럽게 순화하기 위해 난쟁이들에게 이름을 붙였는데, 이를테면 스니지Sneezy, 해피Happy 같은 식이다. 1950년에 개봉된 〈신데렐라〉에서 디즈니는 자정을 기해 마차로 변하는 호박이라는, 원본에는 없는 재미를 추가했다. 물론 대인기였다.

이처럼 그림 동화는 현대적 입맛에 맞게 영화, 드라마, 뮤지컬 등 다양한 형식으로 만들어졌다. 만약 그림 동화가 없었다면 미국의 월트 디즈니는 무엇으로 스토리를 만들어 갈 수 있었을까.

독일 환상

카셀은 그림 형제가 30년 이상 산 곳이기 때문에 다른 어느 도시보다 그들의 흔적이 많이 남아 있다. 카셀 시청에서 15분 정도 걸으면 '아름다운 경관'이라는 뜻의 쇠네 아우스지히트Schöne Aussicht 거리가 나온다. 그림 형제에 관심 있는 사람이라면 꼭 방문해야 하는 지역이다. 이름 그대로 아름다운 경관이 아래로 펼쳐지는 언덕 위의 멋진 동네다. 이곳은 '카셀 시의 발코니'라는 별명처럼 아름답다. 포도농원이라는 뜻의 바인베르크Weinberg, 그 아래로는 멋진 칼스아우에 공원과 풀다 강이 있다. 그 사이로 야외 미술품들이 곳곳에 설치되어 있어 눈이 심심할 틈이 없는 곳이다. 녹색의 거대한 공원이 굽어보이는 환상적인 산책로가 있고 그 길을 따라 우아한 건물들이 있다. 이 거리 9번지 건물에는 "1824년부터 1826년까지 그림 형제가 이 집에서 살았다"라는 내용의 안내 동판이 붙어 있다.

카셀 시와 그림 형제 협회의 협력으로 그림 형제 박물관Brüder Grimm Museum Kassel이 처음 창설된 것은 1959년이다. 박물관의 첫 전시관은 야코프 그림의 175번째 생일이었던 1960년 1월 4일에 오늘날의 카셀 대학교 도서관에 처음 자리를 잡았다. 그림 형제와 관련된 많은 자료들이 본래 구 카셀 주립 도서관에 속해 있었다. 이 자료들은 제2차 세계대전 당시 피해가 적었던 무르하르트 도서관으로 옮겨졌는데 이 도서관이 후에 카셀 대학교 도서관이 되면서 그림 형제 관련 자료들도 카셀 대학교 도서관의 소유가 된 것이다. 박물관이 벨뷔 궁Palais Bellevue이라는 이름의 빌라 건물로 이주한 것은 1972년 10월 21일이었다. 형제의 생가에서 불과 1분도 걸리지 않는 가까운 거리인 쇠네아우스지히트 거리 2번지에 있다. 이 건물은 한때 그림 형제가 근무했던 곳으로 박물관과 함께 도서관과 연구소도 운영하고 있었다.

형 야코프는 평생 결혼한 적이 없었고, 동생 빌헬름은 결혼해서 2남 1녀를 두었다. 그 가운데 두 명은 결혼하지 않았고, 나중에 미술사가로 유명해지는 헤르만만 결혼하지만 후손이 끊기는 바람에 형제의 유산들 상당 부분이 이곳에 남아 있다. 광범위한 학술 자료, 가재와 살림도구, 회화, 스케치, 편지, 각국의 동화에 이르기까지 그림 형제의 일생에 관련된 자료들이 전시되어 있다. 가장 중요한 소장품으로는 1812년에서 1815년까지 그림 형제가 손 글씨로 쓴 그림 동화의 원본이다. 이 문서는 2005년에 유네스코 세계 기록 유산으로 지정되었다. 이 문서는 카셀 대학교 도서관에서 임대해 온 것이다. 평생 수집을 한 형제의 성격을 반영하듯 이곳에는 그들이 쓰던 고가구나 책상은 물론이고

카셀에 있는 그림 형제 동상.

심지어 하루하루 기록한 가계부까지 전시되어 있다.

그림 형제의 수집 습관을 보면 그들이 존경했던 괴테가 떠오른다. 바이마르 괴테 박물관에 가 보면 로마의 하숙집에서 무엇을 먹었는지, 와인은 어느 정도 마셨는지 계산서까지 보관하고 있다. 알프스 산맥에서 채취한 작은 광석과 이탈리아 여행지에서 얻어 온 풀잎까지 전시되어 있다. 이렇듯 작고 하찮다고 여길 수 있는 것들을 수집하고 기록을 남기는 습관, 그것이 모이고 모여 위대한 괴테를 만들었고 위대한 그림 형제를 만들었다. 더 나아가 독일의 오늘을 만든 힘이다.

카셀 그림 형제 박물관은 2015년 9월, 근처에 있는 대형 건물로 옮겨 '그림 월드GRIMM WORLD Kassel'라는 새로운 이름으로 바뀌었다. 그림 형제와 그림 동화의 새로운 시대를 열겠다는 의지다.

이쯤에서 그림 박물관장인 베른하르트 라우어Bernhard Lauer 박사와의 대화를 소개하고 싶다. 베를린 특파원 시절 나는 일면식도 없던 그에게 편지를 보내 그림 형제에 대해 좀 더 알고 싶다는 뜻을 밝혔다. 그러던 어느 날 베를린 사무실에 상자 하나가 도착했다. 안내 소책자와 지도, 각종 행사 자료, 신문 잡지에 소개된 기사 등을 담은 요긴한 자료 상자였다. 그 후 라우어 박사가 베를린으로 출장을 온다는 말에 나는 베를린의 한식당으로 그를 초대했다.

라우어 박사는 상상한 것보다 쾌활한 사람이었다. 1945년 생으로, 한때 로마 제국의 수도였고 독일에서 가장 오래된 도시인 트리어 출신이다.

"저는 그림 형제가 공부한 마르부르크 대학교에서 슬라브학으로 박사학위를 받았으니 그림 형제의 까마득한 후배 아닌가요? 하하하!"

그는 전 세계 그림 형제와 관련한 사람들을 가장 많이 만났으며, 가장 인정받는 그림 형제 전문가 가운데 한 명이다. 마르부르크 대학교에서 공부할 때 만난 부인은 연구소에서 일하고 있는데, 문화사를 전공했다고 했다. 부인이 슐레지엔 출신이라고 하기에 그곳에 대해 가르쳐 달라고 했다.

"원래 히틀러 때 가장 핵심적인 아우토반은 베를린-브레스라우, 베를린-쾨니히스베르크 구간이었습니다. 후자는 북쪽 발트 해를 따라가는 것이지만, 전자는 베를린의 동남쪽을 가리킵니다. 슐레지엔이란 드레스덴 인근 코트부스를 지나 구벤에서부터 동남쪽 지방을 가리킵니다. 제2차 세계대전 이전까지만 해도 독일 영토였지만 지금은 폴란드 영토입니다. 동東 슐레지엔은 지금의 체코 지방에 있고요. 베를린 사람의 절반가량은 슐레지엔 쪽에서 건너온 사람들이라고 보시면 됩니다. 그곳에 남아 있는 독일 문화유산을 연구하는 게 제 처의 일이지요."

당시 내가 살던 집 옆에 친하게 지내던 이웃사촌이 있었는데, 그 집 부인이 크로아티아 출신이라는 말에 반색하더니 이렇게 말한다.

"슬라브어는 모두 15개인데, 대개 이웃사촌입니다. 특히 마케도니아와 불가리아 말은 대단히 비슷하죠. 그런데 전쟁 이후 원수 관계가 되었지만요. 그리고 그곳의 아름다운 자연환경이 파괴되는 것이 무척 아쉬워요. 그 크로아티아 이웃과 언제 한번 만나면 좋겠군요!"

워밍업을 마치고 본론으로 들어갔다. 동화를 수집할 당시의 그림 형제의 상황은 어떠했는지 물었다.

"Liberté, Egalité, Fraternité. 자유, 평등, 박애를 의미하는 프랑스 말입니다. 프랑스 혁명이 주장하는 이 세 가지 개념은 그림 형제에게 낯선 것이었습니다. 그들은 물론 프랑스 말에 능숙했지만 이 개념은 생소했어요. 프랑스는 1789년 프랑스 혁명을 시작으로 봉건제와 전제군주제를 무너뜨리고 공화정을 실현했고, 독일은 1918년이 되어서야 군주제를 끝내고 공화정을 실현할 수 있었습니다. 그림 형제는 헤센이라는 제후의 영토에서 살다가 갑자기 나폴레옹의 통치 아래 놓이게 됐죠. 당시 독일은 많은 나라들로 분열되어 있었습니다. 그것을 모르고 그림 형제의 정신세계를 이해하기는 곤란합니다."

그러면 그림 형제에게 '독일적'이란 무엇이었을까? 그리고 '독일적인 정신'이란 도대체 무엇을 의미했을까? 흔히 사람들은 독일 하면 히틀러 같은 인종차별주의자를 떠올리는가 하면 베토벤, 브람스 같은 예술가의 이미지를 말하기도 한다. 옥토버 페스트에 모여 1리터짜리 큼직한 맥주를 벌컥벌컥 들이키는 호기로운 분위기를 연상하기도 하고, 벤츠 자동차와 밀레 세탁기의 견고함과 장인정신을 떠올리기도 한다. 라우어 박사는 잠시 난감한 표정을 짓더니 조심스럽게 입을 열었다.

"독일 정신이 무엇인가, 이 질문은 대단히 복잡하고 어려운 주제여서 대학에서 최소한 3개월 세미나를 해야 할 정도예요. 지금의 독일인과 나폴레옹 전쟁 때의 독일인, 빈 회의 이전과 이후의 독일인은 조금씩 다릅니다. 프로이센과 비非 프로이센 또한 다릅니다. 낭만주의 문인들은 나폴레옹 말굽 아래 과연 독일적인 것은 무엇일까를 자각하는 데서 과거의 문화유산을 찾기 시작했지요."

나폴레옹이 이끄는 프랑스 군대의 침략이 잠자던 독일인들의 의식을 깨웠고, 결국 그림 형제에게도 큰 영향을 미쳤다는 말이다. 독일은 프랑스와 역사적으로 많이 다르다는 게 그의 생각이다. 프랑스에서는 파리가 모든 것을 의미한다면 베를린이 독일 전체를 대변하는 것은 아니라는 것이다. 오랫동안 각 나라로 나눠었던 탓에 지역 전통이 강하고 지방별로 모두 대등하다는 의식이 강하다고 한다.

"그림 형제가 생각한 '독일적'이란 개념은 결국 언어적인 경계를 말합니다. 야코프 그림은 최초로 편찬하기 시작한《독일어 사전》에 '독일인이란 독일어를 쓰는 사람들 전부'라고 규정하고 있습니다. 당연히 지금의 오스트리아도 해당되고 당시에 독일어권이 지배하고 있었던 체코, 폴란드 상당 부분도 여기에 해당됩니다. 당시에 프라하 서쪽으로는 전부 독일어권이었습니다. 프라하도 약 3분의 1이 독일어를 사용했습니다."

그림 형제의 정치적 사고는 낭만주의 개념에 기반을 두고 있고, 그들의 학문과 정치적 작업은 곧 그대로 근대 독일인들이 생각했던 세계관과 국가관, 통일관을 대변해 주고 있다. 형제에게 있어 통일이란 오직 공통의 언어와 문화에 기반을 둔 개념이었다. 따라서 그림 형제는 독일어로 된 모든 것을 수집해 책으로 만들어 독일인이라는 정체성을 갖추고자 했다. 책은 단순한 인쇄물이 아니라 통일로 가는 중요한 도구였다는 것이다.

맥주잔을 서너 잔 비우면서 조금씩 어색함도 줄어들자 그는 개인적인 생각도 털어놓았다. 그는 오늘날 외국인이 알고 있는 독일인과 독일적인 것의 허상을 신랄하게 꼬집었다. 자기가 알고 있는 독일과 독일인, 그리고 외국에서 생각하는 것 사이에 큰 차이가 존재한다고 했다.

"개인적인 견해로 요즘 독일적인 게 뭐냐고 물어본다면, 글쎄요, 여전히 규칙을 잘 지키는 정신, 아무도 없는 밤거리에서조차 붉은 등이 켜지면 꼼짝 않고 서 있는 모습, 지독할 정도로 토론을 하는 정신적 풍토, 이런 것을 말할 수 있습니다. 터부가 없는 정신적 풍토도 그렇고요. 하지만 헌신적이고 매우 성실한 면은 최소한 독일의 공무원들과 관료 조직에게서는 찾아보기 힘듭니다. 그들은 연간 6주에 이르는 휴가만 생각합니다. 상대적으로 일본을 보세요! 다르잖아요. 텔레비전 퀴즈에 출연한 사람들을 보세요. 연예인 이름은 족집게처럼 맞추는데 독일의 문인, 예술가는 완전 제로죠. 알코올 중독자와 비만한 사람들의 증가, 그것이 오늘의 독일입니다."

그가 말하고자 하는 것은 일종의 '독일 환상Germany Illusion' 현상을 꼬집은 것이다. 실제보다 훨씬 부풀려진 독일에 대한 환상을 말한다. 한국인이 생각하는 독일적인 것, 독일 혼의 이미지는 늘 비슷하다. 고정관념이라고 할까. 라우어 박사의 말처럼 요즘의 독일은 모두 옛날과 같은 것은 아니다.

나는 메르헨 길을 방문하는 이번 여행 동안 술에 취해 큰 소리로 노래하고 떠드는 청소년들로 가득 찬 기차를 만난 적이 있었다. 역 주변마다 담배꽁초를 줍거나 동냥하는 약물중독자들도 적지 않게 볼 수 있었다. 검소, 근면, 성실, 시간 엄수, 청결, 정리정돈, 흔히 독일적인 가치라고 하던 것들과는 크게 달랐다.

전통적으로 독일인들은 외양에 크게 신경을 쓴 사람들이 아니었다. "무뚝뚝하지만 건실하다!" 이제 이 말은 젊은 세대에게는 통하지 않는다. 독일도 많이 변하고 있다. 언젠가 롤프 마파엘 주한 독일대사를 관저에서 만나 대화를 나눈 적이 있었는데, 비슷한 의견을 피력했다.

"가끔은 한국 사람들이 보는 눈으로 독일을 보면 완전히 무슨 기적의 나라 같습니다. 사실 독일 사람들은 자국에 대해서 비판적이고 저도 그렇습니다. 저는 독일이 좋은 나라라는 것을 한국에 와서 알았다니까요. 하하하! 한국인들을 만날 때 가장 많이 듣는 독일에 대한 스테레오타입이 있습니다. 자동차, 맥주, 베토벤, 환경을 얘기하고, 근면성, 효율성, 강한 조직 같은 덕목을 꼽습니다. 하지만 근면성, 효율성이나 강한 조직의 세 가지 덕목은 한국인들도 가지고 있는 것 아닌가요?"

그렇다. 사람이 사는 곳인데 문제없을 리 없다. 최근 폭스바겐 자동차의 대규모 리콜 사건과 베를린-브란덴부르크 신공항 부실 공사는 어두운 독일의 단면일 뿐이다. 대화가 끝날 때 즈음 라우어 박사는 가방에서 술병을 꺼냈다. 트리어의 고향집에 심어 놓은 자두나무에서 거둔 열매로 담근 슈납스라는 44도의 독한 술이라고 했다.

"제 어머니가 살고 계신 고향 집에서 모두 77병만 제한해서 술로 만들어요. 약 3유로의 주세酒稅도 낸 증명이 있으니 정품이겠죠? 처가 쪽 슐레지엔 사람들은 와인 문화가 없어서 일단 만나면 이렇게 독할 술도 서너 병 비운답니다. 하하하!"

그는 번호가 새겨진 77병 가운데 17번이란 번호가 매겨진 술병을 내게 선물로 건넸다. 집에서 만든 술까지 세금을 내고, 영수증을 제공하는 투명한 사회다. 그날 우리는 맥주로 시작해 소주까지 많이 마셨다. 그림 형제가 이어 준 인연이었다.

아쉽게도 이번에는 그와의 만남이 성사되지 않았다. 그가 새로 개관하는 '그림 월드' 오픈을 앞두고 출장을 떠난 탓이다. 나는 그가 근무했던 그림 형제 박물관이 있던 벨뷔 궁을 들르는 것으로 아쉬움을 달랬다. 잠시 쉬고 있던 벤치 주변에서 거짓말처럼 여우가 내 앞에 나타났다. 긴 꼬리를 가진 황금빛 털의 여우는 전혀 무서워하지 않고 나를 바라보았다. 여우가 도심 한복판을 거닌다는 것은 도시 생태계가 완벽하게 살아 있다는 뜻이겠지만, 동화를 따라온 여행에서 여우와 마주친다는 것은 행운임에 틀림없었다.

야코프 그림이 발간한 동물 우화《교활한 여우 라인하르트》의 주인공이 다시 태어난 것 같았다. 여우 라인하르트는 교활하고 도덕심이 없고 겁도 많지만 그래도 동정이 갈 만한 주인공이다. 그의 간교함은 생존을 위해 어쩔 수 없다. 라인하르트는 탐욕스러우면서도 머리가 둔한 늑대와 맞선다. 결국 승자는 사나운 힘의 늑대가 아니라 머리의 힘을 가진 여우다.

나이 때문일까. 수많은 우화에서 단골 악역이던 황금빛 여우가 미워 보이지 않으니 말이다. 한국에서 직장인들에게 '나'란 존재는 없다. 가족을 위해, 생존을 위해, 더 힘세고 탐욕스러운 세력 앞에서 버티고 버틸 뿐이다. 그 여우가 한국의 직장인들처럼 보였다.

하멜른의
피리 부는 사나이

하멜른Hameln을 가리켜 메르헨 길의 보석 같은 존재라고 말한다. 중세풍의 아름다운 건축물들도 있고 자연의 풍광도 멋지지만, 핵심은 〈하멜른의 피리 부는 사나이〉 야외 공연이다. 일단 메르헨 길에 왔으면 아무리 일정이 빠듯하다 해도 하멜른에 들러 이 공연을 보아야 한다. 5월 중순부터 9월 중순 사이 일요일마다 정각 12시에 하멜른 구시가지 한복판에 설치된 야외무대에서 세계적으로 유명한 〈하멜른의 피리 부는 사나이〉 무료 공연이 펼쳐진다. 인구 6만 명의 작은 도시가 최소한 일주일에 하루 이날만큼은 많은 사람들로 북적인다. 연간 100만 명 이상 관광객이 이 공연을 본다.

하멜른은 작은 도시여서 ICE나 EC 같은 고속 열차는 서지 않는다. 카셀에서 갈 경우에는 모두 세 번이나 기차를 갈아타야 하고, 괴팅겐에서는 두 번 갈아타야 한다. 하멜른은 하노버 광역권이기 때문에 그

5월 중순부터 9월 중순까지 일요일마다 하멜른 구시가지에 마련된 야외무대에서 〈하멜른의 피리 부는 사나이〉 공연이 무료로 펼쳐진다.

피리 부는 사나이를 따라 쥐 복장을 한 아이들이 어딘가로 향하고 있다.

안에서는 이동하기 편하다. 일요일 오전 하멜른 역에 도착해 구시가지로 걸어가는 길, 이미 대형 단체 관광버스들로 가득했다.

동화 〈하멜른의 피리 부는 사나이〉는 영어로는 'The Pied Piper of Hamelin'이라 번역되지만 독일어 원제는 '하멜른의 쥐 잡는 사람Rattenfänger von Hameln'이다. 영어 'pied'의 말뜻이 '울긋불긋한 다채로운 색의 옷을 입은'이라는 데서 나타나듯이, 독특한 복장의 피리를 부는 사람이 주인공으로 등장하는 중세시대의 슬픈 이야기다.

중세시대 하멜른은 번영했던 도시다. 하지만 쥐가 많아 골치였다. 쥐는 밀가루와 음식을 축낼 뿐 아니라 사람들을 공격하고 페스트라는 치명적 전염병을 옮기는 것으로 알려져 있다. 시민들은 시장에게 쥐를 없애 달라고 청원했지만 쉬운 일이 아니었다. 그러던 어느 날 울긋불긋한 차림의 낯선 남자가 마법 피리를 들고 하멜른을 방문한다. 그는 시장에게 도시의 쥐들을 모두 없애 줄 테니 보상을 해 달라고 요구하고, 시장은 그 제안을 받아들인다. 이 사나이가 마법 피리를 불자 도시 곳곳에 숨어 있던 쥐들이 마치 홀린 듯 피리 부는 사나이를 뒤따르기 시작했고, 그는 모든 쥐를 강가로 데리고 갔다. 그리고 믿기 힘든 일이 벌어졌다.

문제가 해결되어 피리 부는 사나이는 약속 이행을 요구했지만, 시장과 하멜른 시민들은 약속했던 보상을 하지 않고 오히려 피리 부는 사나이를 마을에서 내쫓는다. 화가 난 사나이는 얼마 지나지 않아 다시 하멜른에 나타난다. 그는 마법 피리를 불었고, 이번에는 쥐 대신 도시의 모든 아이들이 모여들기 시작했다. 이 사나이는 130명의 아이들을

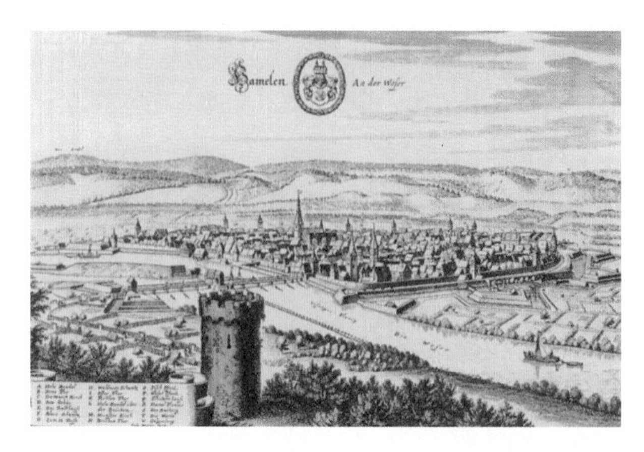

하멜른의 옛 모습.

〈하멜른의 피리 부는 사나이〉는 1284년 6월 26일 하멜른에서 있었던 실제 사건을 모티프로 한 것이다.

데리고 도시를 떠나 어딘가로 가는데, 그 후 피리 부는 사나이와 아이들은 다시 볼 수 없었다고 한다.

이 이야기는 1284년 6월 26일에 있었던 실제 사건과 관련이 있는 것으로도 유명하다. 130명의 어린이들이 홀연히 사라졌다는 슬픈 역사를 증언하는 기록들이 하멜른 곳곳에 남아 있다. 1592년 하멜른의 마르크트 교회 창문에 피리 부는 사나이의 그림이 그려졌다. 아마도 최초의 기록은 1300년경 교회 스테인드글라스에 새겨진 것이라 추정되는데 아쉽게도 1660년 파괴되었다. 다만 여러 가지 기록이 남아 있어 확인이 가능한데, 가장 오래된 것은 뤼네부르크 필사본The Lüneburg manuscript으로 1440년에서 1450년 사이에 기록된 것이다.

> "1284년 6월 26일, 성 요한과 성 바울의 날에 다양한 색깔의 옷을 입은 피리 부는 사나이가 하멜른에서 태어난 130명의 아이들을 유혹해 코펜 근처에서 사라져 버렸다."

하멜른 구시가지에 들어서자 만나게 되는 '쥐 잡는 사람의 집 Rattenfängerhaus'은 1602년에 건축되었는데, 당시의 슬픈 이야기가 벽에 새겨져 있다는 사실만으로 유명해진 곳이다. 지금은 하멜른 시청이 소유해 식당으로 운영하고 있고, 온통 피리 부는 사나이와 쥐와 관련된 테마로 장식되어 있다. 이밖에 1607년에 세워진 뎀프터하우스 Dempterhaus와 1589년에 건축된 라이스트하우스Leisthaus 역시 유명하다.

아이들은 도대체 왜 사라졌을까? 어린이 십자군이었다는 학설과,

쥐의 창궐로 인한 중세 흑사병 때문에 몰살당했다는 주장이 있다. 하멜른은 베저 강가에 있어 제분업이 번성했고 중세시대 다른 곳과 마찬가지로 비위생적인 처리로 도시 안에는 쥐가 엄청나게 들끓었다. 피리 부는 사나이가 알록달록 얼룩무늬 옷을 입고 다녔다는 것으로 보아 아마도 여러 곳을 돌아다니는 유랑 악단에 소속된 사람이었을 가능성도 있다는 분석도 있다. 최근의 연구 가운데 주목받는 것은 '오스트지들룽Ostsiedlung'이라고 하는 동부 유럽으로의 대량 이주설이다. 당시 많은 독일 사람들이 고향을 버리고 새로운 땅을 찾아 동유럽으로 떠났던 역사가 있기 때문이다. 학자들 사이에 논란은 많지만 정확한 진실은 여전히 오리무중이다.

어린이 실종 사건은 전설처럼 전해지다가 여러 작가에 의해 작품으로 남겨졌다. 괴테도 이 소재로 작품을 썼고, 영국 로버트 브라우닝의 버전도 있다. 그러나 가장 유명한 것은 역시 그림 형제의 동화다. 물론 동화는 약속을 지키지 않으면 큰일을 당한다는 교육적 메시지로 결론을 내고 있다.

일요일 정오 공연을 앞두고 결혼식장을 의미하는 호흐차이트하우스Hochzeithaus 테라스 야외무대 앞은 일찍부터 좋은 자리를 차지하려는 관광객들로 가득하다. 독일어, 영어, 불어, 네덜란드어, 일본어, 러시아어, 스페인어 같은 다양한 외국어로 안내방송이 나온다. 80여 명의 배우가 당시의 복장을 입고 참여하는 야외극이다. 공연은 30분 정도 진행되는데, 예상한 것보다 연기력 수준이 상당했다. 세계 각지에서 온 관객들은 웃음소리와 박수로 화답했다. 공연이 끝난 후 출연진은 아이들이 피리 부는 사나이의 마술 피리를 따라 사라진 길을 행진했다. 어린이들이 끌려갔던 분게로젠 거리는 지금도 춤과 음악이 금지되고 있고, 매년 6월 26일에는 하멜른 기념 페스티벌이 열려 당시의 비극을 추모한다.

하멜른은 전통적으로 베저 강에 면해 있다. 수상교통에 유리한 조건 때문에 꽤 번영했고 "베저 르네상스의 보석"이라 불렸다고 한다. 구시가의 많은 건물들은 메르헨 길에서 숱하게 본 목재 골조 건축물, 파흐베르크하우스Fachwerkhaus와 비슷하지만 조금은 다르다. 베저 르네상스Weser Renaissance 양식이라 불린다. 구시가지 골목마다 벽보다 툭 튀어나와 있는 '출창'이라고 부르는 창문이 달린 역사적 건물들이 적지 않게 보인다. 이 건물들은 전쟁 때 상당수 폐허가 되었지만 멋지게 복구되어 옛 하멜른의 번영의 역사를 전하고 있다.

하멜른은 극단적으로 말하면 〈하멜른의 피리 부는 사나이〉라는 비극적 이야기와 그 이미지가 지배하는 도시다. 호흐차이트하우스 전면에 있는 시계에서는 매일 오후 세 차례 쥐 잡는 사나이 인형과 이를 뒤따르는 특수 장치의 쥐 인형들을 볼 수 있다. 공원, 기념품 상점, 식당까지 쥐의 이미지와 피리 부는 사나이 캐릭터로 가득하다.

하나의 스토리가 인기 있으면 그 후광 효과와 부가가치는 급상승한다. 《그림 동화집》에 나오는 34개의 이야기들은 그림 형제가 살았던 카셀과 그 인근 베스트팔렌 지방과 연관되어 있다. 자연스레 동화와 연관성을 주장하는 마을이나 도시가 나타나기 마련이다. 특히 베저 산맥 주변 지방은 저마다 관련 문화 공연을 개발해 관광객 유치에 한창이다.

자바부르크는 카셀에서 북쪽으로 25킬로미터 떨어진 베저 강의 왼편에 위치한 마을이기에 동화의 무대라는 말이 딱 어울린다. '메르헨의 숲'이라 불리는 하르츠의 숲 속에 고성이 조용히 있기에 더욱 그러한 분위기를 자아낸다. 15세기 이 지방을 통치하던 헤센 군주가 사냥을 하기 위해 이용했던 성이었는데, 오랫동안 이용하지 않으면서 황폐해졌다. 그림 형제가 동화를 수집하던 19세기에는 마치 장미 공주처럼 오랫동안 깊은 잠에 빠져 아무도 살지 않았다. 한 호텔 사업가가 이를 사들여 지금은 호텔과 식당으로 사용 중인데, 신혼여행자들에게 인기라고 한다. 물론 동화와의 직접적인 연관성을 입증하기는 힘들다. 스토리텔링의 위력이다.

브레멘 음악대의 자유

브레멘Bremen은 메르헨 길의 종점이다. 종점, 항구 도시, 자유, 독립정신은 여행자의 페이소스를 자극하는 단어들이다. 자동차 번호판 앞쪽에 HB라는 글자가 적혀 있는 것을 보니 자유의 도시 브레멘답다. 독일의 자동차 번호판에는 각각 그 도시를 알리는 앞 글자를 쓰는데, 이를테면 베를린은 B, 뮌헨은 M, 쾰른은 K, 이런 식이다. 그런데 유독 브레멘은 HB다. 여기서 멀지 않은 도시 함부르크 역시 HH라 해서 H 앞에 H를 한 번 더 표기하고 있다.

브레멘과 함부르크 이니셜 앞에 있는 H는 무슨 뜻일까. 한자Hansa 동맹 도시라는 뜻이다. 한자동맹은 중세시대부터 발트 해와 북해를 중심으로 활동했던 상인 도시 연합체를 말한다. 그들은 중세 봉건주의 시대에도 상인 계급으로서 독립적인 신분을 인정받고 대외 무역을 할 수 있었다. 독일 도시뿐 아니라 노르웨이와 스웨덴, 발트 해에 있던 다른 나라 도시들까지 망라된 국제 상인 연합체였다. 지금도 그 기상과 전통을 살려 함부르크와 브레멘은 시市 규모지만 독일의 독립적인 주 정부를 구성하는 특별한 지위를 누리고 있다.

브레멘은 함부르크 다음으로 독일에서 큰 항구 도시다. 실제로는 바다에서 50킬로미터 정도 내륙으로 들어와 있어 내해內海라 말하는데, 항구 특유의 비릿함보다는 오히려 커피 냄새가 가득하다. 브레멘에 첫 커피하우스가 생긴 것은 1673년, 그리고 이웃한 함부르크에 1677년 커피하우스가 생기면서 독일에 본격적인 커피 문화가 소개된다. 브레멘과 함부르크는 유럽에서 가장 큰 커피 수입항으로 발전했고, 커피 교역 회사뿐 아니라 100년이 넘는 커피 로스팅 하우스가 많기로 유명하다.

위도 때문일까. 독일은 스칸디나비아 다음으로 유럽에서 커피를 가장 많이 소비하는 나라에 속한다. 핀란드가 국민 1인당 1년 평균 12킬로그램, 오스트리아가 9킬로그램를 소비하여 1, 2위를 기록하고 있으며, 북유럽 대부분의 나라가 그 뒤를 잇고, 독일이 그다음으로 7.3킬로그램을 소비하고 있다. 독일인들의 1인당 연간 커피 소비량이 평균 150리터, 1일 기준으로는 평균 410밀리리터 마신다고 한다.

브레멘 옛 시청 건물은 15세기 초에 지어졌다가 17세기 초에 베저 르네상스 양식으로 개조되었다. 유네스코 세계문화유산으로 등록되어 있다. 브레멘 시청사 지하 식당Ratskeller으로 들어갔다. 독일 거의 모든 시청 건물 지하에는 근사한 레스토랑과 맥주집을 겸한 식당이 있는데, 시청이라는 공공건물이 시민이나 방문객과 만나서 소통하는 훌

메르헨 길의 종점은 자유의 도시 브레멘이다. 브레멘 시청 앞 광장 중앙에 있는 롤랑 석상은 1404년 한자 동맹에 가입한 브레멘의 권리와 특전을 상징한다.

브레멘 음악대 동상. 당나귀의 앞발을 잡고 소원을 빌면 이루어진다는 얘기가 있다 보니 동상 주변은 사람들로 늘 붐빈다.

륭한 접점이다. 육중한 출입문을 열고 들어가니 벽돌로 만든 둥근 천장의 장엄한 구내 풍경이 나온다. 600여 종에 이르는 와인 보관 창고도 있다고 한다.

시청 앞 광장 중앙에 있는 높이 5.5미터의 롤랑 석상은 1404년 한자 동맹에 가입한 자유 도시 브레멘의 권리와 특전을 상징하기 위해 만들어졌다. 롤랑 석상은 브르타뉴의 후작이자 샤를마뉴 대제의 용사 12명 가운데 한 명인 롤랑Roland을 기린다. 중세 문학《롤랑의 노래La chanson de Roland》에 등장하는 영웅이다.

그림 형제가 아직 살아 있던 1859년 11월 10일 바로 이곳 시청 앞 광장과 롤랑 석상 앞에서 민주주의와 자유주의를 외치는 시민들이 모여 자유와 독일 통일을 요구하며 기세를 올렸다. 그림 형제는 그 자유와 통일을 위해 앞장섰다.

브레멘은 자유의 도시다. 그 간절한 자유를 다룬 유명한 작품이 〈브레멘 음악대Bremen Stadtmusikanten〉다. 한 번 뿐인 생애, 최선을 다해 살았지만 죽음이 엄습한 절박한 존재가 있었다. 이제는 늙어서 주인에게 쓸모없어진 나머지 곧 죽을 운명에 처한 당나귀다. 죽음이 임박한 순간 당나귀는 용기를 내어 마침내 떠나기로 결심한다. 때마침 브레멘 음악대장이 단원을 모집한다는 소식을 듣고 지원하기 위해 집을 떠난다. 당나귀는 브레멘으로 향하는 길에서 노래를 잘하고 싶은 수탉, 입 냄새가 심한 개, 쥐를 잡지 않았다고 쫓겨난 고양이를 만나는데, 그들은 곧 친구가 된다. 그들은 모두 이용가치가 없어진 불쌍한 처지였다.

〈브레멘 음악대〉에서 주인공인 당나귀, 개, 고양이, 수탉은 힘을 합쳐 도둑들을 놀라게 해 도망가게 한 후 그 집을 숙소로 사용한다.

망설이는 수탉에게 당나귀는 이렇게 권유한다.

> "죽음보다 나은 어떤 것을 넌 찾을 수 있을 거야. 너는 훌륭한 목소리를 지녔고, 우리가 함께 음악을 연주하면 좋을 거야. 우리와 함께 브레멘으로 가자."

여기서 당나귀가 말하는 "죽음보다 나은 어떤 것Etwas Besseres als den Tod"은 마침내 깨어난 자각을 의미하여 자주 인용되는 유명한 문장이다. 힘들 때, 처절할 때 함께할 수 있는 친구가 있다는 것이 얼마나 큰 힘이 되는지 모른다. 혼자는 무력하지만, 함께하면 무한의 힘을 내기도 하는 법이다. 그들은 용기를 내어 꿈꾸던 행복에 도전하기로 했다. 브레멘에 도착하기 하루 전날, 그들은 어느 숲 속에서 하룻밤을 묵어야만 했는데, 거기서 도둑들이 살고 있던 집 한 채를 발견한다. 당나귀, 개, 고양이, 수탉 모두 네 마리가 힘을 합쳐 도둑들을 놀라게 해 도망가게 한 후 그 집을 숙소로 사용한다. 브레멘 음악대는 그 집이 매우 마음에 들었으므로 그 후로도 거기에서 계속 행복하게 산다.

이상이 〈브레멘 음악대〉의 줄거리다. 〈브레멘 음악대〉는 〈하멜른의 피리 부는 사나이〉와 더불어 그림 형제가 드물게 특정 장소와 연결 지어 펴낸 이야기다.

브레멘 음악대 동상은 브레멘 시청과 그 옆에 있는 성모 교회 사이에 있다. 브레멘 음악대 동상은 1953년 게르하르트 마르크스가 제작한 것으로 위에서부터 수탉, 고양이, 개, 당나귀의 순서로 서 있다. 당나귀의 앞발을 잡고 소원을 빌면 이루어진다는 얘기가 있다 보니 만져 보고 사진을 찍기 위한 사람들로 항상 붐빈다. 당나귀 앞발은 색이 벗겨져 반질반질했고, 사람 손이 닿을 만한 당나귀의 얼굴이나 뒷발 역시 마찬가지였다.

엄밀히 말하면 네 마리 동물들은 중도에서 꿈을 이뤘기에 브레멘에 가지 않았고 브레멘은 그들을 맞이할 수도 없었다. 그럼에도 브레멘 거리 곳곳마다 다양한 조각과 그림과 장식으로 브레멘 음악대의 용기를 기리고 있다.

이 동화는 아이들에게는 고난과 역경을 헤쳐 가다 보면 어떠한 난관도 극복할 수 있다는 교훈으로 해석되지만, 관점에 따라서는 이제는 더 이상 쓸모없게 된 하인이나 머슴을 의미하기도 한다. 하층계급의 노동력을 착취하다가 이용가치가 없어지자 매몰차게 내버리는 지배계급에 대한 비판을 담고 있다고도 해석된다. 아직 정년이 한창 남았지만 명예퇴직이라는 이름으로 직장을 그만둬야 하는 사람들이 적지 않다. '효율', '구조조정'이라는 말 한마디에 속절없이 둥지를 떠나야 한다. 이 동화를 무심히 읽고 넘어갈 수만은 없는 이유다.

〈브레멘 음악대〉는 한국의 초등학교 교과서에 소개되었기에 대부분 기억하는 작품이다. 《그림 동화집》은 어떤 과정을 통해 한국인들에게 소개되었을까? 한국은 쇄국정책의 여파로 19세기 말까지는 외국과의 접촉이 불가능에 가까웠다. 반면에 일본은 이미 메이지 시대에 서양문화를 받아들이기 시작했고, 1887년에 11편의 그림 동화를 들여왔다. 그 후 약 200편이 소개되었다. 그림 동화의 거의 전부가 번역되었던 것이다.

한국의 그림 형제라고 할 수 있는 소파 방정환은 언제 어떻게 그림 동화와 만나게 되었을까. 방정환은 1919년에서 1922년까지 도쿄 도에이 대학교에서 철학을 공부하면서 처음으로 독일 문학을 접했고, 이때 처음 그림 동화와 안데르센, 이솝 이야기 등을 읽으면서 번역하게 된다.

한반도에 최초로 《그림 동화집》이 소개된 것은 1920년이었다. 당시 《창조》 동인으로 활약하던 오천석이 중학생 대상으로 《학생계》를 창간하는데, 이 잡지에 '동산'이라는 필명을 쓴 어느 번역자가 《그림 동화집》의 21번 이야기인 〈넓은 세상으로 나간 여섯 사내 이야기Sieben kommen durch die ganze Welt〉를 '장사壯士의 니야기'라는 제목으로 소개했다. 이 글이 한국에 소개된 첫 그림 동화였다. 대체적으로 원문에 충실한 번역이었지만 본문 안에 나오는 구체적인 소도구는 한국 실정에 맞게 다소 각색되었다고 한다. 여기서 '동산'이라는 번역자가 방정환인지의 여부는 확인되지는 않았다. 다만 이듬해인 1921년, 방정환은 본격적으로 그림 형제의 동화를 국내에 소개하기 시작한다. 그는 잡지 《개벽》에 〈장미 공주〉, 〈개구리 왕자〉, 〈강도 신랑〉, 〈좋은 거래〉 같은 그림 형제가 쓴 동화 4편을 소개하고 있다. 1922년에는 《그림 동화집》에서 7편을 선별하고 《안데르센 동화집》, 《아라비안 나이트》 같은 명작 가운데 마음에 드는 몇 편을 가려내어 《사랑의 선물》이란 책을 내게 된다. 이 책은 방정환의 여러 저서 가운데 가장 먼저 나왔고, 그가 직접 낸 유일한 작품집이며, 한국 최초의 번안 동화집으로 기록된다. 비록 창작물은 아니었지만 원문의 뜻을 손상시키지 않으면서 구수한 문체로 한국 어린이들의 구미에 잘 맞춰 큰 인기를 얻었다고 한다. 방정환은 《사랑의 선물》 서문을 통해 그 의도를 밝히고 있다.

"학대받고, 짓밟히고, 차고 어두운 속에서 또 우리처럼 자라는 어린 영靈들을 위하여 그윽히 동정하고 아끼는 사랑의 첫 선물로 나는 이 책을 짰습니다."

한국이 독일 문학과 독일 낭만주의, 그리고 그림 형제의 동화를 수용하는 데 있어서 두 가지 사건이 있었다. 하나는 1910년 일본 침략이고 또 다른 하나는 1919년 독립선언이다. 1919년 도쿄에서 유학중이던 한국의 시인들이 잡지 《창조》를 창간하는데, 독일 낭만주의를 원용해 낭만이란 개념, 열망, 조국애 같은 것을 표현하기 시작했다. 주로 일본어로 된 번역본을 읽으며 독일 낭만주의 특정 작품들에 매우 감동받았다. 이들은 귀국 후 독일 문학 작품을 다양한 잡지에 번역하여 소개하거나 출판했다. 물론 작가에 대한 사전 정보나 지식, 시대적 배경 같은 것이 없다 보니 단순히 소개하는 수준이었다. 그들의 눈길을 제일 많이 끌었던 작가는 괴테와 실러, 하이네, 그리고 그림 형제였다.

당시 한반도의 상황은 1806년 독일이 프랑스군에 의해 해체된 것과 비슷했다. 국토를 빼앗기고 무력감에 짓눌려 있던 지식인들에게 공감이 되지 않을 수 없었다. 특히 소파 방정환에게 그림 형제는 훌륭한 롤모델이었다. 그림 형제는 7년이 지나 국가를 되찾았던 데 반해, 방정환은 1931년 숨질 때까지 광명을 보지 못했다.

외교관 야코프 그림과 코덱스 마네세

체코 프라하가 관능적 도시라면 오스트리아 빈은 짙게 화장한 도시다. 빈은 위풍당당 거대한 제국의 수도로 남부 독일과 보헤미아, 헝가리 문화가 섞여 있어 매우 독특한 분위기를 자아낸다. 오스트리아는 이름도 다양했다. 오스트리아 헝가리 왕국, 합스부르크 왕국, 이중 왕국, 다민족 왕국, 도나우 왕국으로 불렸다. 독일과 체코 지역뿐 아니라 슬로바키아, 헝가리, 남부 폴란드, 슬로베니아, 크로아티아, 북서부 루마니아, 이탈리아의 남부 티롤, 그리고 나중에는 보스니아까지 포괄했던 다민족 국가였다. 빈에 거주하는 황제는 신성로마제국의 수장이었지만 오스트리아 왕가를 다스리는 이중 군주였다. 오스트리아 제국은 각기 서로 다른 법 체제와 독자적인 대표 기관을 지닌 여러 영지로 구성된 연합체 성격의 국가였다.

1814년, 가을이 느껴지기 시작했을 무렵 야코프 그림은 제국의 수도 빈으로 향한다. 일행은 모두 4명. 대표단장 켈러 백작은 야코프가 이전에 파리 조약을 맺을 때 함께 갔던 사람이다. 대표단에는 헤센 공국의 차기 군주가 될 세자가 동참했다. 야코프는 공식적으로는 켈러 백작의 자문역 보좌관 신분이었다.

프랑스 혁명 이래 피의 장마가 그치는 날이 없었던 유럽 대륙에 잠시 소강상태가 찾아온다. 승승장구하던 나폴레옹은 러시아를 침공했다가 치욕적인 패배를 맛보고, 다음 해 오스트리아, 프로이센, 러시아 연합군과 다시 맞섰다가 또 다시 쓰라린 고배를 마셨다. 1813년 10월 16일부터 사흘 동안 라이프치히 교외에서 벌어진 이 전투를 가리켜 독일 쪽에서는 '해방 전쟁'이라 부른다. 이 전투에 지면서 결국 나폴레옹이 권좌에서 물러났고 전후 처리를 위해 빈 회의가 열린 것이다. 야코프는 이제 역사를 움직인 세계적인 회의에 외교관 자격으로 참석하게 된다.

카셀을 출발한 일행은 마차에 몸을 실어 마르부르크, 프랑크푸르트를 경유해 하나우, 아샤펜부르크를 지나 뷔르츠부르크, 뉘른베르크까지 갔다가 레겐스부르크부터는 도나우 강을 따라 배로 여행했다. 노 젓는 작은 배여서, 선실도 네 명이 타면 꽉 찰 정도로 작고 불편했다. 배에는 담요도 침대도 없어서 불편하기 짝이 없었다. 그래도 파사우, 린츠 같은 도시의 경관에 취하다가 마침내 빈에 도착한 것은 9월 말이었다. 아직 베를린이 본격적으로 발전하기 이전이라 빈은 파리나 런던, 이탈리아의 도시들에 비해 유행에 뒤진 독일어권에서 거의 유일하게 화려한 문화의 도시였다. 야코프는 빈이라는 거대한 도시의 외견에 깊은 인상을 받는다.

빈 회의는 나폴레옹 이후 유럽의 새로운 질서를 만들기 위해 공식적으로는 1815년 11월 1일에 시작되지만 실제로는 9월부터 이듬해 6월까지 거의 9개월 동안 열렸던, 유럽 역사상 전례가 없는 최대 규모의 국제회의였다. 90개의 왕국과 53개의 공국, 대략 200여 명의 국가대표자와 도시국가 같은 소국의 대표단도 참가했다. 수많은 외교관과 수행원들이 이 도시에 모였다. 때문에 숙소 잡기가 어려웠다. 야코프 그림을 비롯한 헤센 공국의 숙소는 빈 외곽에 정해졌고, 시내 중심까지 마차로 오가느라 꽤 긴 시간이 소요되었다. 게다가 빈의 생활비가 너무 비쌌다.

오스트리아의 황제 프란츠 1세는 매일 연회와 무도회, 파티를 열었다. 실질적으로 회의를 이끌었던 사람은 외무장관이자 나중에 재상이 되는 메테르니히Metternich였다. 그는 공식 회의보다는 무대 뒤에서 일 처리하는 방식을 선호했다. 하루 일과 중 4분의 3은 연회와 흥겨운 왈츠 무도회로 채워졌다는 게 당시 프랑스 대표 단장이었던 탈레랑 외무장관의 증언이다. 회의에 진전이 없으면 없을수록 파티와 왈츠 무도회는 더 화려했다. 이 회의에서 주요국 황제, 왕과 같은 귀빈을 담당했던 사람이 벨기에 출신의 오스트리아 장군인 리뉴 공작이었다. 그는 회의가 진전도 없이 늘어지기만 하고, 비효율적인 운영 속에 어느덧 체력과 비용도 점차 바닥나게 되자 한심함을 느낀다. 리뉴 공작은 친구들에게 보낸 편지에서 이렇게 푸념한다.

"회담은 몹시 춤춘다. 그러나 진전은 없다."

"회담은 춤춘다"라는 말은 바로 여기에서 나온 것이다. 성실하고 바른 성격의 야코프에게는 여러모로 감당하기 어려운 상황이었다. 다만 선제후의 후의 때문에 꾹 참고 있었을 뿐이다. 이 회의는 주최국 오스트리아와 프로이센, 영국, 러시아가 주도했고 얼마 후에 프랑스가 참가해 이 다섯 나라가 실질적인 결정을 내렸다. 작은 나라들은 대국의 이해관계의 부속품일 뿐이었다. 친절함 뒤에 감춰진 강대국들의 진짜 얼굴과 음모를 간파한 야코프는 "진정한 자유로운 독일 정신은 힘을 못 쓰고 있다"고 애통해했다.

1815년 6월 9일 마침내 빈 회의는 종료되었다. 이 회의를 지배한 것은 절대 군주제의 부활과 혁명 정신을 차단한다는 것, 프랑스 혁명과 나폴레옹 이전으로 되돌린다는 반동 체제의 부활이었다. 오스트리아와 프로이센, 영국, 러시아, 심지어 전쟁에서 패배한 프랑스조차 탈레랑의 노회한 외교 전략 덕분에 저마다 과실을 챙겼다.

독일어권 국가들은 독일연방을 새롭게 결성하기로 하고, 그 수도를 과거 신성로마제국 황제를 선출하던 프랑크푸르트로 정했다. 모두 35개 군주국과 4개 자유도시가 여기에 포함되었다. 말을 바꾸면 독일어권에서는 모두 각기 독립적인 주권이 있는 39개의 나라가 존재한다는 뜻이다. 이 독일연방은 이때부터 1866년까지 지속된다. 그림 형제가 있던 헤센 하노버 공국은 분할되어 영국 국왕에 속했다. 빈 체제는 복고, 정통, 연대라는 원칙 아래 나폴레옹 이전으로 재편되었다.

해방 전쟁에 참가한 많은 독일 지식인들은 이 회의 결과에 불만을 품었다. 많은 이들이 강한 중앙 집권 국가, 하나의 통일 국가를 원했지만 이뤄지지 않았다. 개별 왕과 영주들이 민족의 통합보다는 자기 권력을 놓기를 원하지 않았다. 야코프 역시 이 회의 결과에 무척 실망했다. 독일 문제의 해결을 기대하고 있었으나 결과적으로 배신당한 셈이다.

메테르니히는 노련한 외교관이자 정치가로서, 오직 오스트리아의 이익만 생각하는 사람이었다. 독일 민족이라는 보다 더 큰 그림은 두 번째로 여겼다. 오랫동안 통일을 이루지 못했던 독일어권에서는 오스트리아를 포함해 통합하자는 의견을 '대大 독일주의'라 부르고, 오스트리아는 다민족 국가이기 때문에 이를 제외하고 통합하자는 의견을 '소小 독일주의'라 말한다. 먼 훗날 원래 오스트리아 사람이었던 히틀러가 베를린에서 집권한 이후 오스트리아를 병합한 것은 '대 독일주의'에 정신적 뿌리를 두고 있다.

이 회의의 결과 프로이센은 폴란드 지역을 상실한 대신 오늘날의 노르트라인 베스트팔렌 지역을 획득했다. 쾰른, 뒤셀도르프, 뒤스부르크, 도르트문트를 잇는 오늘날 독일의 산업이 밀집된 공업 지대다. 이곳을 획득함으로써 프로이센은 동유럽 방향에서 서유럽 방향으로 지향점이 바뀐다.

한편 합스부르크 가문의 오스트리아 제국은 이 회의의 결과 영토가 더 확장되었다. 수도 빈은 19세기 후반으로 갈수록 제국과 그 주변국에 살던 많은 외국인들이 몰려들었다. 빈은 독일어권 가운데 문화적으로 유대인과의 공생이 가장 자연스럽게 진행되었다. 19세기 후반 합스부르크 군주 시대에 폴란드에서의 분할 정책과 규제로 그곳에 살던 많은 유대인들이 밀려왔다. 19세기 말 빈의 인구 10퍼센트가량이 유대인일 정도였다. 프로이트, 융, 아들러 같은 유명한 심리학자, 아르투어 슈니츨러, 요셉 포퍼, 에른스트 마하, 슈테판 츠바이크 같은 유명 작가들이 이 도시를 기반으로 활약한다. 특히 지식사회로의 진출은 실로 대단해서 작가, 비평가, 배우, 연출가, 극장 소유주, 출판업자, 잡지와 신문 발행인 등 대다수가 유대인이었다. 훗날 반유대주의 선봉에 선 아돌프 바르텔스 같은 사람은 "대학 강단에 선 교수들의 최소한 4분의 1이 유대계"라고 주장할 정도였다.

외교관으로서 야코프는 빈에서 행복하지 않았다. 겉으로 보기에 외교관은 화려한 것 같지만 실무자급 외교관들은 문서 작성과 자료 조사 같은 반복적인 업무에 대부분의 시간을 보내는 게 현실이다. 야코프 역시 그러했다. 독일어권 강대국 인물들을 지근거리에서 지켜보면서 그는 인상기를 남기고 있다. 프로이센의 재상 하르덴베르크는 "조용하고 중용적인 인물로 프로이센 이익을 대표하고 있을 뿐"이라고 적고 있으며, 프로이센의 공사로 와 있던 빌헬름 폰 훔볼트(훔볼트 형제 가운데 형으로 인문학자이며 훔볼트 대학교 창시자)는 "머리가 아주 뛰어나고 무엇이든 알고 있는 박학다식한 사람", 대신이었던 폰 슈타인은 "매우 근면하고 유능한 사람"이라 평가했다.

빈 회의에 크게 실망한 야코프는 대신 이곳에서 만난 외국 학자들과 개인적으로 친구가 되는 것으로 그 아쉬움을 달랬다. 언어에 재능이 있었던 그는 빈 체류 도중 슬라브어를 본격적으로 익히게 된다. 틈틈이 도서관이나 문서 보관소를 방문해 필요한 고대 연구 활동을 이어 갔다. 빈 왕립 도서관 사서였던 예르네이 코피타르Jernej Kopitar를 만난 것은 큰 수확이었다. 코피타르는 아담 뮐러, 프리드리히 슐레겔 등과 '수요모임Mittwochgesellschaft'을 이끌고 있었고, 빈의 예술 수집가, 출판사 사람들을 많이 소개해 주었다. 야코프는 이미 1810년 이래 '보헤미아의 언어' 역사를 연구하고 있던 체코의 학자 요세프 도브로프스키Josef Dobrovský와도 편지를 주고받고 있어서 동구권 언어와 문화에 관심이 많았다. 야코프는 코피타르를 통해 부크 스테파노비치 카라지치Vuk Stefanović Karadžić를 알게 되었는데, 그는 1814년《세르비아어 문법》을 펴냈고 세르비아 민족시를 펴낸 유명 학자였다. 그림 형제는 나중에 19편의 세르비아 시가를 번역 출간하고, 괴테에게 카라지치를 소개하기도 한다.

오스트리아 빈을 출발해 카셀로 향하는 야코프의 마차에는 책을 가득 담은 대형 박스 하나가 실려 있었다. 야코프에게는 빈 출장 최대의 수확이었다. 그는 타고난 책벌레이자 학자였다. 이런 야코프의 태도가 마음에 들지 않았는지 일행 가운데 누군가 카셀 궁정에까지 보고하기에 이르렀다.

그 누군가는 대표단의 일원이자 추밀원의 핵심이었던 레펠 남작이었다. 대표단 내에서 의견이 엇갈릴 때면 야코프 그림은 단장인 켈러 백작의 의견을 따랐는데, 그것이 레펠 남작의 심기를 건드린 것 같았다. 그렇지 않아도 강대국 틈에 낀 약소국 외교관으로 무력감을 느낀 그는 모략까지 당해 낙담하기에 이른다. 외교관을 그만두겠다고 결심하게 된 이유다. 물론 성격적으로도 야코프는 외교관 스타일이 아니었다. 다른 이들과 잘 어울려야 하고, 몇 개의 가면을 쓰고 상대방의 진의를 파악하고, 정보를 모아야 하는 것이 외교관의 업무였지만, 그는 성격상 맞지 않았다. 솔직하고 분명한 학자였다.

빈 회의를 끝내고 카셀에 돌아온 직후 야코프를 기다리고 있던 것은 파리 출장이었다. 그는 선제후에게 외교관으로서 사의를 표했지만 받아들여지지 않았다. 강행군이었지만 가야 했다. 나폴레옹 몰락 이후 프로이센 정부와 헤센 공국은 빼앗긴 문화재를 환수하기 위해 박물관과 도서관 문서 보관소를 샅샅이 뒤지다가 특이하고도 진귀한 필사본을 발견한다. 야코프는 이를 확인하기 위해 파리로 긴급 출장을 떠나게 된다. 야코프의 세 번째 파리 출장은 바로 진귀한 중세 필사본이 무엇인지, 현장 조사를 하는 것이 주목적이었다.

이것이 문헌학자로서 야코프 그림의 명성을 세상에 크게 알리게 되는 《코덱스 마네세Codex Manesse》라는 것이다. 《코덱스 마네세》는 가장 화려하고 오래된 독일의 중세 연가곡 모음 문헌이다. 이 필사본은 1300년경 스위스 취리히 명문 귀족인 마네세 가문이 제작을 주문했다고 해서 '코덱스 마네세'라고 한다. 코덱스란 낱장을 꿰매어 묶어 쪽을 매길 수 있도록 만든 오늘날의 책 형태를 말한다. 양피지 426장 양면에 140명의 음유시인Minnesänger이 쓴 6,000여 편의 시가와 장인들의 세밀한 손끝에서 탄생한 138편의 화려한 채색 삽화가 그려져 있다. 이 책은 유럽의 중세 문화를 이해하는 데 빠질 수 없는 귀중한 책으로,

《코덱스 메네세》에 실린 세밀한 채색 삽화들.

문헌학이나 서지학을 공부하는 사람이라면 누구나 한 번쯤 꼭 보고 싶어 하는 보물 중의 보물이다.

한동안 향방을 모르던 이 진귀한 보물이 프랑스 국립도서관에 있다는 사실을 알게 된 것은 나폴레옹 패배 직후인 1815년 프로이센 군대에 의해서였다. 야코프 그림은 《코덱스 마네세》 426페이지를 세세하게 연구해 현대 독일어로 풀어냈다. 중세 기사들이 불렀던 신비한 사랑의 노래가 다시 살아나기 시작했다. 독어독문학이 탄생하는 순간이기도 했다. 중세시대에 독자적인 독일 문학이 존재했다는 사실이 문헌학적으로 입증되었기 때문이다. 마침내 500년 동안 숨죽이고 있던 중세 독일의 귀중한 보물이 생명을 다시 얻게 된 것이다. 야코프 그림이 불과 서른 살 때의 일이다.

프랑스 국립도서관에 있던 《코덱스 마네세》는 그 후 1888년 오랜 협상 끝에 독일이 거금을 주고 구입하여 지금은 하이델베르크 대학교에 보관되어 있다. 이 보물을 구입하기 위해 당시 비스마르크가 주도한 프로이센 정부는 전국적인 모금 행사를 벌였다.

야코프는 이미 사비니 교수를 돕기 위해 파리에 체류했었던 데다 다시 찾은 파리에서 외교관 업무를 하는 중에 틈틈이 독일에 없는 문헌과 귀중한 자료들을 찾아 도서관이나 문서 보관소를 방문하곤 했다. 어느 날 동생 빌헬름에게 흥분된 마음을 전하고 있는 야코프의 모습에서 진정한 도서관 순례자의 얼굴을 읽게 된다.

"어제와 오늘 도서관에서 행복하게 지냈다. 어제는 아직 발간되지 않은 중세시대의 문서들을 발견했어. 일부는 상상조차 못했던 거야. 어떻게 해야 할까? 베껴야 할까?"

야코프는 바쁜 와중에 그 문서를 손으로 베꼈다. 파리에서 귀국하던 도중 메츠에 들렀을 때도 "대략 도서목록이 없는 600권의 필사본을 약간이라도 해치우고자 각 권마다 뒤져" 보았다고 한다. 언어의 재능이 뛰어난 데다 타고난 성실함, 그리고 무서울 정도의 탐구력이 더해져 문헌학자로서의 능력이 서서히 발휘되기 시작한 것이다.

파리 출장을 통해 야코프는 외교관이라는 직업을 그만두겠다는 최종 결심을 굳히고 본국에 돌아온 후 사직서를 보낸다. 일이 싫은 게 아니라 비효율적이고 관료적인 사람들 밑에서 간섭받기 싫었을 뿐이다. 자기만의 독립된 일, 연구의 길을 걷겠다고 결심한다.

한 분야를 좋아하며 지속적으로 반복하다 보면 길이 생긴다. 지루할 정도의 반복이라는 과정을 통해 스스로 길이 되기도 한다. 야코프는 디테일의 반복이라는 고단한 과정을 통해 스스로 새로운 길을 개척했다. 위대한 학자의 탄생이었다. "진심을 다하는 독일적 마음자세 Der herzliche deutsche Sinn"라는 표현이 있는데, 야코프 그림이 바로 그러했다.

라인 강으로 떠나는 정치적 순례 여행

독일의 진면목을 알고 싶다면 라인 강을 가 봐야 한다. 라인 강에는 세 개의 전설이 있다. 하나는 로렐라이 언덕의 전설이고, 두 번째는 로렐라이 전설이 바탕이 된 라인 낭만주의 덕분에 외세를 물리치고 통일을 이뤘다는 전설이고, 세 번째는 72세의 나이에 기적처럼 서독 최초의 총리가 되어 라인 강의 기적을 일으킨 콘라트 아데나워 총리의 전설이다. 뢴도르프에 있는 아데나워의 생가에서 흘러가는 라인 강을 바라보며 "인생은 라르고!"를 느끼지 못한다면 독일의 진정한 낭만을 안다고 할 수 없다.

1815년 빈 회의가 끝날 무렵 그림 형제는 사비니 교수로부터 라인 강을 여행하자는 편지를 받는다. 형제는 대단히 기뻤지만 야코프는 헤센 선제후에게 외교관으로서 사표를 제출했음에도 불구하고 수리되지 않아 동행할 수 없었다. 할 수 없이 동생 빌헬름 혼자 사비니 교수를 찾아 라인 강 여행에 나섰다. 죽을 때까지 평생 같은 지붕 밑에서 살지만 형제는 함께 여행하는 복은 없었다. 한쪽이 아프거나 한쪽이 출장 가는 일이 생겨 따로따로 가야 했다. 빌헬름은 형 대신 뮌헨에서 그림 공부를 하고 있던 막내 남동생 루트비히 에밀과 만나 이 여행을 함께한다.

라인 강에 최초로 증기선이 실험 운행된 것은 1818년, 쾰른과 마인츠 사이에 최초 정기 증기선이 운행되기 시작한 것은 1827년, 그리고 빙겐 다리와 코블렌츠 사이에 철로가 처음 개통된 것은 19세기 중반이니 이때의 라인 강 여행은 마차를 타고 노 젓는 배를 타는, 아마도 기계화되지 않은 마지막 여행이었을 것이다.

빌헬름은 오랜만에 스승 사비니 교수 부부와 만나 회포를 풀었다. 배를 타고 마인츠에서 쾰른까지 라인 강을 여행하는 것은 한동안 병마와 싸우고 피곤에 지쳐 있던 빌헬름에게는 해방감을 가져다주기에 충분했다. 빌헬름은 오랜만에 행복감을 느꼈다. 특히 라인 강 주변의 기묘한 암석이 있는 지형과 포도밭 언덕과 고성이 어울린 경관에 감명받았다.

빌헬름과 사비니 교수에게 이 여행은 단순한 휴가 여행이 아니라 정치적, 애국적 순례 여행이었다. 이를 가리켜 "정치적 소풍Politische Exkursionen"이라 부르기도 한다. 라인 강, 특히 미텔라인 지역을 따라가다 보면 언덕에 무수한 성곽과 보루, 애국적인 기념물들이 있음을 발견하게 된다. 이는 모두 독일인의 정신적 피난처이자 보호 장치로 상징화되고 있다. 역사적으로 한국에서는 임진왜란을 전후로 하여 깊숙

빌헬름 그림은 라인 강을 가리켜 "독일의 강물이며 피를 다시금 뿜어 주는, 독일의 살아 숨 쉬는 혈관"이라고 말했다.

한 산속의 사찰이 그런 역할을 해 왔지만, 독일은 유럽 다른 그 어느 나라보다 유난히 숲과 자연, 그리고 성곽 속에서 구원을 찾았다. 대부분 프랑스 침략 이후 낭만주의 운동에서 연유된 것이다.

성城은 독일에서는 부르크Burg와 슐로스Schloß, 이렇게 두 가지로 나눠 표기한다. 후자인 슐로스는 왕이나 귀족이 거주할 목적으로 평지에 건축한 궁전을 말한다. 반면에 전자인 부르크는 적을 방어하기 위한 목적으로 산꼭대기나 절벽 바위 같은 곳에 지은 것을 말한다. 주로 15세기 대포가 발명되기 이전에 지어졌다. 이곳에 있는 40여 개의 성Burg들은 라인 강을 지나는 선박들로부터 통관 세금을 징수하면서 큰 수익을 올리기도 했다. 그런데 조총 기술이 발달하면서 성벽 등을 그에 맞게 개보수해야 했으나 이미 방어 기능을 상실한 데다 보수 유지에 너무 큰 비용이 들거나 다른 제후들에게 팔리게 되었다. 지금 남아 있는 많은 고성들은 폐허가 되었거나 아니면 호텔로 이용되고 있다.

버려지고 잊혔던 고성들은 적들에 맞서 용맹하게 싸웠던 기사騎士에 대한 향수를 불러일으켰다. 폐허로서의 인문학이 아닌, 폐허로서의 낭만주의가 탄생한 것이다. 프랑스 혁명이 일어나고 나폴레옹이 집권하면서 그 긴장은 극대화되었다. 옛 성곽은 기사들이 머물면서 싸웠던 애국의 상징으로 노래되었다. 빌헬름은 라인 강을 가리켜 "자연과 정신의 결합Vereinigung von Natur und Geist"이라고 말했는데 가장 적절한 표현이 아닌가 싶다. 라인 강 낭만주의에 눈을 뜨기 시작한 빌헬름은 그 흥분을 이렇게 적고 있다.

"독일의 강물이며 피를 다시금 뿜어 주는, 독일의 살아 숨 쉬는 혈관이다."

사비니 교수가 그림 형제에게 라인 강 여행을 제안하기 훨씬 전부터 독일에서는 낭만주의 문인과 예술가를 중심으로 라인 강 순례가 흡사 열병처럼 번져 나갔다. 마치 국토 순례 운동과 같았다.

라인 강 신드롬을 일으킨 장본인은 클레멘스 브렌타노였다. 아직 그림 형제와 만나기 전이었던 1801년, 브렌타노는 독일의 고대 설화를 바탕으로 소설을 쓰면서 그 안에 '로렐라이Lorelei'라는 신비스러운 이름을 세상에 처음 알린다. 로렐라이는 '요정의 바위'라는 뜻으로 라인 강 중류의 강기슭에 있는 큰 바위의 이름이다. 저녁노을이 질 무렵 바위에 올라 머리를 빗으며 노래를 부르는 인어처럼 생긴 요정의 아름다운 노랫소리에 도취되어 수많은 배들이 침몰했다는 전설 같은 이야기. 그 위대한 전설은 브렌타노의 펜 끝에서 시작되었다. 이로부터 20여 년이 지난 1824년, 하인리히 하이네가 브렌타노의 작품을 바탕으로 시를 쓰고 1837년 프리드리히 질허가 작곡하면서 민요 〈로렐라이〉가 탄생하게 된다.

로렐라이 언덕은 세계적인 관광 명소라지만 실제로는 지극히 평범하다. 하지만 로렐라이 언덕의 진면목을 알려면 반드시 두 가지를 해봐야 한다. 먼저 로렐라이 바위Loreley Felsen라 새겨진 안내판을 따라 굽이굽이 언덕을 올라가면 주차장이 나온다. 그곳에 주차를 하고 전망대에서 밑을 내려다보면 "아!" 하고 자신도 모르게 감탄사가 나올 것이다. 갑자기 깎아지른 절벽이 나오고 웅대한 풍경이 펼쳐진다. 왜 독일 사람들이 라인 강을 가리켜 '아버지 라인Vater Rhein'이라 부르는지, 그리고 왜 수많은 시인들이 이곳을 노래했는지 굳이 설명할 필요가 없다. 스위스에서 발원해 네덜란드의 로테르담 옆으로 빠져나가는 라인 강은 옛날부터 산업의 아우토반 같은 기능을 했는데, 1,320킬로미터에 이르는 장엄한 물줄기가 여기에 와서는 급격히 꺾이면서 꿈틀거리는 장엄한 광경을 보여 준다.

그다음으로 라인 강 위를 운행하는 배를 타야 한다. 그리고 맥주 한 잔을 천천히 음미하면서 로렐라이 언덕을 지나가 본다. 다른 곳은 강의 폭이 300~400미터인데 반해 이곳에 오면 130미터로 갑자기 좁아져 유속이 급속도로 빨라진다. 이곳에서는 강의 깊이가 20미터나 된다. 물결이 빨라지고 소용돌이도 생긴다. 옛날에 이곳을 지나는 뱃사공들에게는 공포의 지역이었다. 뱃사람을 유혹한다는 로렐라이 전설은 여기서 나온 것이다.

브렌타노는 로렐라이에 관한 글을 쓰고 1년 뒤인 1802년 6월 친구 아힘 폰 아르님과 함께 라인 강을 여행한다. 여기서 영감을 받아 〈라인 강으로 귀환〉이란 시를 지어, "한번 그대를 헤엄친 자는, 한번 그대 속에서 물을 마신 자는, 그 사람은 조국을 마신 것이다"라는 유명한 말을 남겼다. 이 해를 가리켜 '라인 낭만주의의 해'라고 말한다. 그 후 브렌타노는 아르님과 함께 하이델베르크에서 독일의 고대와 중세 민요를 수집해 본격적인 하이델베르크 낭만주의 시대를 열게 된다.

또 다른 낭만주의 작가 프리드리히 폰 슐레겔은 1804년 라인 강 여행을 끝낸 뒤 폐허화된 고성의 풍경이 있는 라인 지형을 가리켜 "그 자체로 완결된 그림이며 교육받은 정신의 뛰어난 예술작품"이라 예찬했다.

빙겐에서부터 뤼데스하임을 거쳐 코블렌츠까지 56킬로미터에 이르는 라인 강 중부 지역을 미텔라인Mittelrhein이라 부르는데, 이 지역은 2002년 유네스코 세계문화유산으로 등재되었다. 약 30도 정도 경사진 계곡에 촘촘하게 테라스식 포도농원을 짓고 포도를 재배하는 기술은 놀랍기만 하다. 바람을 막아 주는 산맥, 태양을 바라보며 경사진 지형은 높은 일사량을 유지해 줌으로써 고급 와인을 생산하는 데 있어서 큰 비결이다. 또 다른 낭만주의 시인 아이헨도르프는 1810년, 〈라인 강 위에서Auf dem Rhein〉라는 시를 통해 와인과 조국애와 형제애를 선서하고 있다.

선선한 라인 강 위에서
형제로 뭉친 우리는 배를 타고 가고 있다
금의 포도주에 취해
좋은 독일 노래를 부르면서
이곳에서 우리의 가슴을 가득 채운 것은
잘 간직해야겠지
감기 들지 않도록 말이다
그리고 즐거움을 가지고 참되게 완성하자
또한 참여하자
한 바위에서 솟아오르는 여러 샘물들이
수백 마일을
영원한 참된 동지가 되어 흐르도록 말이다

이미 2,000년 전 카이사르가 로마 군대를 이끌고 도착해 라인 강에 첫 다리를 놓으면서 라인 강은 국제 세력의 각축장이었다. 쾰른에는 리메스Limes라는 이름의 지그재그 형태의 방어벽이 남아 있는데, 라인 강은 리메스와 함께 로마 문명과 게르만 문명을 가르는 경계선이었다.

나폴레옹의 점령과 독일 해방 전쟁을 거치면서 라인 강과 숲은 애국주의 문학의 상징으로 표출된다. 점차 라인 강은 독일의 해방과 독립, 애국 운동을 의미하는 정치적 메타포가 되었다. 1813년 독일 민족주의 운동가 에른스트 모리츠 아른트Ernst Moritz Arndt는 이렇게까지 주장하고 있다.

"라인 강은 독일의 강이지 독일의 국경이 아니다. 라인 강 없이 독일의 자유는 존재하지 않는다."

나폴레옹을 피해 독일로 망명했던 프랑스 작가 마담 드 스탈Madame de Stael은 《독일론De l'Allemagne》에서 라인 강에 대해 다음과 같이 썼다.

"라인 강 지역은 사방이 성스러워서 마치 라인 강이 독일을 보호하는 신으로 간주되는 듯했다. 라인 강은 맑고 줄기차서 옛날 영웅들의 생애처럼 장엄하기까지 했다. 도나우 강은 여러 물줄기들을 한 아름에 안고 흘러가고 있었으며 엘베 강과 슈프레 강의 물줄기는 조금 애수에 잠긴 듯했다. 그러나 라인 강은 변함없이 줄기찼다. 강물이 흐르는 지역들은 정중하면서도 동시에 다양했으며 강물이 그 지역을 개간해 놓은 것처럼 비옥하고 고요했다. 이러한 강줄기는 옛날 영웅들의 위대했던 행위들을 이야기해 주고 있었으며 로마로부터 게르만족을 해방시킨 국민적 영웅 아르미니우스의 그림자가 여전히 험준한 강 언덕에 물결치고 있는 듯했다."

여기서 말하는 아르미니우스Arminius는 독일어로 헤르만Hermann이다. 라인 강 낭만주의와 애국주의에 기름을 부은 것은 1815년이었다. 빈 회의 결과에 따라 라인 강 서쪽 영토인 라인란트 지방을 프랑스로부터 되찾고, 3년 뒤인 1818년 라인 강변의 도시 본에 본 대학교가 창립되었다. 초기 낭만주의 운동을 이끌었던 슐레겔 형제 가운데 형인 아우구스트가 교수로 부임해 오면서 이곳이 자유주의와 애국주의, 낭만주의를 원하는 젊은이들이 몰려들었다. 시인 하이네, 팔러스레벤 같은 사람들이 이때 학교를 다녔다.

이즈음 사비니 교수 부부와 헤어진 빌헬름은 동생 루트비히 에밀과 함께 하이델베르크와 네카 강 유역으로 향했다. 이곳은 이전에 형 야코프가 보고 감동한 곳이었는데, 로맨틱한 네카 강과 고성에 반해 다시 한 번 독일의 고대와 중세의 매력을 확인하게 된다. 한창 세월이 지나 여동생 샤를로테를 잃은 해인 1833년 여름, 빌헬름은 마음을 달랠 겸 다시 라인 강으로 여행을 떠나고 목가적인 풍경과 와인으로 위안을 받는다.

"나는 라인 강을 보면, 또 그 이상 행복할 수 없는 강변을 보면, 축복받은 밭이나 우듬지나 가지가 쭉 뻗어 있는 나무를 보면, 마음이 명랑해진다. 우리들은 요하니스베르크 성의 발코니에 앉아, 재상 메테르니히보다도 조용히, 한 병의 카비네트Kabinet 와인을 곁에 놓고 더 만족하여, 아주 느긋하게 있을 수 있는 것이라 생각한다. 확실히 이 와인은 비쌀 게 틀림없다. 다른 어떤 와인도 이에 견주면 양질의 식초 같은 것이리라."

여기서 말하는 요하니스베르크 성Schloß Johannisberg은 라인 강, 뤼데스하임 인근 '라인가우' 지역을 말한다. 이곳은 이미 로마시대부터 수도원을 중심으로 와인을 생산해온 전통과 품질을 자랑하는 독일의 대표적인 와인 농가이다.

한편 라인 낭만주의는 점점 더 애국 운동이 되어 주변의 에너지를 흡수하기 시작한다. 이제는 시인과 음악가 들뿐 아니라 과학자들까지 네트워크로 연결되어 1840년대에 만개하게 된다. 그때 군주제가 부활한 프랑스는 국력을 회복해 다시 라인 강 유역의 영토를 노리고 있었다. 그런 까닭에 라인 강변의 와인을 소재로 한 노래들이 많이 등장하는데, 여기서 와인은 애국심의 상징이다. 니콜라우스 베커Nikolaus Becker라는 사람은 와인에 대한 다음과 같은 시를 지었다. 이 시에 로베르트 슈만이 곡을 붙여 유명해졌다.

그들은 가질 수 없지
자유 독일 라인 강을
강물이 넘쳐
마지막 남자의 다리를 채울 때까지

라인 강 낭만주의가 바탕이 되어 독일은 결국 19세기 후반 비스마르크에 의해 통일을 이뤘다. 뤼데스하임에는 10미터 높이의 거대한 게르마니아 여신상이 25미터 높이의 받침대 위에서 라인 강을 내려다보고 있다. 프랑스에 대한 프로이센의 독립전쟁 승리를 기념한 전승

비다. 라인 강과 모젤 강이 만나는 코블렌츠의 독일 삼각주Deutsche Eck에는 빌헬름 황제의 기념 동상이 있다. 이 모든 것은 그림 형제 사후에 일어났다.

독일의 숲

이 여행을 시작할 무렵 비행기 상공에서 내려다본 독일은 온통 초록색 풍경이었다. 짙은 숲과 빽빽하게 들어찬 나무들, 그 언저리에 빨간 지붕을 얹은 집들이 마치 녹색 바다 한가운데 붉은 오아시스처럼 보였다.《군중과 권력》을 쓴 작가 엘리아스 카네티는 숲과 독일인의 관계에 대해 이렇게 말했다.

> "영국인에게 바다가 있다면 스위스 사람에게 그것은 산이고, 프랑스인에게는 혁명이다. 그렇듯이 독일인에게는 숲이 있다. 숲은 독일인이라는 집단을 상징한다."

카네티는 불가리아에서 유대인으로 태어났지만 독일 프랑크푸르트와 오스트리아 빈, 스위스에서 학교를 다녔고 독일어로 글을 썼으며 나중에는 영국 시민권을 지닌 채 스위스에서 사망했다. 평생 여러 나라를 떠돌아다니며 살았던 코스모폴리탄이었기에 가능한 비교였다.

마담 드 스탈은《독일론》에서 독일의 숲과 주변 풍경을 상세히 묘사하고 있다.

"문화적으로 예로부터 개화된 남쪽 나라들의 땅에는 나무들이 보이지 않았다. 사람들에 의해 지상의 아름다운 장식들을 빼앗긴 대지 위에는 태양의 햇살만이 수직으로 내리쬐고 있었다. 그런데 독일에서는 인간의 손이 미처 닿지 않은 자연 그대로의 흔적들이 엿보였다. 알프스로부터 북녘 해안까지, 라인 강에서 도나우 강변까지의 대지는 참나무와 전나무가 가득 뒤덮여 있었고 장엄하게 흐르는 아름다운 물줄기와 산악들은 한 폭의 그림을 그려 놓고 있었다. 비록 거대한 들판이나 황폐한 길들이 보이는 모래땅과 거친 날씨에 처음에는 슬픔의 영혼들이 가득한 것처럼 느껴졌지만 시간이 흐르면 흐를수록 그곳을 떠날 수 없게 하고 있었다."

독일에서 전통적인 시골의 삶이란 대체로 숲에 의지했다. 숲은 농부가 돼지를 몰고 가서 도토리나무와 밤나무에서 떨어지는 열매를 먹이는 곳이었다. 왕족이나 귀족에게는 사슴을 사냥하는 사냥터였고, 나무꾼이 집을 짓기 위해 목재를 구하는 곳이었다.

앞이 잘 보이지 않는 숲에 의지해 살기 위해서는 귀가 발달해야 한다. 동물처럼 청각만으로 적과 우군을 구분해 내야 한다. 예부터 수렵생활을 오래한 민족답게 독일인들은 귀가 발달했다. 요즘 독일 학교와 유치원에서는 아이들이 어릴 때부터 숲으로 데리고 가서 숲과 자연스럽게 친해지는 법을 가르친다. 조금 더 크면 숲에서 야영을 시키며 생존하는 법도 가르치는데, 피해야 할 것과 친해져야 하는 것을 자연스레 익히게 한다. 동물들의 작은 소리, 새소리 같은 것을 통해 공존하는 법을 가르친다. 그제야 이해가 된다. 왜 바흐, 베토벤, 브람스, 멘델스존 같은 서양 음악사를 장식한 작곡가들 태반이 독일 출신이며, 지금도 베를린 필하모닉 오케스트라가 클래식의 지존이라는 평가를 받는지 말이다.

프랑스 혁명기 때부터 나폴레옹 황제가 독일을 침략할 때까지 프랑스는 군사적 목적으로 독일의 숲을 파괴하기 시작했다. 혁명전쟁이라는 목적을 위해서도 많은 나무를 벌목했다. 프랑스 혁명이 있었던 1789년부터 프로이센과 오스트리아의 연합국에 대한 전쟁이 진행되던 1793년까지 라인 강 주변 점령지에서는 약 400만 헥타르의 산림이 벌목된 것으로 기록되고 있다. 괴테는 1792년 프랑스 전쟁 종군기에서 벌목된 우람한 자작나무와 포플러나무가 한밤중에 운반되어 불태워지는 것을 보았다고 증언했다. 나폴레옹 지배 당시는 특히 심해서 점령지였던 라인 강 유역과 네덜란드 지역에 벌목이 집중되었다. 1796년 말 이 지역에서 벌목된 나무는 약 150만 주라는 통계도 있다. 때문에 당시 독일인들에게 프랑스인은 신과 함께하는 숲을 파괴하는 자들로 각인되기 시작했다.

천하무적 로마 제국 군단이 기원후 9년경 헤르만이 이끄는 게르만족 전사들에게 처음으로 쓰라린 패배를 맛보았던 곳도 독일의 숲 속이었다. 헤르만은 로마의 역사책에 아르미니우스로 언급되는 사람으로, 게르만족의 족장이었다. 헤르만은 사흘 동안 이어진 겨울 전투에서 2만 명의 로마 병력을 몰살시키고 영토를 지켰다. 로마군은 베저 강과 라인 강 사이의 요새를 상실하고 뼈아프게 퇴각해야 했다. 그 결과 지금의 독일 지역 상당 부분은 로마 문명과 확연히 다른 게르만족 고유의 문명을 유지할 수 있었다.

그 장소가 지금의 오스나브뤼크 부근인 토이토부르거 숲Teutoburger Wald이다. 19세기 초반 나폴레옹의 침략이 헤르만을 독일 민족주의의 상징으로, 독일 민족을 구원할 영웅으로 해석하게 만들었다. 1808년 하인리히 폰 클라이스트는《헤르만 전쟁Die Hermannschlacht》을 발표해 반反 나폴레옹 애국 운동을 일으켰다. 그의 희곡 작품에서 독일 숲은 헤르만이 이끄는 게르만족이 로마의 바루스 장군을 무찌른 곳, 더 나아가 나폴레옹 군대를 퇴각시키는 상징적 공간이자 은유였다. 해방전쟁을 외치는 정치적 호소였던 것이다.

클라이스트의 작품에 자극받은 화가 카스파 다비트 프리드리히Caspar David Friedrich는 1813~1814년에 몇 개의 그림을 통해 숲과 암벽으로 에워싸인 헤르만의 무덤을 상징했다. 그의 그림에 나오는 숲은 대체로 어두침침하다는 게 특징인데, 그 안에 숨겨진 무덤은 곧 프랑스에 저항하면서 독일의 자유 독립을 위한 해방전쟁에서 전사한 애국자들의 무덤으로 해석된다. 결국 나폴레옹이 물러나고 나서 1839년에 토이토부르거 숲의 한 언덕, 지금의 데트몰트에 헤르만의 거대한 동상이 건설되기 시작했고, 1870년 프로이센이 프로이센 · 프랑스 전쟁에

카스파 다비트 프리드리히가 그린 〈옛 영웅들의 무덤〉. 그림 속 무덤은 독일의 자유 독립을 위한 해방전쟁에서 전사한 애국자들의 것으로 해석된다.

승리를 거둔 후 기공식이 거행되었다.

게르만족 이동기의 전설을 소재로 13세기 영웅 서사시로 만든 〈니벨룽겐의 노래〉가 주목받기 시작한 것도 바로 이때부터다. 주인공 지그프리트가 용과 싸워 이기고 공을 세웠으면서도 라이벌 하겐의 창에 맞아 참살되는 어두운 비운의 장소 역시 숲이었다. 낭만주의 시대에 독일의 숲은 나폴레옹 군대에 맞서 자유와 해방을 위한 조국애를 일깨우는 정신적 고향으로 바뀌게 된다. 니벨룽겐의 전설은 이후 바그너에 의해 4부작 오페라 《니벨룽겐의 반지》에 수용되어 19세기 후반 독일 민족의 정체성과 민족주의를 형성하는 데 중요한 역할을 했다.

숲은 라인 강과 함께 자유와 해방, 조국애를 상징했다. 이에 앞서 숲을 국토의 회복과 자유를 지키는 장소로 노래한 사람은 프리드리히 폰 슐레겔이었다. 1809년 오스트리아가 빈에서 나폴레옹 군대에 패한 직후 〈기원Grübde〉 같은 시를 통해 슐레겔은 이렇게 노래하고 있다.

> 독일의 숲은 오래되었고 강인하며
> 넘치는 환희와 믿음으로 가득하다
> 신뢰의 성실함이 명예의 정수여서
> 폭풍이 몰아쳐도 흔들림이 없다오

슐레겔은 아이헨도르프, 브렌타노, 루트비히 티크 같은 작가와 교류하며 낭만주의와 애국심을 함께 노래했다. 오랫동안 늑대와 마녀가 살던 무시무시한 숲은 이제부터 독일인들의 튼튼한 신체와 강인한 기상을 길러낸 곳으로 예찬되기 시작한다. 특히 참나무는 전나무와 함께 애국심의 상징이었다. 벼락이 내리치는 폭풍우 속에서도 꺾이지 않는, 민족혼을 지켜 주는 '최고의 신성'으로 숭상되기까지 했다.

낭만주의자들에 의해 숭배 문화가 계속 이어져 애국 기념물들이 설치된 많은 곳에서는 참나무를 심는 식목 행사가 계속되었다. 대표적인 곳이 라인 강변 뤼데스하임 언덕에 세워진 게르마니아 여신상 주변이다. 이곳은 수많은 참나무와 포도넝쿨로 에워싸여 있다. 라인 강의 수많은 고성 주변에도 참나무 숲이 형성되어 있다. 엘베 강이나 도나우 강변 역시 마찬가지다. 당시 나폴레옹에 저항했던 곳이면 어디에나 참나무 숲이 자유 수호의 보루로서 노래되고 있다.

한편 이제 막 시작된 산업화의 결과로 점차 도시에 인구가 집중되고 자연의 숲은 점차 경제적 이용가치로 인식되기 시작했다. 주택 건설과 철도 공사를 위한 조림된 원목 필요, 종이 생산 급증, 연료를 얻기 위한 임업이 장려되기 시작한 것도 이 무렵이다. 돼지 사육을 위한 사료 때문에 참나무와 너도밤나무 조림이 특히 인기였다. 독일은 상대적으로 영국보다 산업화와 인구 도시 집중화가 뒤늦게 온 데다 숲을 신성시하는 전통까지 겹쳐 숲의 조림은 잘 유지될 수 있었다.

시인 에른스트 모리츠 아른트는 1815년 잡지 《파수꾼Der Wächter》에서 독일 숲의 중요성을 강조하면서 산림지기를 육성해야 한다는 한층 높은 차원의 입법을 제안했다. 그 결과 훗날 괴팅겐 대학교를 비롯한 몇몇 학교에 산림학부가 생기기 시작했다. 나무와 삼림은 더 이상 무서운 곳이 아니라 중요한 경제 자원으로 보호하고 관리하는 대상이 되었다. 현대 독일인이 가장 좋아하는 생활습관인 숲을 거닐고 산책하는 일은 바로 이 무렵부터 생겼다.

아직 프랑스의 지배를 받고 있던 1813년, 그림 형제는 《고대 독일의 숲Altdeutscher Wälder》이라는 잡지를 펴냈다. 제목에서 풍기는 것처럼 숲은 가장 독일적인 것을 상징하며, 영원히 사라지지 않는 것을 의미한다. 그림 형제는 이 잡지에서 볼프람 폰 에셴바흐의 〈파르치팔Parzival〉, 〈니벨룽겐의 노래〉 같은 중세시대 영웅의 노래와 이야기, 연대기, 민속학적인 것, 독일어 문법이나 음운의 문제 등 주로 독일적인 것이 무엇인지에 초점을 맞추었다. 여기서도 푸른 숲은 동경의 대상이고 낭만적 시적 감상을 불러일으키는 곳이었다. 순례자, 중세의 기사, 목동, 여행자, 군인, 시인 모두 동경하는 대상이었다.

그림 형제는 당면해 있는 여러 가지 의문과 어려움의 뿌리를 과거로 거슬러 올라가 그 원인을 알려고 했다. 자신의 본류를 구해 가는 작업이었다. 비록 현실은 프랑스라는 강대국에 의해 지배되고 있지만 영원히 지배되지 않은 굳건한 기상을 찾고 있었다. 그들은 고어로 되어 있던 것을 현대 독일어로 소개해 나갔다. 결과적으로 독일의 고대와 중세시대 연구에 커다란 자극을 주었다. 불과 20대 청년 두 명이 잠자고 있던 독일의 핵심 본류에 도전했던 것이다. 그들은 경제적으로 힘든 가운데 계속 잡지를 발간하는 이유를 이렇게 말하고 있다.

"만약 언젠가 우리의 오래된 문학 연구가 깊고 의의 있는 것이라고 인정된다면 그것으로 우리는 충분히 보상받는 것이다."

신기하게도 이 잡지가 간행된 직후 나폴레옹 군대는 패배했다. 독일 해방전쟁은 끝이 났고 프랑스군은 물러갔다.

독일적인 것을 찾아서

《톰 소여의 모험》, 《허클베리 핀의 모험》으로 유명한 미국 작가 마크 트웨인에게 독일어는 무척이나 괴로운 외국어였던 모양이다. 그는 학창 시절인 열다섯 살 때 독일어를 처음 배우지만 신통치 않았다고 한다. 그로부터 시간이 훌쩍 흘러 유럽을 여행하기 위해 다시 독일어를 공부하기 시작했고 1878년에는 독일에 얼마간 체류하기도 했다. 마크 트웨인은 그때의 참담했던 심정을 담아 《끔찍한 독일어The Awful German Language》라는 에세이를 출간했다. 곳곳에 특유의 재치와 유머를 보이고 있다.

"독일 작가들이 문장 속에 뛰어들 때마다 그를 다시 보려면 입에 동사를 물고 대서양 건너편에서 다시 떠오를 때까지 기다려야 한다."

독일어에는 문장이 복문이거나 '후치'라는 게 있어서 조동사가 나오면 동사는 문장의 제일 끝에 나온다. 때로는 동사가 분리되는 '전철', 분리되지 않는 '비분리 전철' 등과 같이 복잡하기에 나온 푸념이다. 이로부터 또 다시 시간이 훌쩍 지나 1897년, 마크 트웨인이 오스트리아 빈의 프레스 클럽에 초대받아 연설하게 되었다. 트웨인의 연설 제목은 '독일어의 공포'였다. 그는 이렇게 좌중을 웃겼다.

"나는 (하늘나라에 가서) 베드로에게 독일어로 설명하려고 애썼다. 왜냐하면 명확하게 말하고 싶지 않아서……"

한국인에게 독일어는 마크 트웨인에 비해 더 어려우면 어려웠지 결코 쉽지는 않다. 언어 구조상 독일어는 한국어와 판이하게 다르고, 네 가지 유형으로 격格이 변하는 형용사에다 남성, 여성, 중성 이렇게 세 가지 유형의 명사까지, 정말 혼란스럽기 짝이 없다.

이처럼 골머리를 앓게 만드는 독일어지만, 야코프 그림에게는 대단히 흥미로운 대상이었다. 마치 형사가 범인을 찾는 것처럼, 혹은 수학자가 고차원 방정식을 푸는 것처럼 야코프는 언어에 대한 경외심을 갖고 언어의 짜임새와 법칙성을 연구했다. 《언어의 기원에 관하여》에서 야코프는 이렇게 쓰고 있다.

"인간이 생각하고, 고안하고, 마음속에 품고, 서로 전하고, 그리고 인간의 마음에 담겨진 후 자연과의 협력을 통해 탄생한 것 가운데 언어가 가장 위대하고 고귀하며, 그리고 가장 불가결한 재산이다. 하지만 언어를 완전히 소유한다거나 깊은 이해를 구하는 것은 퍽 어려운 일이다. 언어의 기원은 신비롭고 불가사의한 것이다."

두 형제는 1816년부터 같은 직장에서 일했다. 빌헬름은 1814년 2월에 이미 카셀의 도서관에 취직해서 일하고 있었는데, 야코프가 파리 약탈 문화재 조사 출장을 끝내고 귀국한 직후인 1816년 4월, 선제후 부인의 도움으로 동생과 같이 사서로 일하게 되었다. 2등 사서였으니 도서관의 이인자였고, 빌헬름은 그보다 하나 아래의 직급이었다.

파리에서 빈으로, 빈에서 다시 파리로, 야코프는 거의 2년 동안이나 집을 비우다시피 했지만, 다행히 동생들 모두 잘 있었고, 특히 병치레가 잦았던 빌헬름이 건강해져 있었다. 이제는 비록 급료는 적지만 형제 모두 같은 직장을 다니면서 심리적 안정을 찾게 된다.

야코프는 미친 듯이 일했다. 마치 학문과 연구를 위해 태어난 사람 같았다. 고대 문헌, 전통 민요와 전설, 메르헨을 집중적으로 수집했고, 여기에 언어 연구까지 깊숙이 빠졌다. 독일어의 체계적인 문법을 규명하고 싶었다. 야코프는 비교적 건강했지만, 어느 날 갑자기 몸이 이상하다고 느꼈다. 매일 방대한 문서를 다루고 집안을 이끌다 보니 위통이 생겼다. 야코프는 일찍 돌아가신 아버지 생각이 났다. 혹시 이러다가 빨리 죽는 것은 아닌가 불안감이 깊었지만 어떻게 해서든 독일어 문법 연구만은 완성시키려 했다. 이즈음 동생 빌헬름은 형의 학문적 열정에 놀라면서도 한편으로 건강을 걱정하고 있다.

프리데리치아눔 박물관. 1814년부터 1829년까지 그림 형제는 사서로서 카셀에 있는 이 박물관에서도 일했다.

"내 형은 지나칠 정도로 열심히 독일어의 모든 것을 포함하고 있는 역사적 문법에 관여하고 있다. 이 일은 매우 중요한 것이 될 것이다."

야코프는 마침내 1819년 《독일어 문법Deutscher Grammatik》이라는 또 하나의 위대한 업적을 세상에 내놓는다. 그는 서문을 통해 "현대 독일 표준어는 실제로는 프로테스탄트 방언이다"라고 밝혔다. 마르틴 루터가 《성서》를 번역할 당시 주로 사용했던 마이센 · 작센 지방의 방언을 말한다.

야코프는 독일어에서 일정한 법칙이 있다는 것, 흔히 '그림의 법칙'

이라고 설명되는 '자음의 추이'를 발견했다. 이 법칙은 단지 독일어뿐 아니라 게르만 언어군, 인도 유럽어군에 속하는 전체의 공통되는 문법을 밝힌 것이다. 여기에서는 과거 고트족의 언어와 영어, 스칸디나비아 등 여러 언어가 상세히 고찰되고 있다. 다른 말로는 '제1차 자음추이' 또는 '게르만어 자음추이'라고도 불린다. 야코프보다 앞서 덴마크의 언어학자 라스무스 라스크Rasmus Rask의 연구가 있었지만, 야코프가 좀 더 체계적인 법칙으로 밝혀내는 데 성공해서 출판하였기 때문에 '그림의 법칙'이라고 한다.

야코프는 제1권을 과거 마르부르크 대학 은사이자 그때쯤에는 베를린 대학 교수로 재직 중이던 사비니 교수에게 헌정했다.《독일어 문법》은 점차 연구가 확장되어 1837년까지 거의 20년에 걸쳐 총 4권으로 발간된다. 야코프는 이로 인해 언어학자로서 새로운 학문의 경지를 이룩하게 되고, 독일어 문법과 독어독문학의 창시자가 된다.

독일 전역의 학계는 모두 깜짝 놀랐다. 야코프는 즉각 아카데미 회원으로 추대되었다. 그의 나이 서른네 살 때의 일이다. 어느덧 나이든 괴테는 야코프의 학문적 성과를 보고 난 뒤 "언어의 거인"이라고 평가했다. 야코프는 언어학자이자 프로이센 교육장관 겸 내무장관이 되는 빌헬름 폰 훔볼트의 눈에 띈다. 그는 1810년 새로운 교육 이념으로 근대화된 대학교를 베를린에 설립하는데, 그 대학이 지금의 훔볼트 대학교다. 그는 위대한 지구촌의 탐험가이자 과학자였던 동생 알렉산더 폰 훔볼트와 함께 유명한 훔볼트 형제로 불린다.

당시 본 대학 교수로 라인 낭만주의를 이끌고 있던 아우구스트 빌헬름 슐레겔 역시 이 책을 극찬한다.

> "순수하게 역사적으로 고찰한 일이어서 또 헤아리기 어려운 부지런함으로 개개의 일을 고찰하여, 일관된 이념으로 전체를 꿰뚫고 있는 까닭에 나는 이 일을 높게 평가한다."

야코프의 《독일어 문법》이 결정적으로 중요한 이유가 또 있다. 야코프는 헤센 방언이나 저지低地 독일어인 프리스란트 방언, 프로이센 방언, 바이에른 방언, 슈바벤 방언, 작센 방언 역시 모두 그 근원이 같다는 것을 입증했다. 이는 독일어를 쓰는 사람들은 아무리 방언이라고 하더라도 언어적으로 근본이 하나라는 것을 증명한 것이다. 《그림 형제와 그 시대グリム兄弟とその時代》란 책을 쓴 하시모토 다카시橋本孝 교수는 이 책의 의의에 대해 이렇게 말하고 있다.

> "당시 작은 나라로 분열되어 있던 독일 민족은 사실은 게르만족에 속하며, 하나의 민족이라는 것이 언어상으로 증명된 것이다. 그래서 같은 언어를 말하는 자는 같은 국가를 가져야 하고, 독일은 하나의 국가가 되어야 한다는 그림 형제의 신념이 확립되어 갔던 것이다."

여기서도 그림 형제의 일관된 삶의 목적이 드러난다. 독일인의 뿌리를 찾는 작업, 잃어버린 독일인의 본래 정신을 되돌리기 위하여 언어와 문헌, 전승 구비문학을 망라한 '우리를 찾는 작업'이다. 이 같은 공이 인정되어 그림 형제는 모교인 마르부르크 대학교에서 명예박사학위를 받기에 이른다. 명예박사학위 수여식은 1819년 마르부르크 대학교 본관에서 거행되었다. 그때까지 야코프의 공식 학력은 대학교 중퇴였다.

야코프는 언어 연구에 열정을 쏟아 1826년에는 1,000쪽에 이르는 《독일어 문법》 제2권을 완성한다. 여기에서 야코프는 '조어造語론'을 언급하며, '언어의 혼Sprachgeist'을 말하고 있다.

"옛날부터 언혼言魂은 말을 엮으며 언어의 틀을 만들고 있기 때문에 문장의 각 행에는 사안의 설명이 들어가 있을 뿐 아니라 지식이 있는 독자라면 언어의 철학을 독해할 수 있는 것이다."

야코프는 뭐든지 신중하게 생각하다가 일단 쓰기 시작하면 무섭게 열중했기 때문에 대부분 하나의 저작물이 1,000쪽에 이르곤 했다. 당시에는 타자기가 없었고 조명이라고 해야 기껏 촛불이나 등잔이었다. 그런 열악한 조건 속에서도 엄청난 대작을 연달아 내고 있는 것이니 한마디로 놀라울 뿐이다.

이때 동생 빌헬름은 독자적으로 학문적 업적을 내보이는데, 바로 《독일 영웅전설Die deutsche Heldensage》이다. 빌헬름은 오랜 자료 수집 기간과 연구를 거쳐 독일 서사시의 기원과 발전을 이론적으로 증명해 내는 데 성공한다. 무려 천년 이상의 독일 영웅전설의 문학적 증거를 제시한 역작이다. 그 후 많은 연구자들이 차례로 니벨룽겐, 지그프리트, 구드룬 같은 수많은 중세 영웅을 소개하기 시작했다. 당대의 독문학자 카를 뮐렌호프Karl Müllenhoff는 《독일 영웅전설》을 "연구의 버팀이고 기본이 되는" 책으로 평가했다.

형제의 연구에 대해 학자들은 일제히 찬사를 보냈지만 도서관과 궁정에서의 반응은 무심했다. 마치 "다른 곳에 신경 쓰지 말고 도서관 일이나 해!"라고 말하는 듯하다. 이것이 결국 카셀 시대를 끝내는 계기로 작용한다.

그림 형제를 비롯한 지식인들이 민족국가를 말하고 있지만 그 이전에는 민족국가라는 개념이 독일에서는 없었다. 통일된 민족이란 개념도 불확실했다. 심지어 괴테조차 이렇게 말했다.

> "독일, 그러나 어디에 있는가? 그러한 나라를 어떻게 찾아야 할지 나는 모르겠다."

원래 독일 대학교에서도 오랫동안 강의는 독일어가 아닌 라틴어로 이뤄졌다. 이런 관행을 깨고 크리스티안 토마지우스Christian Thomasius가 1687년 라이프치히 대학교에서 처음 독일어로 강의를 했다. 그림 형제와 비슷한 시기를 살았던 독일의 시인 크리스토프 빌란트Christoph Wieland조차 이렇게 말했다.

> "나는 독일의 말을 자랑스럽게 말하는 것을 한 번도 들어 본 일이 없다. 작센, 바이에른, 프랑크푸르트의 애국자들은 있다. 그러나 제국(신성로마

제국)을 스스로의 조국으로 사랑하는 독일의 애국자란 과연 어디에 있을까?"

신성로마제국은 966년 탄생해 1806년 스스로 소멸할 때까지 독일이라는 하나의 민족이 아닌 그리스도교를 공통 이념으로 하는 보편적 세계 이념을 지향하는 제국이었고, 한없이 느슨한 연방체였을 뿐이다. 파리를 말하면 프랑스이고 런던을 말하면 영국이지만 독일은 상황이 전혀 달랐다. 중간에 잠시 프로이센의 계몽 군주 프리드리히 대왕이 예외적으로 독일어권을 대표하는 인물인 적이 있었지만, 독일인들의 마음에는 바이마르가 중심이었고 괴테가 그들을 대표할 뿐이었다. 결국 통일이 이뤄진 것은 1871년 비스마르크의 주도에 의해서, 그것도 그림 형제 사후의 일이었다. '지체된 국가Verspätete Nation'란 표현을 들을 정도로 늦었다.

게르만German이라는 말은 어디서 연유한 것일까. 로마시대에 게르만이라는 이름의 야만족은 문자나 기록이 거의 없거나 드물었다. 르네상스 시대인 1455년 이탈리아의 인문학자 포조 브라촐리니Poggio Bracciolini가 오랫동안 망각되어 있던 타키투스의 《게르마니아Germania》라는 책을 재발견해 이를 이탈리아어로 출간한 것이 계기가 되어 세상에 널리 알려지게 된다. 이 책은 원래 기원후 100년경에 트라얀 황제를 위해 쓰였는데, 이 책이 알려지면서 그동안 별다른 민족적 동질성이 없고 스스로를 대단치 않게 생각한 독일어권에서는 자신들의 조상을 게르마니아로 생각하게 된 것이다. 자유 베를린 대학교의 사학자 하겐 슐체Hagen Schulze가 《새로 쓴 독일 역사》(반성완 옮김, 지와사랑)에서 이렇게 설명하고 있다.

> "로마에 사는 사람들은 이들 북방의 야만인들을 게르만족이라 불렀다. 이 말은 본래 갈리아 사람들이 라인 강 저편으로부터 자기 땅으로 쳐들어오는 거친 종족들을 일컬었던 것인데, 갈리아를 점령했던 카이사르가 이 이름을 그대로 물려받아 사용한 것이다. 카이사르는 또한 이 종족들의 이름에서 또 라인 강과 도나우 강 저편의 지역을 일컫는 게르마니아Germania라는 지역 명칭까지 따왔다. 어떤 사람이 게르만이라는 것은 사람들에게 잘 알려져 있지 않은 라인 강 저편에서 왔다는 것을 말해 주는 출신지 명칭 이외에 아무것도 아니었다. 어쨌거나 오늘날에도 학자들 사이에는 게르만족의 민족적, 언어적 동질성에 대한 의견이 분분하다."

로마제국이 붕괴된 이후 게르만족의 한 지파인 프랑켄족의 왕 클로비스가 지배권을 잡게 되는데, 그가 508년 개종하면서 독일의 역사에 큰 변화가 온다. 8세기경에는 그들의 영향이 확산되어 800년경이면 교황 레오 3세가 프랑켄족의 왕 샤를마뉴를 신성로마제국의 수장이라고 선언한다. 독일이 이제 기독교 문화권이 되었고 전체 유럽을 통합한 지도자라는 의미다. 샤를마뉴의 제국은 1957년 로마 조약에 서명한 나라, 즉 유럽연합 영토와 거의 비슷하다. 영국에서 발간되는 시사주간지 《이코노미스트》의 유럽연합 관련 고정란의 제목이 '샤를마뉴'

인 것이나 브뤼셀에 있는 유럽위원회 건물이 샤를마뉴인 데에는 이러한 역사적 배경이 있다. 샤를마뉴가 여러 곳에서 살았고 구체적으로 어떤 언어를 사용했는지 불분명하지만 왕궁은 독일의 아헨에 있었던 까닭에 독일 사람들은 카를 대제라 부른다.

그러면 튜턴Teutones이란 말은 무엇인가? 흔히 독일 민족을 가리켜 영어권에서는 튜턴이라는 말을 사용하는데, 원래는 기원전 102년 아쿠아 섹스티아Aquae Sextiae에서 로마의 장군 마리우스에 의해 패배한 이후 역사에서 완전히 사라져 버린 게르만의 한 종족을 말한다. 게르만 종족이 최초로 침공해 야기된 공포의 기억 때문에 북부 이탈리아 사람들의 뇌리에 남게 되어 그때부터 게르마니아로부터 온 사람들을 가리켜 통칭 튜턴이라 불렀다. 그들의 본거지는 유틀란트 반도 쪽이라고 전해지는데, 지금의 독일 함부르크 근방과 이북 홀스타인과 덴마크 방향이다. 튜턴이라는 표현에는 투박하고 야만적인 모습에 대한 경멸과 조소도 일견 깃들어 있다.

지금의 독일을 가리키는 도이칠란트Deutschland는 언제 생긴 것일까? 독일적인 것을 의미하는 도이치deutsch라는 말이 생겨난 것은 15세기의 일이다. 이 말은 그나마도 17세기, 18세기에서는 언어적 개념으로만 간주되었다. 도이치가 국가의 이름으로 제대로 대접받은 것은 1871년 통일이 되면서부터다. 독일에서 실제로 '독일'이라는 민족의식이 존재하지는 않았다. 대신 프랑켄, 바이에른, 작센, 튀링겐, 알레만 같은 이름이 쓰인다. 지금도 프랑스에서는 독일의 여러 지방 가운데 하나였던 알레만을 독일이라고 부른다.

이처럼 그림 형제는 오랜 늙은 제국이 끝나고 새로운 질서가 자리 잡으려고 하는 변혁 시기에 살았다. 그러면서도 끈질기게 독일적인 것을 찾아서 그 공통분모를 연구하고 또 연구했다. 그 가운데 중세시대 단편 서사시 〈가련한 하인리히Der arme Heinrich〉를 현대 독일어로 번역해 세상에 내놓아야겠다고 결심한다. 이 작품은 하르트만 폰 아우에 Hartmann von Aue가 제3차 십자군 원정 이후인 1200년경에 썼다. 이 시로 하여금 조국을 위해 희생했던 사람들의 존귀함을 세상에 알리고 싶었다. 나폴레옹이 물러나고 나라를 찾은 감격에 젖어 있을 때였다.

> "한 사람 한 사람 모두가 조국을 위해 희생을 치른다는 행복한 때에, 우리들은 가련한 하인리히라고 하는 깊은 의미를 갖는, 순박한 마음이 담긴 고대 독일 책을 새로이 편찬하려고 생각합니다. 이 책에는 순후한 성실함과 사랑을 가진 사람이 주인을 위하여 피와 목숨을 바치고 그 때문에 신으로부터 보답받는 모습이 그려져 있습니다. 현대 독일어로 번역함으로써 이 고대 독일의 전설은 누구나 읽을 수 있게 될 것입니다."

하르트만 폰 아우에는 독일 호엔슈타우펜 왕조 시대의 궁정 시인으로, 기사들의 궁정 생활을 문학적으로 묘사하는 데 탁월했다. 작품 속에 라틴어로 표기된 "우리는 삶 한가운데 있으면서도 죽음의 손아귀에 있다"는 문장은 유명하다. 중세 유럽은 기사계급이 융성하던 시기이며, 12~13세기 독일 문학사상 최초의 융성기였다. 기사와 귀족들의 궁정 서사시에서 작자가 알려지지 않은 민중 서사시에 이르기까지 많은 작품들이 쓰였으며, 이 시대 작품에 나타난 언어를 중고中古 독일어라 부른다.

그림 형제는 원래 《그림 동화집》을 출간할 때 《독일 전설Der deutschen Sagen》도 함께 펴낼 예정이었다. 단지 헤센 지방의 전설뿐 아니라 하르츠, 작센, 뮌스터, 오스트리아와 보헤미아 지방, 또 지금의 폴란드와 체코 국경에 있는 거대 산맥 리젠게비르게 전설에 이르기까지 수집 범위도 광범했다. 도서관뿐 아니라 학자와 양치기, 숲을 지키는 산림지기로부터 전설을 듣고 그것을 충실히 기록해 두었다. 전설을 아는 것은 그 민족 원래의 풍경과 그 정체성의 발견으로까지도 이어진다는 것이 형제의 생각이었다.

결국 585개의 전설을 모아서 두 권으로 펴냈는데, 1816년 제1권에는 장소 중심의 전설 363개를, 1818년 제2권에는 역사적인 전설 222개를 담았다. 야코프의 문헌학적 충실함과 빌헬름의 문학적 감각이 하나가 되어 전승문학이 다시금 멋지게 되살아났다.

그림 형제가 수집한 《독일 전설》은 완전히 새로운 연구 분야였다. 학자들에게 자극이 되기에 충분했다. 빌헬름의 장남 헤르만 그림은 훗날 이 책의 재판을 발간하며 서문에서 아버지와 큰아버지가 함께 심혈을 기울여 일했던 모습을 상세히 그리고 있다.

"형제는 이 몇 년 동안 함께 정성을 쏟아 일했고, 그 성과로 독일 전설집이 간행되었다. 자료는 별도로 모았고, 서로 각각의 생각을 내놓았다. 두 개의 다른 선율로 들리지만 잘 보면 마치 두 개의 종이 조화롭게 울려 퍼지는 것처럼 서로를 보완하고 있는 것 같다. 야코프와 빌헬름 그림이 이 전설에 관해 말하고 있는 것처럼, 이 전설집은 몇 세기에 걸쳐 살아 이어질 것이다."

빌헬름은 건강에 문제가 있어 형처럼 대작에 도전하지는 못한다. 대신 메르헨과 전설을 더 수집해서 보완해 나가던 중 독자적 연구인 《고대 덴마크 영웅가Altdänische Heldenlieder》를 펴내 괴테와 북유럽을 연구하는 다른 학자들로부터 적잖은 찬사를 받았다. 1821년에는 《독일 루네 문자에 대하여Über deutsche Runen》라는 역작도 펴냈다. 게르만족이 사용했던 가장 오래된 문자에 대한 연구였다. 다만 법칙성 연구를 좋아했던 형과 달리 동생의 관심은 중세의 독일 서사문학 그 자체에 있었다. 야코프 역시 《독일어 문법》의 후속을 준비해 가면서 빈 회의 당시 사귄 세르비아 출신의 빈 대학 교수 카라지치가 쓴 《세르비아어 문법》을 번역했다. 이제 학자로서 형제의 명성은 좁은 헤센을 떠나 독일 전역, 더 나아가 유럽 대륙에 널리 퍼져 나가고 있었다.

언론인으로서의 삶과 빌헬름의 결혼

백면서생白面書生이란 말이 있다. 책은 많이 읽었지만 세상이 어떻게 돌아가는지 현실감각이 떨어지는 지식인을 비하할 때 쓰는 말이다. 그림 형제는 공부를 많이 했지만 책상에서만 만족하는 유형의 지식인은 아니었다. 야코프 그림은 나폴레옹 이후 유럽의 새로운 지도를 그리는 빈 회의의 결과에 무척 실망했다. 외교관으로서 독일 통일에 애썼지만 한계 상황을 절감했다. 오스트리아 합스부르크 제국과 프로이센 같은 강대국들은 영토 확장밖에 관심이 없었고 민족이나 통일에는 눈을 질끈 감고 있었다.

야코프는 빈 회의와 파리로 이어지는 장기 출장을 끝내고 돌아온 직후 사표를 냈다. 그는 보다 적극적으로 자신의 의견을 피력할 수 있는 수단을 찾다가 신문에 주목했다. 다수가 읽는 신문에 칼럼을 게재함으로써 밑으로부터의 의견, 즉 '여론'에 관심을 불러일으킬 생각이었다. 야코프는 신문《라인 메르쿠르Rheinischer Merkur》에 날카로운 시각의 칼럼을 실명으로 게재했다. 동화와 민요 수집가에서 도서관 사서, 학자, 외교관, 이번에는 언론인이 된 것이다. 동생 빌헬름 역시 이 신문과《프로이센 코레스폰덴트Preußen Korrespondent》라는 또 다른 신문에 글을 올리기 시작했다.

《라인 메르쿠르》는 1814년 1월 라인 지역에서 그림 형제의 친구인 요한 요제프 폰 괴레스Johann Joseph von Görres가 창간한 정치적 성격의 주간 신문이었다. 창간 선언문에서 "여론선도자Stimmführer"가 될 것임을 천명하면서 강력한 정치적 의견과 사회개혁에 대한 의지를 표명하고 있었다. 매회 평균 3,000부를 인쇄했는데, 현대적 기준으로는 미미해 보이겠지만 당시에는 혁신적인 매체 수단이었다. 특히 누가 읽느냐가 중요했다. 이 신문을 읽는 사람들은 지식인, 여론 주도 세력이었다.《라인 메르쿠르》가 당시 독일 지식인 사회와 집권층에 끼친 영향은 실로 막강했다. 이 신문이 탄생하기 전까지 국민의 정서나 아래의 의견은 전혀 중요하지 않았고 오로지 군주와 권력 주변의 소수 생각만이 반영될 뿐이었다. 독일에는 아직 '여론'이라는 단어조차 없을 때였다. 독일의 정치적 상황은 그 정도로 낙후되어 있었다.

그림 형제는 이제 정치평론을 쓰는 저널리스트가 되었다. 정치 현안을 날카롭게 관찰해서 재빨리 자신들의 견해를 밝히고 적극적으로 여론을 수렴해 가는 과정은 근대적 정치 저널리즘의 효시나 다름없었다. 야코프는 베를린과 빈이라는 두 개의 강력한 축이 갖고 있는 부조화를 비판하면서 프로이센과 오스트리아 합스부르크 제국의 통합이 선

1840년대에 들어 독일의 문자 해독률은 50퍼센트 크게 상승했다. 이는 책과 신문 시장의 확장, 정치의식 고양으로 이어졌다.

행되어야 한다고 주장했다. 과거 독일 제국, 신성로마제국의 옛 영역을 기준으로 다시 통일이 되기를 강조했다.

하나의 언어, 하나의 민족, 하나의 국가가 그림 형제의 근본 생각이었다. 통일Einheit이라는 말은 이제부터 그림 형제의 화두이면서 시대를 지배하는 '시대정신'으로 자리 잡게 된다. 한편 프로이센 정부는 《라인 메르쿠르》의 영향력이 커지고 비판 논조에 부담을 느껴 2년 뒤 폐간 조치한다.

1815년에 예나에서 '부르셴샤프트Burschenschaft'라는 학생 조직이 결성된다. 1817년 아이제나흐의 발트부르크 성에 부르셴샤프트 조직 학생 500명이 모여 자유로운 통일 독일을 요구하는 집회를 개최한 뒤 1818년에 전국적인 조직을 형성했다. 이에 독일연합을 구성하는 군주들은 1819년 칼스바트에 모여 '칼스바트 결의'로 맞서는데, 인쇄물에 대한 검열과 대학에 대한 감시 강화 같은 반동 정책이 강화되었다. 결국 이 조직은 해체되고 자유주의적 성향을 띤 교수들은 파면되었다.

19세기 초 독일 정치사상을 잠시 살펴보면 자유주의, 민족주의, 사회주의, 보수주의 운동이 서로 앞서거니 뒤서거니 하며 일어났다. 특히 1820년대는 자유주의, 민족주의, 보수주의라는 세 가지 서로 다른 운동이 혼재되어 있었다. 흔히 '메테르니히 체제'라고 하는 보수주의자들은 현상 유지가 최선의 답이었기 때문에 시민의 권리, 자유와 통일을 결사코 반대했다.

1825년 5월 25일, 이날 그림 형제에게 오랜만에 행복이 찾아온다. 바로 노총각 빌헬름이 장가가는 날이었다. 결혼식은 카셀에서 형제들과 가까운 사람들만이 모여 조촐하게 거행되었다.

신부는 막내 여동생 샤를로테의 어릴 적 친구로 두 형제에게는 마치 집안 동생처럼 여기고 있던 헨리에테 도로테아 빌트Henriette Dorothea Wild였다. 형제는 그녀를 도르첸Dortchen이라는 애칭으로 불렀다. 그녀는 카셀의 태양약국 집안의 딸로 형제가 메르헨을 수집할 때 열심히 옛날이야기를 들려주었다. 신부는 빌헬름보다 일곱 살 적었지만 이미 서른을 훌쩍 넘긴 나이였다. 그림 형제처럼 부모님이 일찍 돌아가셔서 혼자서 열심히 살아왔다. 이미 1815년 빌헬름은 빈 출장 중인 형 야코프에게 그녀에 대한 생각을 전했다.

"빌트 아저씨가 아직 남겨 놓은 일이 많은데, 크리스마스 아침에 돌아가셨어. 앞으로 어떻게 될지, 또 도르첸이 어떻게 될지 모르겠어. 그녀는 야위었고 요즘 약 14일 동안 거의 잠을 자지 못했어. 그녀는 한겨울 버티지 못할 것 같아. 나는 진심으로 딱하게 생각하고 있어. 그녀는 정말 충실하고 정직한 사람이야. 어쨌든 성실한 사람이야."

그로부터 결혼까지 약 10년의 시간이 흐른다. 여러 가지 이유가 있지만, 형과 떨어져 살 수 없다는 것, 그리고 항상 생활비며 수입을 공유한다는 것, 그리고 나머지 형제들도 돌봐 주는 것을 이해해 줘야 했기 때문이다. 그것은 아무리 옛날이라도 쉬운 일은 아니었다. 형보다 키가 훤칠하게 컸던 동생 빌헬름은 오래전 메르헨을 수집하던 무렵인 1813년 예니 폰 드로스테휠스호프라는 여성과 핑크빛 편지도 주고받았다. 하지만 그녀는 부자에다 귀족 집안 출신이었고, 그 계급의 격차를 뛰어넘기 힘들었다. 게다가 형과 함께 집안을 책임져야 한다는 책임감 때문에 결국 뜻을 이루지 못한다. 마흔 가까이 되도록 결혼을 미룬 근본적인 이유다.

빌헬름은 결혼하면서 식구도 늘고 해서 벨뷔 5번지로 이사했다. 그림 형제 박물관이 있던 벨뷔 궁 부근이다. 이곳은 높은 언덕 위에 위치해 있어서 전망이 아주 좋고 아래로는 아름다운 공원이 있으며 햇볕도 충분히 드는 장소였다. 빌헬름의 건강을 위해서는 다행이었다. 《그

1829년 카셀에서, 그림 형제 가족의 일상. 야코프 그림은 훗날 이때를 "가장 조용하고, 근면하고, 생산적인" 시기로 회고했다.

림 동화집》에 나오는 〈홀레 할머니〉의 무대인 마이스너 산도 멀리 보였다. 두 사람이 좋아하는 산책을 하기에도 더할 나위 없이 좋았다.

빌헬름은 결혼해서도 형 야코프와 한 지붕 아래 살았다. 그때까지 아직 함께 살고 있었던 막내 남동생 루트비히 에밀이 중간 뜰에 면한 방을 받았다. 이제는 비록 급료는 적지만 형제 모두 같은 직장을 다니는 데다 새로운 식구까지 왔으니 집안은 오랜만에 활기를 띠었다.

도르첸은 그림 형제의 생활에 중심인물로 떠오른다. 형제의 어머니는 그들이 20대 초반일 때 돌아가셨고, 형제를 도와주던 카셀의 이모마저 1815년에 사망했다. 그리고 막내 여동생인 샤를로테는 1817년에

루트비히 에밀이 스케치한 야코프 그림(위)과 빌헬름 그림(아래).

결혼해 출가했다. 이제 그 모든 빈자리를 도르첸이 채우게 되었다. 그녀는 빌헬름에게는 좋은 아내이자 형제들에게는 누이 같은 존재였다.

1826년 4월 3일, 빌헬름과 도르첸은 아들을 낳았다. 두 사람은 형을 존경하는 의미로 아이의 이름을 '야코프'로 정했다. 큰아빠 야코프도 기뻐했음은 물론이다. 하지만 아이는 태어난 지 채 1년도 못 되어 병으로 죽고 만다. 슬픈 마음을 가눌 길이 없었던 아빠 빌헬름은 "12시간이나 그 아이 곁에 있으면서 숨을 거둘 때까지 지켜 준" 형의 마음에 깊은 위로를 받는다. "정말 위로가 되는 것은 사랑이라고 느꼈다"고 적고 있다. 1826년 다시 아이가 태어난다. 이름은 헤르만, 나중에 미술사가로 이름을 날린다. 빌헬름은 다시 찾은 기쁨을 이렇게 적고 있다.

"이 아이는 죽은 아이와 꼭 닮았어. 하나님의 자비가 그 슬픔을 보충해 준 것 같아. (……) 이 아이가 성장하면 상당한 인물이 될 게 틀림없어. 그래도 도서관 사서는 되지 않았으면 좋겠어. 사서는 너무 급료가 적으니까……"

도서관 순례자로서 인생을 살았던 빌헬름이 남긴 "도서관 사서는 되지 않았으면 좋겠어"라는 말은 뼈아픈 유머다. 그만큼 힘들면서도 박봉의 직업이었던 듯싶다.

다른 동생들의 인생을 잠시 살펴보면, 막내 여동생 샤를로테는 1822년 루트비히 하센플루크와 결혼해 행복하게 살았지만 불과 마흔 살에 사망했다. 여동생이 결혼하고 나서 집안에 여자가 없어서 힘들었던 상황을 야코프는 이렇게 말하고 있다.

> "우리의 하나밖에 없는 여동생은 결혼 후 떠나갔다. 그래서 우리 세 형제(야코프, 빌헬름, 루트비히 에밀)는 다시 반半 대학생처럼 살림살이를 꾸려 나가야 했다."

화가가 된 막내 남동생 루트비히 에밀은 이탈리아 여행을 마치고 뮌헨으로 돌아와 미술 대학교를 졸업한 뒤 1817년 카셀로 돌아왔다. 그리고 12년 동안 두 형과 함께 살았다. 1832년 카셀 예술 아카데미의 교수가 되고 그해에 결혼하여 독립했다. 그는《그림 동화집》삽화와 형들의 얼굴, 당시의 생활을 그려 귀중한 자료를 후세에 전하고 있다.

다른 동생들에 관해 잠시 말하면, 글씨 쓰기가 능숙했던 페르디난트는 배우가 되고 싶어 했지만 두 형에게 늘 골치였다. 빌헬름이 친구인 아르님에게 부탁해 라이머 서점에 자리를 얻어 주어 베를린에서 19년 동안 일했다. 그 후 두 형에게 의지하다가 나중에 다른 곳에 살았지만 죽을 때까지 형들의 도움을 받으며 살았다.

페르디난트보다 한 살 나이가 많은 카를은 평생 독신으로 살았고 역시 생활력이 없어서 나중에는 결혼한 형 빌헬름 집에 얹혀살았다. 그 후 영어와 프랑스어를 가르치며 밥벌이를 하다가 조용히 인생을 마쳤다.

괴팅겐의 7교수, 세상을 바꾸다

괴팅겐 기차역에는 "괴팅겐, 지식을 창조하는 도시"라는 문구가 쓰여 있었다. 대학 도시답다. 1734년 설립된 괴팅겐 대학교는 30여 명의 노벨상 수상자를 배출했다는 자부심이 있다. 유로 화폐가 도입되기 전 10마르크 지폐를 장식한 사람은 괴팅겐 대학교에서 수학과 천문학, 물리학을 가르친 천재 수학자 카를 프리드리히 가우스였다.

기차역에서 내려 구시가지로 이어지는 길은 벽돌색 지붕과 보리수나무로 둘러싸여 분위기가 아늑하다. 이 도시에 왔으면 우선 구 시청 앞 마르크트 광장으로 가서 분수대에 있는 '거위치기 아가씨Gänseliesel' 조각상을 만나야 한다. 거위치기 아가씨는 세상에서 가장 많은 키스를 받은 것으로 유명하다. 괴팅겐 대학교에서 박사학위를 받은 학생들은 전통적으로 이 분수대에 올라가 거위치기 아가씨와 키스하는 전통이

괴팅겐 시청 앞 광장 분수대에 있는 '거위치기 아가씨' 조각상.

있다고 한다. 요즘은 키스에 그치지 않고 꽃다발까지 안겨 주기 때문에 거위치기 아가씨 손에는 거의 매일 꽃다발이 들려 있다. 이제는 괴팅겐을 대표하는 명소가 되어 졸업생뿐 아니라 관광객들에게까지 연중 가리지 않고 키스 세례를 받고 있다. 그러나 이 조각상은 그림 형제가 괴팅겐에 살았던 시절에는 그 자리에 없었다.

1829년 10월 야코프 그림은 괴팅겐 대학교가 소속된 하노버 왕국의 왕으로부터 정식 초청장을 받는다. 야코프는 괴팅겐 대학 교수직 제안을 수락하면서 단 하나의 조건을 걸었다. 동생 빌헬름도 취직되어야 한다는 것. 둘이 반드시 함께 일하고 싶다는 것이었다. 그렇게 해서 형 야코프는 괴팅겐 대학교 정교수 겸 도서관 책임자, 동생 빌헬름은 같은 연구소의 도서관 사서로 임명되었다. 빌헬름도 1년쯤 지나 특임교수가 되었다가 1835년에는 정교수가 된다.

두 형제는 마차를 타고 괴팅겐으로 떠났다. 빌헬름의 부인과 장남 헤르만이 마차에 동행했다. 형제가 집을 얻은 곳은 현재의 괴테알레Goethealle였다. 그림 형제는 괴팅겐 대학교로 오기 이전에도 본 대학교와 뮌헨 대학교로부터 초청받았지만, 모두 거절했다. 가족들에 대한 책임감도 있었고 나라가 달랐던 탓도 있었다. 야코프는 친구 모이제바흐에게 보낸 편지에서 그 심정을 이렇게 말하고 있다.

"다른 형제들과 마찬가지로 어렸을 때부터 나는 이 헤센과 강하게 맺어져 있었어. 부모님이나 조부모로부터 대를 이어받은 셈이지. 언젠가 다른 땅에 산다는 건 전혀 생각할 수 없는 일이라 줄곧 생각했다네. 생의 대부분을 이 헤센에서 지냈기 때문이야. 내 상상력의 모든 것은 여기에 있으니까."

형제는 카셀을 떠날 때 마음이 편하지 않았다. 오랫동안 형제를 돌봐 주었던 아우구스테 비妃 때문이었다. 그녀는 헤센 공국 선제후의 부인이었는데, 언젠가부터 그녀는 남편 빌헬름 2세와 별거 중이었고, 남편은 애인 라이헨바흐 백작부인을 정식 부인으로 들이려는 상황이었다. 아우구스테 비는 프로이센 왕의 여동생으로, 나폴레옹이 카셀을 점령했을 때 시아버지 빌헬름 1세와 시댁 식구들이 베를린에 망명하게 되자 친정인 프로이센 왕가에 도움을 요청해 시댁을 도왔다. 그 당시 그녀는 동생 빌헬름이 베를린에 있던 자신을 방문해 위로를 전한 인연으로 두 형제를 계속 보살펴 주었고, 형제는 종종 서신을 보내 안부를 전할 정도로 인연이 깊었다.

"비妃 전하! 제가 조국을 사랑하지 않아서 카셀을 떠나는 것이 아니라는 점을 분명히 말씀드리는 것을 허락하여 주십시오. 저희 일가가 몇 세기 이래 봉직하여 온 헤센의 영토를 우리들은 깊은 아픔을 갖고 떠나는 것입니다. 저희들은 확실히 인생의 태반을 지낸 카셀에 대한 애착을 지울 수 없습니다. 어머니도 아이들도 여기 잠자고 있습니다. 이렇게 말하는 것을 용서받고 싶습니다만, 여기는 가족과 노후를 생각했을 때 전망이 보이지 않습니다. 부당한 경시와 참기 어려운 굴욕적인 기분이 저희들을 이렇게 내몬 것입니다."

1823년 빌헬름 2세가 선제후에 즉위한 이후부터 도서관은 완전히 한직이 되어 버렸다. 그는 국정도 제대로 돌보지 않았다. 게다가 두 형제의 쥐꼬리 같은 월급은 몇 년이 지나도록 제자리였다. 다른 사람들은 다 인상해 주는 데 말이다.

그때 도서관장이 사망하는 돌발 사태가 벌어졌다. 도서관의 이인자였던 야코프가 자연스레 관장격인 제1 사서가 되고 빌헬름이 제2 사서로 승진할 줄 알았다. 설사 급료가 낮더라도 본인들의 적성에 맞는 일이었기 때문에 기대하고 있었다. 두 사람 모두 월급을 합해도 워낙 적은 액수였고, 생활은 허덕거렸지만 검소하게 살았기에 그럭저럭 버틸 수는 있었다. 당시 책을 몇 권 냈어도 모자란 생활비를 조금 보충하는 수준이었을 뿐 원고료가 크지 않았다. 그런데 도서관장으로 도서관 일에 전혀 문외한이었던 의외의 외부 인물이 임명된다. 두 형제에게는 치욕이었다.

야코프는 1816년 본 대학교로부터 초빙을 받았음에도 이를 거절했던 것을 무척 후회했다. 그럴 즈음 괴팅겐 대학교로 초빙하겠다는 하노버 국왕의 초청장이 날아온 것이다. 그는 오랜 망설임 끝에 카셀을 떠나기로 했다. 다만 카셀의 집은 그대로 두었다. 막내 남동생이 집주인 딸과 약혼하고 가까운 시일 내에 결혼할 예정이기도 했지만 카셀과 인연을 끊고 싶지 않다는 이유도 있었다.

그림 형제가 괴팅겐으로 떠난다는 소식을 듣고 뒤늦게 카셀에서 야코프를 제1 사서로, 빌헬름을 제2 사서로 올려 주겠다는 통지가 왔다. 하지만 이미 늦었다. 하노버 국왕과 괴팅겐 대학에 대한 예의가 아니었기 때문이다. 그 사이 뮌헨 대학교에서도 야코프와 빌헬름 두 형제를 초빙하겠다는 제안이 왔다. 역시 너무 늦었다. 이렇게 그림 형제를 필요로 하는 곳에서는 반드시 2인분 일자리를 마련해야 했다.

괴팅겐 대학교에서 야코프는 '향토에 관해서'라는 주제로 라틴어로 취임 강의를 했다. 여기서 그는 언어가 갖는 힘을 강조했다. 빌헬름 역시 처음에는 도서관 업무만 하다가 곧바로 형처럼 강의를 하기 시작했다. 지금까지는 글을 쓰는 일이 주된 업무였다면 이제부터는 학생들을 가르치는 기쁨을 알았다. 친구이자 독일어학자인 게오르크 프리드리히 베네게, 저명한 역사학자인 프리드리히 크리스토프 달만, 법률학자 구스타프 후고, 고고학자 카를 오트프리트 뮐러 같은 학자들과 교제했다.

그림 형제의 강의 솜씨는 어땠을까? 수강생 가운데 한 명이 남긴 기록을 보면 야코프는 실력에 비해 강의 솜씨는 뛰어나지 않았던 듯싶다.

> "그의 몸집은 작으나 생기가 넘쳤던 것이 떠오른다. 쉰 목소리로 심한 헤센 사투리를 썼다. 그는 노트 없이, 작은 카드에 몇 개의 이름과 단어, 숫자를 적어 왔을 뿐인데, 비상한 기억력이었다. 반면에 강의는 기대 밖이었다. 확실히 그의 문장에는 굉장한 설득력을 갖는 구체적인 것이 잘 나타나 있었지만, 말솜씨는 글에 못 미쳤다."

그래도 명성이 높아져서 점점 많은 학생이 수강을 신청했다. 처음에는 11명에서 32명, 그 가운데는 영국인 2명도 그의 문법 강의를 들었다. 문학사 강의는 58명이나 신청했다. 그 수는 별것 아닌 것 같지만 당시 괴팅겐 대학교 전교생이 400여 명에 불과했던 것을 감안하면 상당한 것이다. 강의실은 교수의 집이었다. 야코프는 강의 주제를 점차 넓혀 나중에는 타키투스의《게르마니아》도 가르쳤다.

빌헬름은 순수 언어는 형에게 맡기고 〈니벨룽겐의 노래〉, 〈구드룬〉 같은 중세 서사문학을 강의했다. 형에 비해 훨씬 알기 쉽고 구체적이어서 학생들에게 깊은 감명을 주곤 했다. 그의 괴팅겐 대학 교수 취임 강의 주제는 '역사와 문학의 관련에 대하여'였다.

괴팅겐 생활은 월급도 많아져서 경제적으로 걱정이 줄었다. 반면에 어려움도 따랐다. 도서관 일과의 노동 강도가 카셀 때보다 훨씬 높았다. 20만 권의 방대한 장서를 보유한 도서관에서 매일 4시간에서 6시간가량 일을 하는 데다 강의도 해야 하는 이중 부담이 있었다. 책 정리 작업에 시간이 늘 부족했고, 보유 도서 카탈로그를 처음부터 다시 작성해야 했으니 보통 일이 아니었다. 게다가 대학 당국은 관료적이어서 불필요한 서류 작업까지 일일이 요구했다. 강의 준비까지 하다 보니 개인적인 연구 시간이 절대적으로 부족했다.

빌헬름의 건강이 또다시 악화되었다. 한때 심각한 상황에까지 이르렀다. 6개월간 휴직하고 온천수를 마시며 요양하는 수밖에 없었다. 그것을 제외하고 대체적으로 괴팅겐 시절은 경제적으로 안정되어서 강의와 도서관 업무 이외에 틈틈이 언어와 문학, 신화 연구를 해서 값진 저작물들을 잇달아 내놓았다.

그 무렵 유럽은 기술혁신 시대를 맞는다. 강철제로 만든 펜촉이 생겨 글을 쓸 때 이전처럼 날개 펜의 끝을 깎을 필요가 없어졌다. 또 초에 불을 붙일 때 성냥을 이용했다. 글을 쓰는 인생을 살아야 했던 그림 형제에게는 신기술이나 다름없었다.

괴팅겐에서도 형제의 연구 작업은 활기를 띠어 야코프는 오래전부터 시작한 동물 우화 《교활한 여우 라인하르트Reinhart Fuchs》를 1834년에 출판하기에 이르렀다. 야코프는 오딘을 비롯한 게르만족의 신들을 연구한 작업의 결과로 1835년에는 방대한 《독일 신화학Deutsche Mythologie》을, 1837년에는 《독일어 문법》을 내놓는다. 야코프의 《독일어 문법》에 대해 실러는 극찬을 했다.

> "야코프 그림의 《독일어 문법》은 지금까지 생각하는 일도, 시도하는 일도 없었던 저작이다. 거기에는 독일인의 언어의 혼이 살아 흐른다. 야코프처럼 언어의 본질을 꿰뚫은 사람은 없었고 언어의 비밀에 귀를 기울인 사람도 없었다."

형 야코프가 다른 분야의 연구를 하는 동안 동생 빌헬름은 혼자서 《그림 동화집》에 대한 후속 자료를 모으고 정리해서 제3판을 완료했다. 《그림 동화집》 제3판 1, 2권 모두 훌륭한 장정으로 출판되었다.

형제는 지치지 않고 연구해 나갔다. 야코프는 그 공헌이 인정되어 1935년 궁정고문Hofrat이라는 칭호를 받는다. 그리고 두 형제는 공동으로 베를린 왕립 과학 아카데미 회원으로 추서되었다. 해외에서는 이탈리아, 네덜란드, 덴마크, 프랑스, 스웨덴 학회 회원으로 두 형제 모두, 혹은 각각 초빙된다. 캠퍼스 바깥에서 불어오는 정치적 외풍만 아니었다면 안정된 학자로서의 인생은 또 그렇게 흘러갔을 것이다.

하노버 왕국은 나폴레옹 몰락 후 빈 회의의 산물이다. 영국 왕이 하노버 왕을 겸하고 있었다. 1830년에는 빌헬름 4세가 대영제국과 아일랜드, 하노버 왕국의 군주 자리를 동시에 차지했다. 이에 앞서 1701년의 앤 여왕이 죽은 뒤, 왕위 계승법에 의해 독일의 하노버가家에서 영입한 조지 1세 때부터 영국과 하노버 왕가의 결합이 시작된다. 그는 스튜어트 왕조의 제1대 왕 제임스 1세의 증손자였던 탓에 독일에서 태어났지만 영국의 군주를 겸했다.

우리에게 낯선, 이런 군주제를 유럽에서는 동군연합同君聯合, Personal union이라 부른다. 서로 독립된 두 개 이상의 국가가 동일한 군주를 모시는 정치 형태를 말한다. 이 가운데 인적人的 동군연합은 둘 이상의 나라가 단지 같은 군주만을 모실 뿐, 서로의 정부는 완전히 분리되어 있는 독립적인 관계를 일컫는데, 당시 영국과 하노버 왕국이 그러했다. 그런 식으로 계속 왕실이 이어지던 두 나라는 빅토리아 여왕이 즉위하면서 바뀌게 된다. 영국은 여왕이 가능하지만, 하노버 왕국은 남자만이 군주 계승의 자격이 있었던 탓이다.

그렇게 해서 하노버 왕이 된 사람이 에른스트 아우구스트 2세다. '괴팅겐 7교수 사건'은 여기서 시작된다. 이제 막 하노버의 왕이 된 에른스트 아우구스트 2세는 취임하자마자 전임 왕인 빌헬름 4세가 공포한 헌법을 무효화해 버렸다. 이 헌법에 따르면 군주는 자의적으로 국민을 강제하지 못하도록 되어 있었는데, 아우구스트 2세는 헌법 제정

하노버 왕국의 에른스트 아우구스트 2세. '괴팅겐 7교수 사건'은 그로부터 시작된다.

괴팅겐 7교수 사건의 주역들.

과 서약을 무효로 하고 자기에게 편리한 구 헌법을 다시 도입한다고 일방적으로 선언했다. 그리고 포고문까지 내걸었다.

새로운 헌법에 의해 어부지리로 그 자리에 올랐으면서 정작 자신은 그 헌법을 파기하려 한 것이다. 즉각 대학에서는 "신에게 맹세한 선서를 취소할 권한이 국왕에게 있는가"라는 분노의 목소리가 터져 나왔다. 괴팅겐 대학교는 소요로 들끓었다. 그렇지만 모두 행동을 망설이고 있을 즈음 국왕의 횡포에 분연히 나선 사람들이 있었다. 그림 형제였다. 야코프는 국왕의 조치를 개탄하며 행동에 나설 것을 촉구하는 성명을 발표했다.

> "학문은 진실을 가르치는 것뿐만 아니라 필요한 경우에는 목숨을 걸고 그것을 지키기 위하여 행동에 나서야 한다."

다른 교수들의 반응은 어땠을까. 괴팅겐 대학교에는 당시 450명의 교수가 있었다. 대부분의 교수들 역시 헌법 파기에 불만이 있었다. 하지만 적극적으로 반대 의사를 표하는 데는 주저했다. 대부분 침묵으로 일관했다.

바로 그때 그림 형제와 뜻을 같이하는 교수들이 나타났다. 그들은 프리드리히 크리스토프 달만Friedrich Christoph Dahlmann, 빌헬름 에두아르트 알브레히트Wilhelm Eduard Albrecht, 게오르크 고트프리트 게르비누스Georg Gottfried Gervinus, 빌헬름 베버Wilhelm Weber, 하인리히 게오르크 아우구스트 에발트Heinrich Georg August Ewald였다. 1837년 11월 18일,

그림 형제를 포함한 7명의 교수들은 성명을 발표한다. 개혁 헌법의 초안을 마련했던 프리드리히 크리스토프 달만 교수가 성명서 초안을 썼다. 그들의 주장은 간단했다. 법은 법이 아니면 안 된다는 것이었다.

역사는 이들을 가리켜 '괴팅겐의 7인Göttinger Sieben'이라 부른다. 달만의 성명서는 11월 18일에 인쇄되었고 폭발적인 반응을 불러일으켰다. 학생들은 수백, 수천 부에 이르는 성명서를 찍어 독일 전역에 널리 퍼뜨렸다. 분노한 국왕은 주동 역할을 했던 달만, 야코프 그림, 게르비누스, 이렇게 세 명의 교수에 대해 초강경 조치를 내렸다. 즉각 해고였다. 그들은 해고 통고를 받은 후 사흘 이내에 하노버 왕국을 떠나야 했다.

이때 야코프는 쉰둘, 빌헬름은 쉰하나였다. 남자에게 쉰이란 나이는 생존을 위해 '나'라는 주어가 없을 때이다. 자칫 '나'를 주장하다간 잃을 것이 너무도 많다. 책임져야 할 식솔도 널려 있다. 지위, 명성, 생활, 이 모든 게 한순간 물거품이 될 수 있다. 더욱이 그들은 가난이란 게 무엇인지 안다. 돈이 없으면 어떤 상황에 처하는지 뼈저리게 체험하며 살아왔다. 오로지 두 형제만의 힘으로 여기까지 올라왔다. 그럼에도 불구하고 위험을 무릅쓰고 결연히 나선 것이다. 1837년 12월 16일, 일요일 아침, 야코프는 다른 두 해직 교수들과 함께 필요한 최소한의 짐만 챙겨 마차에 올랐다.

괴팅겐 7교수의 용감한 행동은 즉각 전 독일에 퍼져 나갔다. 그들의 용기를 응원하는 메시지가 독일 전역에서 답지했다. 작센 왕국의 국왕은 "이들 7명의 교수는 언제나 환영한다"는 메시지를 내렸고, 이에 화

괴팅겐 7교수 사건과 독일 내의 검열을 풍자한 캐리커처.

답하여 라이프치히에서는 이 의인들을 구하자는 소리가 높아 갔다. 베를린, 예나, 마르부르크에 이르기까지 추방된 교수를 돕자는 '괴팅겐 협회'가 설립되었다. 곧 전국적인 반향을 불러일으켜 구원 자금이 각지에서 모금되었다.

야코프는 자신이 항의에 가담하기로 결정한 이유를 객관적인 서술 형식으로 담아 '나의 해직에 관하여'라는 제목의 글을 썼다. 하지만 괴팅겐의 하노버 왕국과 카셀의 헤센 공국은 물론이고 독일 연방 내에서는 인쇄가 불가능했다. 그리하여 결국 1838년 스위스 바젤에서 간행될 수 있었다. 야코프의 문장은 자못 엄숙하다.

"역사는 우리에게 위험을 무릅쓰고 왕들의 얼굴 앞에서 완전한 진리를 말했던 숭고하고 자유로운 사람들을 보여 준다. 이 자격은 그에 합당한 용기를 가진 자에게 있다. 종종 그들의 고백은 열매를 맺으며, 이따금씩 그들을 해치기도 하지만, 그들의 이름은 해칠 수 없다. 역사를 반영하는 시간은 제후들의 행동들이 과연 정의로웠는지 끊임없이 묻는다. 이런 선례는 급박한 상황에서 신하들의 입을 열게 하고 그 끝이 어떠하던지 마음을 달래 준다."

괴팅겐 7교수들이 국왕에 맞섰던 행동은 즉각 다른 정치 운동으로 이어지지는 않았다. 그러나 이들의 용감한 행동은 대중과 미디어의 큰 주목을 받았고, 독일이 군주제 사회에서 민주주의와 법치주의 공화국으로 전환하는 데 중요한 촉매 역할을 했다. 상대적으로 프랑스나 영국에 비해 뒤처졌던 독일 자유주의의 전진에 큰 영향을 미쳤다. 특히 독일 지식인 사회에 7교수들은 행동하는 지식인의 표상과 양심의 횃불이었다. 괴팅겐 대학교는 이 사건으로 한동안 깊은 상처에 시달렸다. 명예도 실추되었다. 19세기 말 수학과와 물리학과를 중심으로 다시 명성을 되찾을 때까지 오랜 시간을 기다려야 했다.

나는 괴팅겐 대학교를 둘러보며 괴팅겐 7교수의 발자취를 찾아보았다. 아쉽게도 눈에 띌 만큼 큼직한 기념비는 찾기 힘들다. 강당에 작은 동판 하나, 그리고 문헌학과 언어학과 건물을 '그림 형제 강의 동棟'이라 명명했을 뿐이다. 2011년이 돼서야 작가 귄터 그라스가 '괴팅겐 7교수 광장'이라 명명된 곳 구석에 그들을 기리는 조각품 하나를 세웠을 뿐이다. 그는 이 조각을 'G7'이라 불렀다. 정작 괴팅겐 7교수의 동상은 하노버의 니더작센 주 의회 근처에 있다.

결과적으로 괴팅겐 7교수의 성명서의 여파는 독일 전역과 유럽 각 지역에서 큰 반향을 일으켰다. 어느덧 야코프 그림은 참여 지식인, 그리고 개혁적 인물의 아이콘이 되어 있었다. 그를 만나려는 사람들이 곳곳에서 몰려들었다. 야코프는 일에 집중하기 곤란했다. 그래서 마음도 달랠 겸 여기저기 여행을 떠난다. 그때 생전 처음 기차를 경험한다. 때마침 1835년부터 뉘른베르크에서부터 퓌르트까지 독일 최초의 단기간 열차가 개통되었다.

"나는 녹초가 되어 돌아올 때는 증기기관차를 기다리면서 퓌르트 마을에 있는 작은 자작나무 숲에서 쉬었다. 기차는 선로 위를 덜거덕, 쉭 하는 소리를 내며 아주 빨리 달리고 있었다."

여행으로 조금 마음을 누그러뜨린 야코프는 카셀에서 화가 동생 루트비히 에밀과 함께 살았다. 때마침 루트비히 에밀이 살고 있는 건물의 1층이 비어 있었다. 야코프는 빌헬름의 가족을 위해 이 집을 얻어야겠다고 생각했다. 그는 단 한 번도 동생네와 떨어져 살겠다고 생각해 본 적이 없었기 때문이다. 1838년 10월 17일 마침내 동생 빌헬름과 식구들, 그리고 가재도구와 서적을 실은 세 대의 짐마차가 카셀에 도착했다. 이 집이 바로 그림 형제 박물관 옆에 있는 쇠네 아우스지히트 거리 9번지에 있는 건물이다. 그날 야코프는 이렇게 기록하고 있다.

"나는 마음이 가벼워졌다. 외부의 어떤 고난도 우리의 기분을 흔들지는 못한다."

그림 형제, 특히 야코프의 강인한 정신은 여기서도 확인된다. 절대로 굴복하지 않는다. 그는 키도 작고 미남도 아니다. 가난한 집안에 밑으로 챙겨야 할 동생들이 줄줄이 달린 장남이다. 가진 것이라고는 머리밖에 없었지만 넘어질 듯하면서도 그때마다 오뚝이처럼 의연히 일어나는 복원력을 가진 사람이다. 돈도 없고 직장도 없지만 시대를 탓하지 않고 또 다른 시대를 묵묵히 기다리고 있었다.

베를린 시대

정치적 추방을 당한 지도 이미 3년이란 세월이 흘렀다. 어느덧 야코프는 쉰넷, 빌헬름은 쉰셋이 되었다. 대개 이쯤 되면 무척 지치고 자포자기 심정이기 쉽다. 과거의 이름으로, 옛 명함으로 안주하기 마련이다. 이미 믿어지지 않을 정도로 정열적인 작업으로 위대한 학술적 업적도 이뤘으니 그러해도 되지 않을까.

하지만 그림 형제의 펜은 그러나 도무지 멈추는 법이 없었다. 추방되어 있는 동안에도 샤를마뉴 대제의 용감한 장수 롤랑의 모험을 그린 중세시대 서사시 〈롤랑의 노래〉를 새롭게 펴내는 등 저술 활동을 왕성하게 계속하고 있었다.

그때 그림 형제에게 또 한 번의 전환점이 다가왔다. 멀리 베를린으로부터 날아온 소식이었다. 당시 베를린 대학교에서 중요 보직을 담당하고 있던 은사 사비니 교수와 작고한 친구 아르님의 부인 베티나가

클레멘스 브렌타노의 여동생이자 아힘 폰 아르님의 부인 베티나는 그림 형제와 매우 가까운 관계를 유지했다. 그녀 역시 메르헨 수집에 기여했다.

그림 형제를 위해 발 벗고 나섰다. 마르부르크 학창 시절부터 알게 되어 친구로 지냈던 베티나는 베를린에서 살롱 문화를 이끌고 있던 문화계의 주목받는 인사였다. 베티나와 사비니 교수는 두 형제를 베를린 왕립 과학 아카데미에 입회시키기 위해 뛰어다녔다. 독일어 사전을 편찬한다는 목적이라면 기금을 받아 경제적 고민에서 해방될 수 있을 것이라는 생각에서였다. 두 형제는 이에 앞서 카셀에서 독일어 사전 편찬 작업이라는 거대한 프로젝트를 의뢰받아서 막 시작하려던 참이었다.

때마침 베를린의 정치적 상황에 변화가 왔다. 프리드리히 빌헬름 3세가 서거하고, 프리드리히 빌헬름 4세가 왕위를 계승하면서 분위기가 확 바뀌었다. 프리드리히 빌헬름 4세는 황태자 시절부터 국민들의 기대가 높았다. '권좌의 로맨티스트Romantiker auf dem Thron'가 그의 별명이었다. 언론 자유를 확장하고 과학자나 시인, 예술가들 주변에 두

프리드리히 빌헬름 4세.

고 있었다. 데모를 하다 투옥되었던 학생 단체 부르셴샤프트 회원을 석방하는가 하면 추방된 다른 지식인에게 교수직을 주는 등 잇단 화해 조치를 내렸다.

베티나는 즉각 새로운 왕에게 영향을 미칠 수 있는 알렉산더 폰 훔볼트에게 달려갔다. 그림 형제를 베를린으로 초청하게 도와줄 것을 간곡히 부탁했다. 이 소식을 전해들은 하노버 왕이 방해 공작을 펼쳐 잠시 난항을 겪기도 했으나 다행히 큰 문제는 되지 않았다. 훔볼트의 진언을 받아들여, 마침내 그림 형제를 베를린으로 초청하게 된다. 여기에는 당시 프로이센 문화장관이었던 카를 프리드리 아이히호른Karl Friedrich Eichhorn도 한몫했다. 그는 야코프가 파리 출장 갔을 때 알게 된 사이다. 1840년 11월 2일 마침내 베를린 왕립 과학 아카데미로 초청한다는 편지가 도착했다.

"국왕 폐하께서 형제가 이제까지 오랫동안 함께 독일어, 독문학, 역사의 연구로 쌓아 온 업적에 대해 특히 관심을 기울이시고, 귀하 및 동생을 독일어 사전 편찬이라는 이 어려운 일에 종사하도록 수도 베를린으로 와서 안심하고 그 일을 계속할 수 있도록 원조하고 싶다는 것입니다."

베티나는 훔볼트에게 그림 형제가 갖고 있는 경제적 상황을 하소연하며 정부가 원래 예정하고 있던 급료보다 훨씬 더 올려 줘야 한다고 거듭 부탁했다. 결국 베티나의 뜻이 관철되었다. 그림 형제는 베를린 왕립 과학 아카데미 회원에 임명된 데다 파격적인 급료 지급이 결정되었다. 지난 3년 동안 아무런 직위 없이 추방자의 신분으로 카셀에서 지내고 있었는데 전혀 예상치 않았던 곳에서 기쁨이 찾아왔다. 마치 그림 형제가 세상에 내놓은 위대한 작품《그림 동화집》의 주인공처럼, 다 끝났다고 생각한 순간 어디선가 행운의 미소가 찾아온 것이다.

괴팅겐 7명의 교수들 가운데 나머지 5명은 그 사이에 어떤 행로를 밟았을까. 동양학자 하인리히 게오르크 아우구스트 에발트 교수가 제일 먼저 튀빙겐 대학교에 초빙되었고, 법학자 빌헬름 에두아르트 알브레히트는 라이프치히 대학교에서 강의를 시작했다. 물리학자 빌헬름 베버 역시 라이프치히 대학교에, 그리고 성명서를 대표 집필한 프리드리히 크리스토프 달만은 본 대학 교수가 되었다. 게오르크 고트프리트 게르비누스는 하이델베르크 대학교로 갔다. 이렇게 차례로 새로운 대학에서 일자리를 찾았다.

잠시 베를린이 수도였던 프로이센의 당시 상황을 살펴보자. 프로이센은 나폴레옹에게 쓰라린 패배를 겪고 난 뒤, 대대적인 국가 개혁에 들어갔다. 국가 재건의 모델은 프랑스였다. 합스부르크 가문의 오스트리아가 다민족 국가였던 데 반해 프로이센은 단일민족이어서 개혁 작업이 보다 효율적일 수 있었다. 프로이센 개혁가들은 권력과 통제력을 한곳에 집중시키는 유례없는 중앙집권 국가 건설을 준비해 갔다.

주체 세력은 관료, 군인, 법률가였다. 그 가운데 재상이 된 카를 폰 슈타인Karl von Stein 남작과 카를 아우구스트 폰 하르덴베르크Karl August Fürst von Hardenberg가 국가 개혁을 진두지휘하여 하루가 멀다 하고 개혁 법령을 발표했다. 거의 혁명적 열정이었다. 낡은 직업군인 대신 출신 성분에 관계없이 시민군 제도로 바꾸고, 정부와 관료 제도를 효율적으로 근대화시키며, 엘베 강 동쪽에 아직 유지되고 있던 농노제 폐지, 유대인의 법적 보장, 사법제도 근대화, 경제활동과 자본 투자에 대한 규제 완화 등 국가의 거의 모든 부분에 해당되었다.

그런가 하면 교육에서는 훔볼트 형제의 형 빌헬름 폰 훔볼트가 1809년 교육장관에 임명되어 혁신적인 교육 개혁에 착수했다. 지금의 훔볼트 대학교는 그의 주도로 설립된 근대식 학교다. 이 모든 개혁의 정점인 프로이센의 왕은 선출된 국민대표자와 동등한 권리 갖고 정책을 논할 수 있는 국민의회 창설을 기약했다.

경제적으로 보면 독일은 이웃나라들보다 훨씬 늦은 1835년에서야 비로소 뉘른베르크에서 퓌르트 사이에 단지 6킬로미터의 선로를 깔았

왼쪽 알렉산더 폰 훔볼트. 오른쪽 빌헬름 폰 훔볼트.

을 뿐이다. 당시 벨기에는 20킬로미터, 프랑스에는 141킬로미터, 영국은 544킬로미터에 이르는 철도망이 이미 깔려 있었다. 3년 뒤인 1838년에는 베를린과 포츠담 사이에 단기 노선이 개통되고, 드레스덴과 라이프치히 사이에 최초로 장거리 노선이 개설되는 등 비약적인 발전을 거듭한다. 1848년에는 무려 5,000킬로미터에 이르는 철도망이 구축된다. 이것은 프랑스의 두 배, 오스트리아의 네 배가 넘었다.

여기에는 1834년 프로이센의 재무장관 프리드리히 폰 모츠Friedrich von Motz의 빛나는 아이디어가 큰 역할을 했다. 모츠 장관은 '독일관세동맹'이라는 아이디어를 내고, 독일연맹국의 참여를 독려했다. 메테르니히가 이끄는 오스트리아의 견제를 뚫고 이때쯤이면 39개 독일연맹 가운데 28개 국가를 참여시켰다. 그 결과 연맹 국가 사이에 철도망을 개통할 수 있었다. 이는 곧바로 철도 건설 비롯한 철강 관련 산업에 예기치 못한 호황을 가져와 기관차, 부속품, 기계 공장, 부품 산업 일대

호경기를 맞게 된다. 수요가 늘고 가격 높아지고, 도시에는 지방으로부터 값싼 노동력이 몰려들어 기업가에게는 전례 없는 황금시대가 도래했다. 베를린, 슐레지엔, 작센, 라인란트, 루르 지방에는 안정된 일자리가 많다는 소문을 듣고 독일 역사상 최대 규모의 인구 이동이 촉발된다. 엘베 강 동쪽에서는 베를린으로 일자리를 찾아 물밀듯 사람들이 몰려들었다. 도처에 새로운 은행과 주식회사가 설립되었다. 1850년에서 1870년 사이 독일관세동맹 지역 내 유통된 은행권에 투자된 자본의 총량이 세 배나 늘었다. 1844년에 베를린 한 도시에 있는 서점을 전부 합하면 같은 시기 오스트리아 국가 전체의 서점 수보다도 더 많았다. 프로이센의 국운은 기운차게 뻗어 나가고 있었다.

그림 형제가 베를린으로 향하던 시점은 바로 그 무렵이었다. 1840년 12월 8일, 야코프는 우선 이사할 집을 마련하기 위해 홀로 베를린에 도착한다. 당시 베를린은 이미 인구 32만 8,000명이나 되어 대가족이 함께 살 집을 구하기 쉽지 않았다. 급성장하는 대도시가 그러하듯 베를린은 주택 사정이 넉넉하지 않았다. 집을 구하기 위해 먼저 베를린에 도착한 야코프는 동생에게 흥분된 목소리로 전하고 있다. 새벽 4시 45분 베를린에 도착한 직후에 쓴 편지 내용이다.

> "이제 곧 훔볼트가 나를 왕에게 데리고 갈 것이다. (……) 베를린만큼 아름다운 도시는 세상에 없는 것 같다."

형제는 각각 작업을 위한 서재도 있어야 했으므로 제법 큰 집이 아니면 안 되었다. 다행히 친구들의 도움으로 나무와 숲이 무성한 티어가르텐Tiergarten 부근에 집을 얻을 수 있었다. 산책을 좋아했던 형제에게 잘 어울리는 주변 환경이었다. 가족들은 주변의 궁성과 웅장한 건물의 위용에 놀란다.

1841년 3월 형제는 베를린 르네 거리 8번지로 이사를 한다. 티어가르텐은 페터 요제프 르네의 계획에 따라 영국 스타일로 개조한 도심 속의 거대한 공원으로, 르네 거리는 그의 이름을 기린 것이다. 티어가르텐 공원 근처에는 1830년대 이래 유명한 건축가들의 설계로 멋진 빌라들이 세워졌다. 이 지역은 당시 베를린의 관료들과 돈 많은 기업인, 정치가와 외교관, 그리고 교수들까지 거주해서 '라틴 쿼터', 혹은 '추밀원 구역'이라는 별명으로 불렸다. 지식인들이 몰려 있는 지역이었다. 집에서 운터덴린덴 거리 8번지에 있던 베를린 왕립 과학 아카데미까지는 걸어갈 수 있는 거리여서 편리했다.

형제는 베를린 왕립 과학 아카데미 회원 자격으로 각각 베를린 대학교에서 취임 기념 강의를 하게 된다. 마침내 다시 대학교로 돌아온 것이다. 베를린 대학교는 지금의 훔볼트 대학교를 가리킨다. 그림 형제의 영원한 조력자이자 친구인 베티나는 아들에게 보낸 편지에서 상세히 그날의 광경을 전하고 있다.

> "야코프가 강의실에 들어서자 환호성이 울려 퍼졌고 그 소리는 그치지 않았다. 600명가량의 학생들이 몰려드는 바람에 제일 큰 강당으로 장소를 옮겼다. 그가 통로에 들어서자 문 쪽에 있던 학생들이 만세를 불렀다.

곧바로 굉장한 불꽃이 올라가고 만세 소리가 강당을 가득 메웠다. 학생들은 의자에 올라가 모자를 흔들며 박수를 쳤다."

베를린 대학교에서 한 첫 강연의 감동적인 광경이다. 취임 강연에서 야코프는 조용히 이야기를 시작했다. 자신들이 지금까지 겪은 운명의 장난에 대하여 이야기하며 불평하거나 힘들다는 말 대신 오히려 지금보다 더 나아갈 수 있는 에너지가 되었다고 강조했다. 또한 야코프는 지금까지 해 온 고대, 중세에 대한 연구가 현대와 동떨어진 것이 아니라 독일 국민이 추구하고 있는 통일과 자유를 얻는 데 큰 도움이 될 것임을 강조했다.

동생 빌헬름이 베를린 대학교에서 최초로 한 강의는 중세시대 영웅시 〈구드룬〉에 관한 것이었다. 몇 백 명의 수강생이 열광적인 박수로 그를 맞았다. 그는 자신이 걸어온 길의 의미에 대해 간략히 언급하면서 〈구드룬〉 해설과 니벨룽겐과의 관계에 대해 명쾌하게 설명해 나갔다.

대학교에서 야코프는 타키투스의 《게르마니아》와 신화, 독일법의 고대 유산, 독일어 문법을 주제로 강의했다. 빌헬름은 강의에 능수능란했던 데 반해 야코프는 힘들어 했다. 학생 때 두 형제의 강의를 모두 들은 역사학자 트라이치케Heinrich von Treitschke는 이렇게 평가했다.

"야코프는 위대한 연구가였으나 강의 교수로서는 부적격이었다. 그는 원래 선생에는 어울리지 않았고 강의할 때 매우 안절부절못한다. 이에 비해서 빌헬름은 훌륭한 선생이었다."

야코프는 1848년까지, 그리고 빌헬름은 1852년까지 교단에서 학생들을 가르쳤다. 그 후로는 저술에 전념했다. 두 사람은 베를린 사교계에서도 유명 인사들이 서로 초대하고 싶어 했다. 여기에는 프로이센의 국왕, 황태자, 외교 사절도 포함되었다. 심지어 야코프는 그동안의 공적이 인정되어 1842년 5월 31일 국왕으로부터 상수시 궁 만찬에 초대되고 이튿날 아침 훈장을 수여받기에 이르렀다. 다음 해 1월에는 빌헬름도 샤를로텐부르크 궁에서 열린 만찬회에 형과 함께 초대받았다.

게르마니스트 회의와 정치 활동

그림 형제는 베를린으로 초빙된 1841년 이후 프로이센의 수도에 머물며 강의와《독일어 사전》을 집필하며 경제적으로 큰 어려움 없이 지낼 수 있었다. 그렇다고 그들이 지식인의 울타리 안에서만 머물렀던 것은 아니다. 점차 변화하는 시대의 요구에 맞춰 보다 적극적으로 나서게 된다. 원하든 그렇지 않든 그들은 이미 자유와 통일의 아이콘이 되었다.

1840년대는 한편에서는 자유와 평등을 외치며 왕정을 타도하는 움직임이 있었고, 또 다른 한편에서는 애국주의의 목소리가 울려 퍼지던 복잡한 때였다. 빈 회의 결과 독일에서는 모두 39개 국가 혹은 자유도시가 독일연방Deutscher Bund이라는 형태로 느슨한 유대를 이루고 있었다. 하지만 군주들은 헌법을 제정하겠다던 국민과의 약속을 파기하고 언론을 탄압했고, 국민들의 원성은 커졌다.

이때 프랑스와 독일 사이에서는 다시금 긴장이 조성되었다. 왕정으로 복귀한 프랑스가 또다시 라인 강 유역의 영토를 빼앗으려는 움직임을 보였던 것이다. 독일 각 지역에서는 자발적인 민족주의 운동이 여기저기서 일어났다. 체조의 아버지로 알려진 프리드리히 루트비히 얀Friedrich Ludwig Jahn의 '투겐트분트Tugendbund(도덕연맹)' 조직이 부활했다. 신체 단련과 국방을 강화하자는 민족운동이었는데, 여기에 '합창연맹Gesangverein' 같은 단체까지 결성되었다. 이는 독일 최초의 전국적 규모의 노래 축제로 민족 감정을 부채질했다.

1840년대는 민족기념물의 전성기로 수백 년간 미완의 상태였던 쾰른 대성당을 완공하기 위한 대역사가 시작되었고, 로마군을 격파한 게르만 장수 헤르만을 기념하는 비가 데트몰트 근처에 세워졌다. 독일에서 민족주의란 주로 프랑스와 경계를 짓기 위한 개념이었다.

19세기 중반으로 갈수록 독일에서는 자유와 통일에 대한 열망이 점점 더 커져 갔지만 정치 현실은 제자리걸음이었다. 그러자 독어독문학, 독일 역사, 독일 법을 연구하는 게르마니스트들만이라도 우선 한자리에 모이는 것이 어떻겠느냐는 생각이 커져 갔다. 학자들만이라도 우선 한데 모여 생각의 통일이라도 이루자는 의도였다. 그림 형제가 발기인을 맡았고 괴팅겐 7교수 사건 때 함께 해직된 달만, 게르비누스, 저명한 작가이자 시인인 울란트, 친한 친구이며 학자인 라하만, 아룬트, 랑케 교수 등 200명 정도가 참석 의사를 밝혔다.

오랜 진통 끝에 독일 게르마니스트 회의가 마침내 1846년 9월에 열렸다. 장소는 유구한 역사를 자랑하는 프랑크푸르트 시청사인 뢰머였다. 지난날 신성로마제국 황제 선거가 행해지던 그 역사적인 방에서 첫 번째 회의가 개최되었다는 것만으로도 그 의미를 읽을 수 있다. 학자들은 지금까지 바이에른 왕국, 헤센 공국, 작센 왕국으로 각각 다른 국적을 갖고 있었지만, 이제 처음으로 자기가 소속된 국가의 신민이 아니라 국경을 넘어 '독일인으로서' 함께 모인 것이다. 회의가 시작되자 최우선 안건은 의장 선출이었다. 울란트가 입을 열었다. 그는 작가이자 시인, 고대 독일시를 연구하던 사람으로 후에 튀빙겐 대학교에서 독어독문학을 가르치던 유력 인사였다.

그는 제1회 게르마니스트 회의의 의장으로 야코프 그림을 추천한다. 회의장은 터져 나갈 듯 박수가 울려 퍼졌다. 만장일치로 야코프 그림이 제1회 게르마니스트 회의 의장에 선출되었다. 이것은 게르만 어학과 문학의 아버지로서의 공적이 인정되었음을 의미했다. 그는 독일어가 게르만어의 하나라는 사실을 입증했고, 같은 언어를 말하는 민족은 하나의 국가여야 한다는 생각을 갖고 있었다.

동생 빌헬름은 이 회의에서 독일어 사전 편찬에 관한 현황을 보고했다. 우선 사전에 참조할 언어의 용례는 루터에서 시작해 괴테에서 끝나는 것이 좋다고 강조했다. 특히 괴테의 언어는 아무리 퍼 와도 마르지 않는 소중한 샘 같다고 존경의 마음을 전했다. 그림 형제는 "루터에서 괴테에 이르는, 이 3세기 동안 저술된 언어를 전달하고 싶다. 모아진 자료를 정리하고 손을 봐서 가까운 시일 안에 출판할 수 있게 하고 싶다"고 포부를 밝혔다.

1847년 9월 제2회 게르마니스트 회의는 북쪽에 있는 도시 뤼베크에서 열렸는데, 야코프가 재차 의장에 선출되었다. 여기서 야코프는 언어, 법, 역사 등 세 개 분야에서 뛰어난 업적을 쌓은 연구자로 찬양되었다. 답례 인사를 해야 했던 야코프는 단상에 올라 겸손하게 말했다.

"지금까지 살아오며 제가 사랑한 것은 단지 조국뿐이었습니다."

제2회 게르마니스트 회의가 열린 직후 야코프는 《독일어 역사Geschichte der deutschen Sprache》라는 두 권짜리 책을 출간하는데, 빌헬름은 이 책이 야코프의 특징이 가장 잘 나타난 작품이라고 평했다. 이에 야코프는 서문에서 비슷한 생각을 전하고 있다.

"내가 좋아서 한 것은 커다란 대로에서 옆으로 비켜나 좁은 밭고랑을 갈고, 누구도 따려고 하지 않는 숨은 초원의 작은 꽃을 따는 일이다."

이 무렵 독일과 유럽에서는 또 한 차례 거대한 정치적 소용돌이가 인다. 1848년 3월 혁명이다. 역사책에서는 1848년 3월 혁명이 태동하기까지를 가리켜 '3월 전기前期'라 부르는데, 넓은 의미로는 1815년 빈 체제가 확립되어 1848년 혁명이 일어나기 전까지며, 좁은 의미로는 1830년대부터 1848년까지의 시기를 말한다. 19세기가 되면서 독일의 인구는 가파른 속도로 증가해서, 1816부터 1864년까지 약 50년 동안 54퍼센트까지 증가했다.

1828년과 1830년에는 흉작으로 사회불안이 생겨났고 그 와중에

1830년 프랑스 7월 혁명이 일어났다. 이를 계기로 독일 각지에서 식량 폭동과 민주화 운동이 겹쳐 발생했다. 그 결과 1831년 작센 왕국에서는 라이프치히, 드레스덴에서의 폭동을 계기로 헌법이 발포되면서 본격적인 정치 개혁이 시작된다. 1832년에는 2만 명 이상 대중을 모은 함바흐 축제Das Hambacher Fest가 열려 출판, 집회의 자유와 독일 통일을 외쳤다. 괴팅겐 7교수 사건이 있었던 하노버 왕국에서조차 결국 1833년 헌법이 반포되기에 이르렀다.

일을 해도 노동자의 생활은 피폐했고, 정부와 군주에 대한 국민들의 불만은 고조되었다. 1846년 봄 흉작으로 1847년에는 많은 사람들이 굶어 죽었다. 마르크스와 엥겔스가 '공산당 선언'을 한 것은 바로 그 무렵 1848년 2월이었다. 마르크스와 엥겔스의 친구였던 독일 시인 게오르크 베르트Georg Weerth는 신랄한 풍자시 〈굶주림의 노래Das Hungerlied〉를 남겼을 정도로 상황이 심각했다.

존경하는 폐하
당신은 이 비참한 이야기를 알고 계신가
우리들은 월요일에 조금 먹고
화요일에는 먹지 않았다
수요일에는 공복을 견디지 않으면 안 되며
목요일은 곤궁했다
아아, 금요일에 우리는
하마터면 아사할 판이었다

그러니 토요일은 빵을
구워 달라, 딱 맛있는 것을
그렇지 않으면, 일요일에는 당신을 붙들어서
먹어 줄 것, 아아, 폐하, 당신을 말이다!

낭만주의 시인이었던 하이네는 그 무렵 풍자시인으로 변모했는데, 그의 혁명적 시집 《독일, 어느 겨울동화》와 《신시집Neue Ged ichte》에서 조국의 어두운 현실을 한탄했다. 〈슐레지엔의 직조공〉이란 시는 열악한 독일 노동자들의 실태를 고발하고 있다.

음울한 눈에 눈물도 비치지 않고
그들은 베틀에 앉아 흰 이빨을 드러낸다
독일이여, 우리는 너의 수의를 짠다
우리는 속으로 세 겹의 저주를 짠다
우리는 짠다. 우리는 짠다!

이때 프랑스에서 2월 혁명이 일어나 루이 필리프 왕이 추방되고 다시 공화국 정부가 수립되었다. 이 소식은 순식간에 독일 전역으로 퍼져 나갔다. 독일연방을 이루던 국가의 거의 모든 수도에서 심한 소요가 발생했다. 대체적으로 언론 자유, 정당 결성, 민병대 창설 등을 요구하며 궁극적으로 국민의회를 열 것을 요구했다. 전역에 민족주의적 분위기가 고조되어 거리마다 흑 · 적 · 금의 삼색 깃발이 나부꼈다. 심지어 정부 타도를 외치는 강경파도 적지 않았다. 빈에서는 온건 세력이 갑자기 급진 세력에 밀려 메테르니히는 영국으로 망명해 실각하고, 황제는 인스브루크로 피신하기에 이르렀다. 다민족 국가였던 오스트리아의 거의 모든 지역에 민족 봉기가 발생했다. 빈 회의 이후 근간을 이뤘던 메테르니히 체제의 기둥이 속수무책으로 무너진 것이다.

베를린에서도 "권좌의 로맨티스트"라 불렸던 빌헬름 4세가 괴팅겐 7교수 사건의 주역인 그림 형제를 초청하는 등 개혁적인 모습을 보였던 초기와 달리 보수적으로 돌아서서 국민들을 실망시켰다. 마치 통일운동 선봉장 역할을 할 것처럼 인기에 영합하는 발언을 하다가 갑자기 돌아선 것이다. 베를린 여기저기서 집회가 열리는 일촉즉발의 상황 속에서 마침내 3월 18일 군대가 발포하는 상황이 벌어졌다. 시민들은 베를린 시내 200여 개 장소에 바리게이트를 쌓고 저항하며 시가전을 벌여 결국 200여 명이 희생되었다. 빌헬름 그림은 카셀에 있는 동생 루트비히 에밀에게 상세한 상황을 전했다.

"3시쯤에는 이미 비참한 전투가 시작되었다. 14시간 남짓 2,000명에서 3,000명가량의 군대가 가두에서 시민과 싸운 것이다. 드문드문 펑펑 소리를 내며 저격병의 총소리가 울렸다. 특히 밤이 되니까 대포나 산탄포가 작렬하고 무서운 광경으로 변했다. 여러 곳에서 불길이 피어올랐다. 대포가 잠시 그치면 소름 끼치는 경고의 종소리가 들렸다."

위기감을 직감한 왕은 결국 스스로 팔에 흑 · 적 · 금의 삼색 완장을 달고, 정치범을 석방하고 자유주의 내각을 구성함으로써 폭동은 겨우 진정되었다. 흑 · 적 · 금 삼색은 나폴레옹 해방전쟁 당시 뤼트초프 장군이 이끈 의용단이 착용했던 제복의 검은색, 장식 띠의 붉은색, 단추의 황금색에서 유래한 것으로, 많은 학생들이 의용군에 참여했기에 애국심의 상징과도 같았다. 이 삼색은 지금 독일의 국기가 되었다. 결과적으로 국왕이나 군주가 퇴위한 곳은 바이에른의 루트비히 1세뿐이었다.

이런 소용돌이의 결과 1848년 5월 18일, 흑 · 적 · 금 삼색 깃발이 나부끼는 아래 프랑크푸르트 파울 교회에서 사상 첫 국민의회가 열렸다. 성인 남자로서 보통, 평등 선거에 의해 구성된 585명 대표들 가운데 330명만이 참석했다. 그림 형제에서는 야코프가 선출된 반면 빌헬름은 빠졌다. 그밖에 울란트, 게르비니우스 같은 사람들이 의원으로 선출되어 마치 게르마니스트 회의를 보는 듯했다. 초대 의장으로 신망이 있었으며 헤센의 자유주의 왕당파인 하인리히 폰 가게른Heinrich von Gagern 공작이 선출되었다. 다양한 색깔의 사람들과 저마다 독일연방 각국에서 잘 알려진 명사들이 주축이 되었기에, "명사들의 회의" 혹은 "교수의회"라는 말도 나왔다. 이러한 과정에서 다민족 중심의 오스트리아 제정과 깊은 연대 의식을 느낀 보헤미아 출신의 의원들은 국민의회 참석을 거부하기도 했다.

시작할 때는 기대가 높고 기상이 하늘을 찔렀다. 국민기본법(헌법) 제정과 독일 통일 문제가 논의된다는 기대가 국민들 사이에 넘쳐 났다. 하지만 기대가 높으면 높을수록, 감격의 강도가 강하면 강할수록

야코프 그림은 1848년 독일 국민의회 의원에 선출되어 프랑크푸르트 파울 교회에서 열린 회의에 참석했다. 왼쪽 아래에 필기도구를 든 사람이 야코프 그림이다.

실망의 강도도 더 깊은 법이다. 야코프는 프랑크푸르트에 도착한 이후 회의의 비효율성을 절감했다. 대표자들은 통일되어야 한다는 당위성만 강조하고, 정작 어떤 형태를 띠어야 하는가의 문제를 두고 의견 통일이 안 되어 분열이 극심했다. 군주국이냐 공화제냐, 통일을 한다면 오스트리아를 넣은 대大 독일제로 할 것인가, 아니면 프로이센 중심의 소小 독일제로 할 것인가로 시간이 계속 흘러갔다.

야코프의 입장은 분명했다. 빈 회의 때 생각했던 것과 사고방식에 변화가 있었다. 입헌군주제를 하자는 것과 자유 권리의 확장, 그리고 프로이센의 지도 아래 통일을 주장했다. 이 무렵 야코프가 분명하게 갖고 있던 생각은 계급제도의 폐지였다. 지금은 당연하게 생각되지만 그 당시 독일에서는 아주 급진적인 것으로 받아들여졌다.

이 회의는 1849년 3월 30일까지 계속되었다. 그러나 야코프는 실망감을 감추지 못하고 약 4개월간 체류 후 중도에 회의장을 나와 베를린으로 돌아갔다. 이런 상황 속에 슐레스비히 홀슈타인 문제Schleswig-Holstein question(슐레스비히와 홀슈타인 두 공국의 귀속 문제를 두고 독일과 덴마크 사이에서 벌어진 분쟁)가 발생해 실망한 시민들이 프랑크푸르트 파울교회 바깥에서 시위를 벌여 시가전 상황으로 치닫자 프로이센과 오스트리아 군대에 의해 진압되었다.

결국 이 국민의회에서는 논란 끝에 헌법이 공포된다. 국가에 대한 개인의 권리는 얼마간 인정되었지만 사회보장이나 참된 자유는 전혀 고려되지 않아 불만이 남았다. 프로이센 왕에게 독일 황제 취임을 요구했으나 이마저 거절당했다. 독일 통일은 멀어지고 헌법은 공중에 뜨고 말았다. 야코프는 낙담했다.

결국 이 일로 야코프는 의원을 사직하고 동시에 대학교에서도 빠져나왔다. 그동안 그림 형제는 정치 문제에 적극적으로 의견을 개진하고 행동해 왔다. 그들의 투쟁은 개인의 영달을 위한 외도가 아닌 조국에 대한 뜨거운 애정에서 비롯됐다. 하지만 더 이상 정치에 기대하는 것은 없어졌다.

여행자
그림 형제

《그림 동화집》에서 주인공들은 언제나 길을 떠난다. 그림 형제는 어쩌면 유럽에서 목가적인 여행을 경험한 최후의 세대였다. 1830년대 초 독일의 남쪽 지방을 여행할 때 야코프가 기록하고 있는 우편마차를 타고 가던 모습을 보면 당시의 풍경을 상상할 수 있으리라.

"나는 언제나 포장이 걷힌 앞자리에 앉아서 땅 위를 덜거덕거리며 달려갔다. 눈앞에 펼쳐지는 풍경, 마차를 끌면서 달리는 말들, 처음에는 빨간 조끼를 입고, 다음에는 파란 조끼, 최후에는 황색 조끼를 입은 마부가 보였다. 마부의 등 뒤로 호각이 덜렁거렸는데, 결코 그것을 부는 일은 없었다. 초원을 지나면 밤에는 특히 건초 향이 나고, 또 숲을 지나면 낙엽이나 전나무의 열매 향이 났다."

야코프는 바람을 맞더라도 역마차의 앞자리에 앉는 것을 선호했다. 마차를 타고 가는 여행은 현대인이 생각하는 것처럼 낭만적이지 않았다. 대부분 우편 수송용 역마차를 이용했는데, 시인들이 노래했던 것과는 달리 길은 형편없고, 마차는 대단히 불편했으며 마부는 무례하고 철면피라서 그들의 행동에 대한 불만이 끊이지 않았다. 바람을 막아주는 지붕과 덮개가 있는 포장마차라면 그나마 다행이지만, 그마저도 없다면 온몸으로 바람을 맞아야 했다.

그림 형제는 여행만큼은 함께하기 힘들었다. 그것은 빌헬름의 건강 때문이었다. 병치레가 잦은 빌헬름은 멀리 갈 수가 없어서 평생 독일이라는 영토를 벗어나 본 적이 없었다.

반면에 형 야코프는 평생 많은 곳을 돌아다닌 부지런한 여행자였다. 아직 마르부르크 대학교 학생이던 시절 사비니 교수의 부름을 받아 파리로 떠나면서부터 여행자로서 야코프의 인생이 시작되었다. 당시에는 아주 장거리 여행이었던 파리까지 가면서 그의 시야는 넓어진다.

여행은 투자다. 특히 젊어서는 더욱 그렇다. 비록 야코프는 파리 출장 때문에 대학 졸업장을 손에 쥐지는 못했지만 그 대신에 파리라는 최고의 도시에서 문헌학과 고전에 어떻게 학문적으로 접근해야 하는지 배웠다. 무엇보다 당대 최고의 외국어인 프랑스어를 익혀 둔 것은 두고두고 그의 확실한 자산이 된다.

야코프는 철저한 현지 자료를 조사하는 스타일이어서 1831년 스위스를 비롯한 남부 독일을 여행하고 1834년에는 벨기에로 자료 조사를 위해 부지런히 출장을 떠났다. 그때까지 여행이란 대부분 우편을 전달하는 역마차를 타고 가는 것을 의미했다. 야코프는 베를린에 정착하면서 본격적인 개인 여행이 시작되었다. 이탈리아를 시작으로 덴마크와 스웨덴을 여행하고, 그리고 다시 빈과 프라하로 여행을 떠났다. 휴양 여행은 야코프에게 새로운 경험이었다. 이전까지의 여행이란 모두 출장 아니면 이사나 이동이 목적이었다. 나이도 들고 경제적으로 안정화되었으며 책임감으로부터 한숨 돌릴 수 있는 상황이 주어진 덕분이다. 그리고 동생 빌헬름 가족들에게 잠시라도 자유를 주려는 생각도 있었다.

누구에게나 죽기 전에 꼭 한 번 하고 싶은 소망이 있다. 그것을 버킷리스트라 말한다. 야코프에게 버킷 리스트는 이탈리아였다. 1843년 8월, 야코프는 어느덧 쉰여덟의 나이가 되어 오랜 꿈이었던 이탈리아 여행길에 오른다. 전통적인 역마차를 타고 장거리 철도도 이용했다. 당시의 철도 여행 역시 지금처럼 쾌적한 것이 아니어서 객석에 바람이 정면으로 불어 닥치는 바람에 힘들었던 것 같다. 중간에 증기선을 이용해 바다를 건너지만 풍랑에 뱃멀미를 하고 남부 이탈리아에서는 무더위로 극심한 고생을 한다. 그의 이탈리아 여행은 프랑크푸르트—바젤—알프스—밀라노—제노바—(바다 위의 증기선 3일)—나폴리—폼페이—로마—피렌체—볼로냐—베네치아—베로나—인스브루크—뮌헨—베를린, 거의 3개월에 걸친 코스였다.

유심히 살펴보면 괴테의 이탈리아 기행 코스를 따라간 듯싶다. 아마도 세계 최고의 기행문《이탈리아 기행》을 읽고 마음속에 남모를 꿈을 안고 있지 않았을까. 야코프는 이 여행 내내 이탈리아 자연경관에 경탄한다. 알프스 북쪽, 일조량이 적고 비바람이 심한 독일에서 온 여행자에게 이탈리아는 감탄의 대상일 수밖에 없다.

"이탈리아에서 기분이 상쾌했던 것은 세 가지 때문이다. 즉 자연의 위대함과 숭고함, 풍부한 역사, 그리고 가는 곳마다 기다리고 있는 예술 조형물들이다."

제노바에서 나폴리로 가던 배 위에서 바라본 해안의 아름다운 풍경, 새파란 하늘, 에메랄드빛 바다, 파도의 물보라, 올리브나무 숲, 수목처럼 커다란 포도나무 밭, 지중해의 소나무 군락 모든 것이 동경의 대상이었다. 그의 관찰력과 감수성은 젊은 날의 괴테에 비해 전혀 떨어지지 않았다. 나이가 든다고 감수성이 퇴보하는 것은 아닐 테니까. 바티칸 궁전이나 교회를 구경하고 미켈란젤로, 라파엘로, 레오나르도 다 빈치의 예술에 매료되어, "그들의 작품에 나타난 타오르는 것 같은 삶이 나의 마음을 사로잡"았던 것이라 기록하고 있다. 나폴리의 서민적인 뒷골목과 피렌체 귀족들의 집, 베네치아의 궁전, 이런 것들에 어쩔 줄 모르고 빠져들지만 야코프의 마음을 완벽하게 사로잡은 곳은 역시 로마였다. 자연, 역사, 예술의 삼위일체였다.

"로마에서는 고대 로마의 포럼 경치가 무엇보다도 뛰어났다. (……) 거기에는 말할 수 없는 고요와 위대함이 있다. 고대 로마인들의 반쯤 부서진 건물이 나의 눈에 다가온다. 사원이나 원주, 둥근 천장, 콜로세움, 모두가 자연에 딱 어울려서 완전한 모습을 보이고 있다. 나는 몇 달이라도 그 주위를 걸어 다니며 보고 싶었다."

이탈리아 여행 1년 뒤 1844년 여름, 이번에는 이전과는 완전히 반대로 북쪽 스칸디나비아 여행 코스를 택했다. 먼저 슈테틴에서 배를 타고 코펜하겐으로 향했다. 코펜하겐 프레데릭스보르 성을 보고, 발트해를 건너 스웨덴 예테보리로 향했다. 지금이야 독일에서 덴마크, 스웨덴까지는 모두 다리가 건설되어 육로로 연결되어 있지만, 그때는 무조건 배를 타야 했다. 예테보리로 가는 도중 바다에 풍랑이 일어 승객들은 뱃멀미를 했지만, 야코프는 이탈리아 여행 경험이 있어서인지 멀미를 면했다고 한다.

스톡홀름은 북유럽의 베네치아라는 별명을 갖고 있다. 그만큼 아름답고 매력적인 항구 도시다. 야코프는 스톡홀름에 도착해 감라스탄 지구에 있는 왕궁을 방문하여 국왕을 알현했다. 스웨덴 국왕은 그림 형제의 북유럽 언어와 문학을 깊이 있게 연구한 데 대한 치하의 말을 남겼다.

아름다운 왕궁과 환상적인 스톡홀름의 바닷가 풍경에 야코프는 감동한다. 북유럽의 청회색과 남유럽의 코발트블루를 비교하며, 이곳의 평탄한 바다가 갖는 또 다른 아름다운 풍경에 푹 빠져든다. 스칸디나비아의 여름은 위도가 높은 탓에 여름이면 백야에 가깝다. 야코프는 그 부드러운 빛 속의 아름다운 경치를 십분 향유했다.

야코프는 여기서 북쪽에 위치한 유구한 역사를 자랑하는 웁살라 대학교를 방문한다. 그리고 훌륭한 도서관 건물과 고딕 돔에 매료된다. 그는 반드시 도서관을 가게 되면 진귀한 사본이나 고문서를 일일이 손으로 베꼈다. 어디를 가든 자신이 '도서관 순례자'임을 잊지 않았다. 당시의 여행은 지금보다 훨씬 돈도 시간도 많이 들기 때문에 일단 떠난 만큼 한 가지라도 더 건지자는 심사였을 것이다. 야코프는 북유럽의 언어 형식과 특성, 모음의 아름다움을 말하고 있는데, 역시 언어의 천재가 아니면 느끼기 힘든 감수성이다.

"스웨덴과 덴마크 시인들의 시는 이 나라를 행복하게 하고 마음을 사로잡는다."

야코프는 1847년 여름에는 프라하의 도서관에 찾아가 자료를 모았다. 당시 프라하의 상류층은 독일어를 사용했다. 1853년 이미 고령에 접어들었는데도 불구하고 다시 스위스를 방문한 뒤 남프랑스의 마르세유까지 갔다가 이탈리아 북부를 경유해 베네치아에 들른다. 베를린으로 돌아올 때에는 오스트리아를 지나 프라하를 방문해서 그곳에 몇 주 동안 머물렀다. 이때도 역시 그는 도서관에 들러 고문서나 사본 읽는 것을 빼먹는 법이 없었다.

그러면 동생 빌헬름은 어땠을까. 건강 때문에 멀리 갈 수 없었지만, 젊은 시절 요양을 위해 할레에 갔다가 돌아오는 길에 베를린을 들러 망명 신분이던 헤센의 아우구스테 세자빈을 만난 것과 바이마르에서 괴테를 만난 것은 그림 형제의 인생에 있어서 결정적인 행운으로 작용한다. 빌헬름은 그 후에도 사비니 교수의 부름을 받고 라인 강으로 낭만 여행을 떠나 본격적으로 낭만주의 예술 세계와 애국의 현장을 체험하게 된다.

결혼해 가정을 꾸린 뒤로는 휴가 때면 멀지 않은 곳이나마 가족 여행을 즐기기 위해 애썼다. 물론 이사를 위해 카셀과 괴팅겐, 베를린을 오간 것은 제외하고 말이다. 빌헬름은 늘 건강에 신경이 쓰였지만 그래도 호기심이 많아 새로운 운송의 혁명을 적극적으로 즐겼다. 베를린 체류 첫해 휴가를 맞아 식구들과 기차를 타고 작센과 튀링겐, 헤센, 프랑켄 지방으로 떠났다.

4년 뒤 이번에는 어릴 적 고향인 하나우와 슈타이나우를 여행하면서 어릴 때 태어난 집 앞에 서서 이미 다른 사람이 살고 있는 집 안을 창 너머로 바라보기도 했다. 형과 놀던 어린 시절을 회상하는 감수성 풍부한 50대의 남자 빌헬름, 그의 눈에 비친 고향집은 어떤 모습이었을까.

슈타이나우에서는 지난 시절과 별로 달라지지 않은 좁은 골목길과 옛날과 똑같은 모습을 하고 있는 빵집 앞에 머물며 지금은 세상에 없는 누이동생 샤를로테가 우유빵을 사러 갔던 때를 회상했다. 그리고 아버지가 일하고 가족들이 살았던 생가를 보고, 묘지를 참배했다. 감수성 풍부한 남자 빌헬름은 고향의 풍경을 회상하며 '그림 스타일 Gattung Grimm'이라는 독창적인 문체를 창조하게 된다.

빌헬름 가족은 슐레지엔 지방을 자주 방문했다. 그곳으로 가기 위해서는 지금 체코와의 국경선에 있는 리젠게비르게 산맥을 넘어야 하는

데, 그 산속을 즐겨 산책했다. 그가 또 좋아했던 곳은 "동화와 전설의 산"이라는 하르츠 산과 튀링겐 숲이다.

빌헬름은 1846년 프랑켄 지방으로 떠나 밤베르크와 뉘른베르크의 역사적 기념물과 예술을 만났다. 1848년에는 지금 독일과 폴란드의 국경인 오데르 강 유역에 있는 휴양지의 매력이 흠뻑 빠져든다.

"모래땅 베를린 근처에 이런 기분 좋은 곳이 있다는 것을 믿을 수가 없다. 아름다운 산, 푸른 초원, 범선이 떠다니는 강, 굉장한 참나무 숲, 거기에는 깊은 계곡이 있고 마음이 명랑해지는 것 같은 조용함이 있다."

1849년에는 하르츠부르크를 방문하고 1852년에는 요양을 위해 다시 가족과 튀링겐 여행을 떠나 아이제나하의 이름 없는 작은 마을에 투숙한다. 그곳에서 빌헬름과 식구들은 마음 가는 대로 삼림욕을 즐기고 조용한 마을의 목가적인 분위기를 만끽했다.

빌헬름은 사망하기 1년 전인 1858년에 하르츠 산에 별장을 지어 괴테의 《파우스트》 배경으로 유명한 브로켄 산을 올랐다. 거기서 산의 신선한 공기와 계곡과 숲을 즐겼다. 자연이야말로 빌헬름을 위로하는 유일한 것이었다. 이것이 그의 마지막 여행이었다.

독일어 사전과 그림 형제의 죽음

프랑크푸르트 국민의회가 실망으로 끝나자 야코프는 1848년 베를린 대학교 강의마저 그만둔다. 단지 베를린 왕립 과학 아카데미 일만 남았다. 빌헬름은 1852년까지 교단에 섰다.

노년기에 접어든 그림 형제에게는 이제 단 하나의 거대한 작업만이 남아 있었다. 바로 독일어 사전 편찬 작업이다. 원래 이 프로젝트는 1838년 3월 라이프치히 대학의 독문학자인 모리츠 하우프트와 출판업자 카를 라이머, 살로몬 히르첼이 야코프를 찾아오면서 시작되었다. 당시 그림 형제는 괴팅겐 7교수 사건으로 해직되어 카셀에 추방된 상태였다. 이들은 야코프에게 상세한 독일어 사전의 편찬을 간곡히 의뢰한다. 물론 야코프는 이미 여러 가지 학술 작업을 동시다발적으로 진행하고 있어서 여의치 않아 고사했다. 더구나 이 사전은 간단한 소사전 형태가 아니라 독일어를 집대성한 대사전이었다. 아무리 힘들다고 손을 저어도 주변의 기대감은 커져만 갔다.

그림 형제에 앞서 독일어 사전 편찬이 없었던 것은 아니다. 루터의 제자가 1540년에 만든 《신 독일어 사전》을 시작으로 1578년 《게르만어 문법》이 각각 시도된 적이 있었다. 하지만 이는 단지 학문적 소재로만 한정되었을 뿐 일반인을 대상으로 한 것도 아니고 규모도 작았다. 이후 헤르더와 클롭스톡, 레싱 같은 문인들이 독일어 사전의 필요성을 역설했다. 괴테 역시 "독일어가 일반적인 사전이라는 형태로 간행되는 것이 필요"하다고 말했다. 1823년 프리드리히 아놀트 브록하우스라는 사람이 스스로 출판사를 차려 《브록하우스 백과사전》을 냈고, 독일정신사를 형성하는 데 지대한 공헌을 했다.

그림 형제가 이 프로젝트에 착수하기로 승낙한 데에는 경제적인 이유도 없지 않았다. 괴팅겐 대학교에서 해고된 뒤 전국적인 모금 활동 덕분에 지원이 없었던 것은 아니지만 형제는 그것이 부담스러웠다. 결국 사전 편찬 작업을 하기로 결정했다. 이 사전에는 300여 년간 발간된 문학 작품에 나오는 모든 독일어가 수록돼 있다. 독일어의 변천 과정은 물론 어원적 의미, 일상 용법, 숙어와 격언 등을 망라한 내용을 담기로 했다.

사전은 한 사회의 지적 능력을 반영한다. 사전을 보면 그 나라의 역사와 그 역사에 축적된 지식과 정보의 수준을 알 수 있다. 사전 편찬은 꼼꼼하고 끈기만 요구되는 것이 아니다. 그에 못지않게 요구되는 덕목이 창조성이다. 높은 수준의 지적 창조성이 뒷받침되지 않으면 안 되는 어렵고도 까다로운 작업이 사전 편찬이다.

마치 하늘의 수많은 별에도 운명이 있는 것처럼, 방대한 독일어 사전 편찬 프로젝트가 야코프라는 언어의 천재와 문장력이 뛰어난 빌헬름에게 맡겨진 것은 독일 국민들에게는 무척이나 다행스러운 일이었다. 하지만 개인의 희생과 열정에만 기대고 있는 독일의 한심한 상황에 대해 울분 섞인 야코프의 목소리를 우리는 읽을 수 있다.

"사전 편찬은 다른 민족에게 있어서는 참된 국가 사업으로 여겨져 왔다. (……) 많은 나라들에서는 이미 방대한 자금을 써서 왕립 아카데미의 충분한 후원 아래 실행되고 있으나 독일에서는 개인 학자가 단지 친구의 협력을 얻어서 행해지고 있는 것이다."

그림 형제는 1838년 12월에는 처음으로 이미 30명을 넘는 언어학자나 친구, 다른 학자들의 협조를 얻는 데 성공했다. 1839년 독일 최초의 방대한 독일어 사전 편찬 작업은 이렇게 카셀의 작은 방에서 그 위대한 첫발을 내딛게 된다.

독일어 사전 편찬 계획은 프로이센 국왕의 초청을 받아 형제가 베를린 왕립 과학 아카데미에서 일하게 되는 원동력이 되었다. 그림 형제는 매년 한 권씩 발간하여 8~10년 정도 지나면 완간할 수 있으리라 예상했다. 하지만 워낙 꼼꼼하고 완벽주의를 기하는 성격이라 작업은 더디게 진행되었다.

그림 형제는 베를린에서 처음 5년 동안은 동물원이 파노라마처럼 보이는 경관 좋은 르네 거리 8번지에서 살았다. 이후 잠시 도로테엔

《독일어 사전》 권두에 실린 그림 형제의 사진. 왼쪽이 동생 빌헬름, 오른쪽이 형 야코프.

거리 47번지로 이사했다가 1847년 5월, 링크 거리 7번지로 이사한다. 형제는 이 집에서 생을 마친다. 햇볕이 잘 들고 통풍도 좋아 쾌적했던 집이었다. 게다가 큼직한 방도 여럿 있어서 작업에 편리했고, 평생 모은 서적이나 문헌 정리에 도움이 되었다. 빌헬름의 아들인 헤르만은 방 안의 모습을 이렇게 기록하고 있다.

> "도서관 사서처럼 두 형제는 서적을 조심스럽게 늘어놓고 문헌을 마치 자신들의 제자처럼 신경 쓰며 다뤘다."

마치 철인처럼 달리던 야코프도 베를린에서 조금씩 쇠약해지고 있다. 아카데미 회원이 되었다는 것은 적지 않은 의무감이 따른다는 것이고 게다가 독일어 사전 편찬이라는 거대한 프로젝트가 부담이었다. 죽음의 공포를 느껴 미리 유서를 써 놓기도 했다. 1841년 9월 야코프는 유언장에는 이렇게 쓰고 있다.

"누구에게도 폐를 끼치지 않고 싶으며, 또 사전이 나의 죽음으로 인해 중단된다면 지금까지 많은 비용을 쏟아 부은 출판사에게 어떤 형태로든 피해를 보상하고 싶다. (……) 혈연으로 연결되는 자의 사랑은 이 세상에서 제일 신성하다는 것, 내가 그리운 어머니를 생각하는 것처럼 나의 일을 생각해 주기 바란다."

숱한 역경 속에서도 언제나 의연함을 잃지 않았던 야코프는 "흉막이 쇠약하여, 말을 하면 통증이 있고 쉰 목소리가 난다"고 고통을 호소하기도 했다. 의사로부터 광천수 음용 요법이 좋다는 처방을 받아 잠시 강의를 중단한 적도 있었다.

빌헬름은 1842년 2월 걱정했던 심장병이 재발했다. 그해 여름에 체력 소모도 심해져서 수개월 동안 의식이 몽롱해지고 심지어 가끔 의식을 잃는 경우도 있었다. 빌헬름은 병이 조금 나아지면서 강의를 속개했는데, 1843년 2월 24일 그의 생일 저녁 때 많은 학생들이 횃불을 밝히고 집에 찾아와 학생가를 부르며 그의 생일 축하했다. 학생들에게 우상인 빌헬름은 이 자리에서 감사함을 표시하면서 조용히 돌아갈 것을 호소했다.

"불과 1년 전 나는 중병으로 자리에 누워 있었습니다. 언젠가 여러분 앞에 다시 서서 이야기할 수 있기를 바랐지만 불가능했습니다. 그러나 나는 많은 것을 손에 넣었습니다. 오늘 여러분이 내게 보여 준 따듯한 마음의 징표를 대단히 기쁘게 생각합니다. 지금까지 해 온 연구에 대한 여러분의 사랑 표현으로 받겠습니다. 지금까지의 연구는 조국을 포괄하는 것입니다."

이런 상황 속에서 독일어 사전 편찬 작업은 계속되었다. 1852년 5월 1일 결국 《독일어 사전》 제1권의 1차분이 인쇄되어 나왔다. 프로젝트를 제안받은 지 14년 만의 일이었다. 때마침 라이프치히 서적 시장에 출품했더니 대단한 호평과 주문이 쇄도해 금방 베스트셀러가 되었다. 출판업자인 살로몬 히르첼은 야코프에게 기쁨을 전했다.

"이 사전은 서적상들의 중심 화제였습니다. 몇 사람의 사기꾼을 제외하면 그들 모두 이 사전에 대해 가장 호의적이었습니다. 당연한 일이나, 금세기 가장 위대한 문학적인 기획에 상응하는 현상입니다."

그 무렵 또 다른 동생 카를 프리드리히의 부음 소식이 들려왔다. 1845년에 먼저 사망한 페르디난트와 마찬가지로 카를 프리드리히도 결혼하지 않고 불우한 인생을 살다가 세상을 떴다. 언제나 형들의 걱정인 동생들이었다. 《독일어 사전》 제1권이 마침내 완성된 것은 1854년 2월, 16년에 걸쳐 수집하고 분류한 일의 첫 단락이 매듭지어졌다. 2단 조판으로 총 1,824단 분량이었다.

1859년 1월 그림 형제에게 평생의 후원자였던 베티나 폰 아르님의 사망 소식이 전해졌다. 그림 형제 일가는 찢어지는 아픔으로 슬픔을 함께하는데, 그해 10월 빌헬름 장남 헤르만과 베티나의 딸 기젤라가 결혼하게 되어 그것으로나마 위로를 받는다.

그리고 그해 12월 16일에는 빌헬름이 사망한다. 마침 함부르크에 가 있던 형 야코프는 급전을 받고 동생 곁으로 돌아와 임종을 지켰다. 회색빛 구름이 낮게 깔리고 차갑고 음습한 공기가 지배하는 베를린의 전형적인 겨울 지옥 날씨 속에서 장례식은 거행되었다. 빌헬름은 1856년에 새로 생긴 장크트 마테우스 교회St. Mattäus Kirchhof 묘지에 매장되었다. 무덤에 마지막 한 줌의 흙을 던지는 것은 야코프의 몫이었다. 동생을 잃은 야코프의 비통함은 그 어떤 말로도 표현하기 쉽지 않았을 것이다.

동생 빌헬름이 세상을 떠나고 약 6개월 뒤에 프로이센 왕립 아카데미에서 빌헬름 추도회가 열렸다. 이때 야코프는 빌헬름에 대한 추억을 청중들에게 말했다. 동생에 대한 추억을 떠올리며 더듬더듬 말을 이어갔다.

> "학생 시절에 작은 방 하나에서 우리는 함께 살고 하나의 침대와 하나의 책상에 앉아서 공부했습니다. 그러다가 같은 방에 두 개의 침대와 두 개의 책상이 나란히 있었습니다. 언제나 같은 지붕 아래서 사이가 틀어지는 법도 없이, 서로 방해하는 일도 없이, 물건이나 책도 함께 썼습니다. 머지않아 우리 최후의 침대도 그렇게 나란히 놓일 거라 생각됩니다."

야코프는 이 말에 이어 동생과 함께한 가장 유명한 작품《그림 동화집》을 손에 들었다. 이 책은 동생이 가장 사랑한 책이라고 강조하면서, 형제의 남모를 우의에 대해 말했다.

"이 메르헨의 책을 손에 들 때마다 내 마음이 흥분되고 요동칩니다. 왜냐하면 어느 페이지를 펴더라도 동생의 모습이 눈앞에 나타나니까요."

어눌했지만 솔직했고, 감동적이었다. 결국 이 연설은 야코프의 최후의 연설이 된다. 세상에 형제는 많지만 그림 형제와 같은 형제는 찾아볼 수 없다. 그들은 단순한 형과 동생이 아니라 운명 공동체였던 것이다.

얼마 후 몸과 마음을 추스른 야코프는 다시 책상 위로 돌아왔다. 이미 귀도 잘 들리지 않는 상황 속에서도 투혼을 발휘해《독일어 사전》원고 집필을 마저 해 나갔다. 동생 빌헬름은 'D' 항까지 마무리하고 세상을 떠났다.

막내 남동생 루트비히 에밀마저 사망했다는 소식이 들려왔다. 그림 형제의 어머니는 모두 9명의 아이들을 낳았지만 모두 먼저 죽고 야코프만 홀로 남았다. 마치 모든 동생들의 뒤를 돌봐 주기 위해 태어난 사람 같았다.

1863년 9월 20일 밤 10시 20분, 야코프가 영원히 잠들었다. 78세. 동생 빌헬름이 세상을 떠난 지 약 4년 뒤였다. 8월에 빌헬름 가족들과 하르츠로 여름 휴양 여행을 다녀온 직후였다. 장례식은 24일 오전 10시, 빌헬름이 잠들어 있는 베를린 쇠네베르크 장크트 마테우스 교회

노년의 그림 형제. 왼쪽이 동생 빌헬름, 오른쪽이 형 야코프.

묘지에서 거행되었다. 위대한 학자, 시대를 이끈 애국자, 용감한 참여 지식인, 아름다운 형제, 세상의 모든 어린이들에게 꿈을 준 동화의 스토리텔러가 세상을 뜬 것이다. 생전의 소망대로 그는 동생 옆에 나란히 누웠다.

그림 형제는 자신들이 필생의 업으로 삼았던 《독일어 사전》을 온전히 마무리 짓지 못하고 눈감았다. 그토록 소망했던 독일 통일도 지켜보지 못했다. 《독일어 사전》 작업은 그 후 계속되어 최고의 언어학자들이 관여했다. 제1차 세계대전, 바이마르 공화국, 나치 시대에도 계속되었다. 동서독으로 분단되었을 때조차 중단되는 법이 없었다.

그리고 마침내 1960년 동독의 베를린 과학 아카데미와 서독의 괴팅겐 과학 아카데미의 협력으로 사전은 완성되었다. 그림 형제가 구상을 가다듬고 생각을 공표한 후 마지막 항이 출판될 때까지 122년의 세월이 흘렀다. 《독일어 사전》은 1971년 연표까지 합해서 모두 33권이었다. 최종 모두 3만 3,872쪽에 이르렀다.

그림 형제가 주도한 이 《독일어 사전》은 단순한 검색용이 아니라 풍부한 인용으로 마치 문화 사전 같았다. 훗날 작가 토마스 만은 이 사전을 가리켜 "숭고한 기획", "문헌학의 기념비"라 극찬할 정도였다. 여러 세대에 걸쳐 수많은 언어학자들이 집필에 참여한 끝에 완성된 이 사전은 영국, 프랑스, 네덜란드, 스웨덴 등 유럽 각국 사전의 표본이 됐다. 유로 이전 독일의 화폐였던 마르크의 최고 단위는 1,000마르크였는데, 그 지폐의 앞면은 그림 형제, 그리고 뒷면은 《독일어 사전》의 이미지가 실려 있었다. 형제의 업적에 대한 오마주였다.

모국어를 잃어버린 민족은 죽은 민족이다. 야코프 그림이 사망한 지 11년이 지나 역사학자 야코프 부르크하르트는 '다가오는 영어의 패권'이란 제목의 강연을 통해 영어의 지배와 군소 언어의 몰락을 경고했다. 그림 형제는 평생에 걸쳐 "모국어의 힘Die Macht der Muttersprache"을 강조했다. 《독일어 사전》 편찬 작업으로 인해 그들의 정신은 불멸의 위대한 유산으로 남았다.

그림 형제를 만나러 가는 길

모든 여행에는 종착역이 있다. ICE 고속철도는 종착역인 베를린에 나를 내려 주었다. 베를린, 내가 20년 전, 그림 형제라는 이름을 처음 만난 바로 그 도시다. 베를린은 "4개의 A급 오케스트라와 328개의 박물관이 있는 도시"였다. 그 사이 많이 변해 있었다. 서에서 동으로 무게 중심이 급격히 이동하고 있었다. 이전에 가장 번화한 곳이 '쿠담'이라 부르는 서베를린의 쿠어퓌어스텐담 거리였다면, 이제는 포츠담 광장과 프리드리히 거리가 그 자리를 발 빠르게 대신하고 있다. 동베를린의 프렌츨라우어베르크는 요즘 젊은 예술가들이 가장 좋아하는 곳이다.

베를린 포츠담 광장으로 발길을 향한다. 포츠담 광장은 19세기 후반에서 20세기 중반까지 유럽에서 가장 붐비고 화려한 곳이었다. 유럽 대륙 최초의 신호등이 세워졌고, 1838년 베를린에서 남서쪽으로 25

킬로미터 떨어진 포츠담으로 가는 철도 노선이 개통되어 본격적인 철도시대가 개막될 때 기차역이 이 광장에 있었다. 그런 연유로 포츠담 광장이란 지명을 얻었다.

그림 형제가 베를린에 초청받아 왔을 때는 1841년으로 이제 막 철도시대가 개막된 직후였다. 각각 56세, 55세에 도착해, 형은 22년 그리고 동생은 18년 동안 살다가 세상을 떴다. 나도 역시 형제와 비슷한 나이에 이 도시를 다시 찾았다.

지난 100년간 가장 극적인 운명을 겪은 곳 하나를 들라고 하라면 그것은 포츠담 광장일 것이다. 그곳은 한때 그라운드 제로Ground Zero였다. 이 말은 9 · 11 테러로 한순간에 폐허로 변한 뉴욕 월드 트레이드 센터를 가리키지만, 어찌 보면 그 원조는 포츠담 광장이다. 모든 것이 파괴되어 희망이라고는 찾아볼 수 없는 완벽한 무無의 장소였다. 제2차 세계대전 때 연합군의 융단폭격과 시가전의 여파로 단 한 개의 건물도 살아남은 것이 없었다. 이보다 더 확실한 도시 파괴는 역사상 찾아보기 힘들 것이다. 그 뒤로 포츠담 광장 한가운데에 베를린을 동과 서로 나누는 암울한 장벽이 세워졌다. 55년 동안 황량하게 방치되어 있었고, 포츠담 광장이란 이름은 하나의 회색빛 전설로 남아 있었을 뿐이다.

그러나 세상은 극적으로 바뀌었다. 포츠담 광장은 이제 유럽에서 가장 주목받는 핫 플레이스로 변모하고 있다. 누군가 현대 건축의 흐름을 알고 싶다면 무조건 베를린 포츠담 광장으로 가야 한다. 세계적 거장 렌초 피아노Renzo Piano가 설계한 다이믈러 벤츠 건물과 그 일대 지구, 내연기관을 연상케 하는 영국 출신의 리처드 로저스Richard Rogers의 창의적인 주상복합 건물, 헬무트 얀Helmut Jahn이 후지 산에서 영감을 받아 설계했다고 하는 소니 센터의 유리 돔…… 이렇게 포츠담 광장 주변 19개의 최첨단 건물들 하나하나가 흡사 살아 있는 야외 건축 박물관 같다. 여기에 작품을 남겼다는 것 자체가 세계 일류 건축가의 반열에 올라섰다는 뜻이기에 경쟁이 치열했고, 건축을 공부하는 학생들에게는 필수 견학 코스로 자리 잡았다. 포츠담 광장은 유서 깊은 베를린 영화제가 열리는 곳이어서 하루 종일 대형 관광버스가 줄을 잇는다. 이처럼 완전하게 파괴된 상태에서 완벽하게 다시 일어난 곳이 또 있을까.

독일어 단어 가운데 '가이스트Geist'라는 말이 있다. 한국에서는 '정신'이라 번역되지만 일본인들은 이 단어를 '혼魂'이라 부른다. 비슷하지만 혼이라는 번역이 원뜻에 조금 더 가까운 듯싶다. 결코 굴복하지 않고 다시 일어서는 건강한 정신을 포츠담 광장에서 발견하게 된다.

그곳에 그림 형제는 살았다. 처음에는 르네 거리 8번지에서 거주했다가 이후 잠시 도로테엔 거리 47번지로 이사한다. 그러다가 1847년 5월, 링크 거리 7번지로 옮겨 그곳에서 생의 마지막 순간을 맞았다. 자료에 따르면 그 집은 포츠담 광장에서 가까운 곳이라 적혀 있지만 지도에는 그런 지번이 없다. 이럴 때는 걸어서 육안으로 직접 확인해 보는 게 더 효율적인 법이다. 포츠담 광장에서 리처드 로저스가 건축한 마치 엔진처럼 생긴 건물 방향으로 걸으면 그 뒤편으로 알테 포츠다머 거리가 나온다. 이 거리 5번지에 와인하우스 겸 레스토랑 건물이

베를린에 있었던 그림 형제의 집 연구실. 형제는 책상을 서로 마주 보게 하고 공간을 함께 썼다.

있다. 두리번거리니 이 건물 뒤편에 작은 글씨로 안내 문구가 새겨져 있는 동판이 살며시 보였다.

"여기 건너편 링크 거리 7번지에서 그림 형제가 1847년부터 사망할 때까지 살았으며 일했다. 두 형제는 통일된 독일 국가를 이룩하기 위한 선구자들이었다. 그들의 필생의 작품으로는 《독일어 사전》과 유명한 《그림 동화집》이 있다. 그림 형제는 근대 독어독문학의 창시자라 할 수 있다."

이 집은 포츠담 광장 주변에 위치해 있어 교통도 좋고 베를린 왕립 과학 아카데미까지 걸어서 15분 거리다. 게다가 햇볕이 잘 들고 통풍도 좋아 쾌적했다고 한다. 큼직한 방도 여럿 있어서 형제가 연구와 평생 모은 서적이나 문헌 정리에 도움이 되었다고 한다. 그들이 소장했던 책 대부분은 형제가 강의했던 훔볼트 대학교 도서관에 기증되어 학술용으로 보관되고 있다. 형제의 손끝이 닿아 있을 훔볼트 대학교를 찾아가 볼 차례다.

브란덴부르크 문에서 동쪽으로 이어지는 대로가 유명한 운터덴린덴Unter den Linden이다. '보리수나무 아래에서'라는 뜻을 가진 이 거리는 17세기 신흥 왕국 프로이센의 새로운 위세를 장식하기 위해 브란덴부르크 문에서 왕궁까지 1,000그루의 보리수나무를 심은 까닭에 그처럼 운치 있는 이름을 얻었다. 1658년 모두 베인 보리수나무들은 1820년 4열로 질서 있게 다시 심어져 오늘날의 모습을 보이고 있다.

파리에 개선문과 샹젤리제 거리가 있다면, 베를린에는 브란덴부르크 문과 운터덴린덴 대로가 있다. 총 길이 1,390미터, 이 거리를 따라 독일의 모순된 근대사와 현대사가 담겨 있다. 인류의 진귀한 보물이 몰려 있는 화려한 박물관 섬, 프로이센 왕실 교회였던 베를린 돔, 미국 대사관과 러시아 대사관 같은 주요국의 공관이 있고 프로이센 때부터 이어져 온 위풍당당한 건물들이 줄지어 있다. 제국주의의 잔재라고 동독 정권이 다이너마이트로 파괴해 버렸던 프로이센의 옛 왕궁은 인민궁전으로 이름이 바뀌었다가 다시금 재건 중이다.

그 중간쯤에 유서 깊은 훔볼트 대학교가 나온다. 다니엘 바렌보임이 지휘하는 국립 오페라단 극장 건너편이다. 본관 1층에서 2층으로 올라가는 계단 정면에는 이 대학의 가장 유명한 졸업생인 카를 마르크스의 "철학자들은 세상을 단지 다양하게 해석하기만 해 왔다. 그러나 중요한 것은 그것을 바꾸는 것이다"라는 유명한 테제가 금박으로 새겨져 있다. 물론 분단 시절 동독 공산당 정권에 의해 새겨진 것인데, 통일된 후 치열한 철거 논란이 있었지만 그것도 모두 어쩔 수 없는 역사의 한 부분이라는 결론이 내려져 오늘에 이르고 있다. 다양한 이념의 스펙트럼을 인정해 주는 관용주의다. 훔볼트 대학교는 본관을 중심으로 뒤쪽 여러 건물에 강의실이 산재해 있다.

나의 목적지는 훔볼트 대학 중앙도서관. 운터덴린덴 대로에서 프리드리히 거리 역 방향으로 돌려 철로 변을 따라 동쪽으로 조금 걸어가면 게슈비스터 숄 거리 3번지에 대학 중앙도서관이 있다. 10층 규모로 지어진 건물인데, 중앙도서관의 정식 이름은 '야코프와 빌헬름 그림 센터Jacob und Wilhelm Grimm Zentrum'다. 2009년 10월, 베를린 훔볼트 대학 개교 200주년을 기념하여 개관한 중앙도서관으로 베를린의 새로운 명물이 되었다. 과거 열 두 개의 인문학, 예술학, 사회학, 경제학 분과 도서관 및 분관에 흩어져 있던 방대한 장서를 한데 모으고, 도서관 소유의 귀중한 역사 유물과 특별 소장품 역시 한곳에 자리 잡게 되었다.

훔볼트 대학교를 거쳐 간 유명한 이름들은 너무도 많다. 대학을 설립한 빌헬름 폰 훔볼트와 알렉산더 폰 훔볼트를 비롯해, 역사학의 큰 별 테오도어 몸젠, 물리학의 아인슈타인, 막스 플랑크, 로버트 코흐 등 노벨상 수상자만 29명이나 된다. 그럼에도 200년간 학교를 빛낸 최고의 영예를 모든 사람을 제치고 왜 그림 형제에게 돌렸을까.

훔볼트 대학교 중앙도서관 '야코프와 빌헬름 그림 센터' 내부 풍경.

물론 그림 형제는 독일어로 쓰인 최고의 콘텐츠인 《그림 동화집》을 비롯해 《독일어 사전》, 신화와 전설 같은 다양한 분야에서 큰 발자취를 남겼다. 무엇보다 그림 형제는 도서관 사서였다. 평생 책을 사랑하던 도서관 순례자이자 문헌학자였으며, 지식의 공유와 전파에 평생을 바쳤기에 이에 대한 오마주였던 것이다.

박스 형태로 지어진 이 중앙도서관의 평범한 외관을 밖에서 바라보고 미리 실망해서는 안 된다. 유럽의 전통적인 도서관은 화려한 그림이 그려진 실내 장식이 대부분이지만 이곳은 완전히 다르다. 책을 좋아하고, 도서관의 분위기를 사랑하는 사람들이라면 남미의 위대한 작가 호르헤 루이스 보르헤스와 그가 재직했던 아르헨티나 부에노스아이레스의 국립 도서관을 떠올릴 것이다. 30대부터 집안의 내력으로 약시弱視로 고통 받은 그는 국립도서관장이 되면서 "80만 권의 책과 어둠을 동시에 가져다준 신의 절묘한 아이러니"라고 말했다. 도서관은 이토록 엄숙함을 가진 곳으로 상상하게 되지만 베를린 훔볼트 대학교 중앙도서관은 전혀 그렇지 않다.

세상에는 전통과 품격을 자랑하는 도서관이 많다. 워싱턴의 국회도서관, 뉴욕의 공공 도서관, 런던의 대영 도서관, 파리의 프랑수아 미테랑 국립 도서관, 더블린의 트리니티 대학교 도서관, 마드리드의 엘 에스코리알 수도원 도서관, 프라하의 스트라호프 수도원 도서관, 그 하나하나가 도시의 자랑이며 명예다. 베를린에도 영화 〈베를린 천사의 시〉에 나오는 국립도서관이 유명하다. 하지만 실용성과 혁신적 감성에 있어서는 훔볼트 대학교의 중앙도서관인 야코프와 빌헬름 그림 센터가 최고인 듯싶다.

건축가 막스 두들러Max Dudler가 쟁쟁한 경쟁자들을 물리치고 설계한 이 도서관의 핵심은 개방성이다. 그림 형제가 표방한 지식의 개방성을 담은 것이다. 야코프와 빌헬름 그림 센터의 열람실은 독일 최대의 개가식 도서관 책장에 둘러싸여 있는데, 예를 들어 서가 어느 곳에서든 커다란 창문을 통해 시내를 마주하게 되어 있다.

훔볼트 대학교 학생이 아니라고 주눅 들 필요는 없다. 도서관은 누구에게나 개방되어 있다. 이곳의 백미는 열람실의 테라스 전경이다.

이곳에는 각각 사면에 걸쳐 300여 석씩, 총 1,250개의 열람석이 마련되어 있으며, 누구나 긴 검정색 나무 책상에 앉아 유리 지붕 너머 탁 트인 하늘을 마주할 수 있다.

이 도서관의 소장품 가운데 최고의 보물은 역시 그림 형제가 평생 소장했던 귀중한 장서들이다. 세상 그 누구보다 책을 사랑했던 형제는 가난한 가운데도 언어학, 민속학, 문학, 문헌학, 동화, 전설 등 실로 다양한 분야에서 자료를 수집했고 또 700여 종에 이르는 저작물을 출간했다. 그들의 손때가 묻어 있고 영혼이 배어 있는 장서 대부분은 이곳에 학술용으로 보관되어 있다. 그러기에 이곳의 장서와 필사본 자료들은 19세기 인문학을 연구하려는 사람들에게 보물과 같다. 지식은 독점해서는 안 된다. 고여 있어서도 안 된다. 필요한 사람들에게 흘러가야 한다. 바로 그림 형제의 정신이기도 하다.

이 도서관에는 또 하나 특이한 공간이 있다. 7층에 있는 어린이 놀이방에는 어린이를 위한 놀이 공간이 시야에 들어오는 특별한 열람석이 있다. 예를 들어 이 도서관의 귀중한 특별 소장품인 그림 형제의 장서를 부모가 탐독하는 동안, 특별 책상에 앉은 어린 방문객이 그 어린이 방에서 그림을 그리거나 《그림 동화집》을 읽을 수 있도록 절묘한 공간을 배치해 두었다.

그림 형제가 잠들어 있는 곳은 장크트 마테우스 교회 묘지. 이곳에 가기 위해서는 베를린 외곽을 도는 전철인 에스반 1번을 타고 요크 거리 역에서 내려야 한다. 역 구내 안내판에 'Friedhof'라는 글씨가 쓰

장크트 마테우스 교회 묘지에 자리한 그림 형제의 무덤.

여 있는 방향으로 가면 되는데, 묘지란 뜻이다. 역의 출입구에서 좌측 괴센 거리 쪽으로 나오자마자 우측에 자리 잡고 있다. 교회 묘지 입구에는 1856년에 처음 문을 열었다고 하니 동생 빌헬름이 사망하기 불과 3년 전이다.

이른 오전부터 입구에 어느 정도 사람들이 몰려 있다. 검은 옷을 입은 것으로 보아 조문객들이다. 조금 뒤 구내 교회에서 조종이 울린다. 누군가의 죽음과 작별하는 의식이 벌어지고 있다. 교회 묘지 입구 왼편에는 꽃을 파는 화원과 함께 묘비를 만드는 집이 있는데, 1894년부터 한자리에서 계속 일을 해 왔다고 하니 거의 120년 된 것이다. 화원 옆에는 묘소의 위치를 알리는 안내판에 있다. 살펴보니 15번이 그림 형제다. 입구를 기준으로 정면으로 가운데 길을 따라가다 중간쯤 큰 십자가가 놓인 사거리 다음의 교차로 우측에 있다. 작은 표석에 'Abt F'라고 쓰인 곳인데, F구역이라는 뜻이다.

묘석은 눈에 띄지 않게 어떤 타이틀도 붙이지 않고, 출생 및 사망 연도와 함께 단지 "여기 야코프 그림이 잠들다", "여기 빌헬름 그림이 잠들다"라고만 적혀 있을 뿐이다. 그림 형제는 개혁파인 칼뱅의 가르침 그대로 소박하고 단출하게 묻어 달라는 유지를 남겼다고 한다. 정직하고 소박한 삶을 좋아했던 형제의 생전의 마음 그대로다. 형제의 묘비 아래 어린아이가 그린 것으로 보이는 동화의 그림 한 장과 손으로 쓴 편지 한 장, 연필통이 놓여 있다. 누군가 형제에게 바치는 진정 어린 마음의 선물이다. 형제는 세상의 어린이들에게, 그리고 좌절한 이들에게 꿈과 용기를 주었다. 세상에 태어나 누군가에게 위로가 되고 희망이 되는 것처럼 보람 있는 일이 또 있을까.

머리 위에서 새소리가 나서 올려다보니 매 한 마리가 짝을 찾아 열심히 노래를 부르고 있었다. 나무와 수목이 우거진 덕분에 이 묘지에는 맹금류가 포함된 다양한 새들이 서식하고 있다고 한다. 조금 있으니 멀리 다른 나무에서 화답하는 소리가 들린다. 그림 형제가 보낸 영혼의 목소리일까. 아니면 동화의 주인공들이 보낸 전령일까.

남들이 뛰어갈 때 형제는 묵묵히 걸어갔다. 그들이 걸어간 길은 이제 전설이 되었다. 형제의 이름을 안 것만으로도 나는 행복한 시간 여행자다.

감사의 말

이 책이 나오기까지 여러분의 신세를 졌다. 우선 훔볼트 대학의 슈테펜 마르투스Stefen Martus 교수가 쓴 600쪽에 이르는 방대한 《그림 형제Die Brüder Grimm》라는 전기를 기본으로 삼았으며, 헤르베르트 스쿨라Herbert Scurla가 오래전에 내놓은 《그림 형제Die Brüder Grimm》라는 동명의 책과 로로로 문고에서 발간된 《독일 형제Deutsche Brüder》도 참고했다. 독일의 역사 잡지 《다말스Damals》에 2013년에 실린 그림 형제 특집 기사도 도움을 받았다.

일본의 그림 형제 전문가 하시모토 다카시橋本孝 교수가 쓴 《그림 형제와 그 시대グリム兄弟とその時代》는 요긴한 자료였다. 동양인의 시각으로 바라보았기에 더욱 그러했다. 10여 년 전, 그림 형제에 대한 나의 열정을 확인하고 하시모토 교수의 책을 불편한 허리를 감수하고 손수 번역하여 주신 나의 장인어른이자 원로 언론인 백남국 님의 지극정성이

없었다면 이 책은 처음부터 꿈꾸기 어려웠다. 이제야 감사한 마음을 드린다.

20년 전 그림 형제와의 첫 인연을 이어 준 독일《타게스슈피겔》신문을 비롯해《프랑크푸르터 알게마이네 차이퉁》, 영국의《파이낸셜 타임스》, 미국의《뉴욕 타임스》,《내셔널 지오그래픽》의 동료 기자들에게도 도움을 받았다. 그들의 기자 정신에 경의를 표하고 싶다.《그림 동화집》에 대한 관심의 끈을 제공해 준 사람으로는《중앙일보》유권하 상무에게 고마움을 돌린다. 그는《그림 동화집》세계 최고 권위자로 인정받는 독일 부퍼탈 대학 하인츠 뢸레케 교수 밑에서 박사학위 논문을 쓴 전문가이기도 한데, 나의 베를린 특파원 시절 그와 나눈 대화는 지적 자극을 주기에 충분했다.

카셀에 있는 그림 박물관 관장인 베른하르트 라우어 박사와의 대화와 그가 건네준 자료들 역시 큰 도움이 되었다. 일면식도 없는 상태에서 그림 형제에 관심 있다는 편지 한 통에, 적지 않은 자료 더미와 함께 집에서 담근 자두로 만든 술병을 들고 나온 라우어 박사에게서 독일 정신을 새삼 확인하게 되었다. 베를린 특파원 시절 나와 함께 일했던 김은규 님으로부터는 훔볼트 대학의 야코프와 빌헬름 그림 센터를 비롯해 다양한 자료 도움을 받았다.

독일의 숲과 낭만주의에 관해서는 오한진 한국외국어대학교 명예교수가 쓴《유럽문화 속의 독일인과 유대인, 그 비극적 이중주》가 도움이 되었으며, 독일 역사와 관련해서는 베를린 자유 대학의 하겐 슐체 교수가 쓴《새로 쓴 독일 역사》를 주로 참고했다. 이와 더불어 마녀의 모습과 관련해서는 한동대학교 김정철 교수의 논문 〈그림 형제 동화 속에 묘사된 마녀상〉, 동화의 해석과 관련해서는 목원대학교 손은주 교수의 논문 〈민담과 민속, 그림 형제의 민담을 중심으로〉, 그림 동화가 어떻게 한국으로 들어오게 되었는지에 관련해서는 대구효성가톨릭대학교 최석희 교수의 논문 〈독일 동화의 한국 수용〉을 참고했다. 스토리텔링과 관련해서는 미국 하버드 대학에서 강의를 하고 있는 바버라 바이그의 《작가가 되는 법How to be a Writer》을 참고했다.

베를린 그림 형제의 발자취를 찾는 데 도움을 준 한국문화원의 한혜지 님과 카메라를 빌려준 이윤식, 이민식 형제, 그리고 소매치기 당해 망연자실하고 있을 때 자신의 고급 카메라를 흔쾌히 빌려준 장국현 님과 이중환 님 역시 잊을 수 없다.

여행길, 나에게 책을 쓰는 데 작은 도움이 되라며 그림 형제를 따라가는 여행 안내책자인 〈Überall Grimm〉를 슬며시 건네주던 슈타이나우 여행자 안내소의 직원을 비롯해 이름 모를 분들께도 신세를 졌다. 응원해 준 친구들 모두 고맙다.

이 책은 나의 두 아들 정표, 정우와 희망을 잃어버린 시대에 아직 동화 같은 꿈을 갖고 있는 세상 사람들을 위해 썼다. 꿈이 있다면 이미 미래는 반쯤 다가온 것이다.

그림 형제 간략 연보

1785년	1월 4일 형 야코프 그림 하나우에서 출생.
1786년	2월 24일 동생 빌헬름 그림 하나우에서 출생.
1791년	그림 형제 가족 슈타이나우로 이사.
1796년	부친 필리프 그림 사망.
1798년	카셀로 이사. 김나지움 생활 시작.
1802년	마르부르크 대학교에서 법학 공부 시작.
1805년	형 야코프 파리에 체류. 그림 형제 카셀로 돌아옴.
1808년	모친 도로테아 그림 사망.
1812년	《그림 동화집》 초판 제1권 출판.
1814년	형 야코프 오스트리아 빈 회의 참석.
1815년	《그림 동화집》 초판 제2권 출판.
1816년	《독일 전설》 제1권 출판.
1818년	《독일 전설》 제2권 출판.
1819년	《독일어 문법》 제1권 출판.
1825년	동생 빌헬름, 도르첸 빌트와 결혼.
1826년	《독일어 문법》 제2권 출판.

1829~1830년 괴팅겐 대학교 재직.

1831년 《독일어 문법》 제3권 출판.

1835년 형 야코프 《독일 신화》 출판.

1837년 '괴팅겐 7교수 사건'으로 해직, 카셀로 귀향. 《독일어 문법》 제4권 출판.

1838년 《독일어 사전》 작업 착수.

1840~1841년 그림 형제 베를린으로 이사.

1846년 형 야코프, 프랑크푸르트 제1차 게르마니스트 총회 의장 선임.

1848년 형 야코프, 프랑크푸르트 파울 교회 개최 제1차 독일 국민의회 의원 선임.

1852년 《독일어 사전》 제1권 출판.

1857년 《그림 동화집》 마지막 판본 출판.

1859년 12월 16일 동생 빌헬름 베를린에서 사망.

1860년 《독일어 사전》 제2권 출판.

1862년 《독일어 사전》 제3권 출판.

1863년 9월 20일 형 야코프 베를린에서 사망.

그림 형제의 길

초판 1쇄 발행 | 2015년 11월 30일

지은이 손관승
책임편집 나희영
디자인 주수현

펴낸곳 바다출판사
발행인 김인호
주소 서울시 마포구 어울마당로5길 17(서교동, 5층)
전화 322-3885(편집), 322-3575(마케팅)
팩스 322-3858
E-mail badabooks@daum.net
홈페이지 www.badabooks.co.kr
출판등록일 1996년 5월 8일
등록번호 제10-1288호

ISBN 978-89-5561-808-2 03850